JN011208

エミナ
「かわいいね。
それに、生きてるね……」
ロトスも同じように感じたらしい。
彼は聖獣だ。親たる存在がいない。
しかも、お乳をもらった経験がなかった。
もしかしたら、産まれてからの来し方を思い出しただろうか。
あるいは、前世を思ったのかもしれない。
ロトスは涙を零し、呟いた。
シウ
「生きてるって、すごいことだね」
シウはそっとロトスの頭を撫でた。
ロトス

「え？」
顔を上げて戸惑うアントレーネに、
ブランカは背中側から顔をちょこんと出した。
「ぎゃうん」
「きゅい」
アントレーネ
フェレス
ブランカ
クロ
クロはアントレーネの膝に乗り、そっと身を寄せた。
ブランカは力なく垂れたアントレーネの腕を舐めた。
二頭なりの慰め方だ。
でんっと目の前に座ったのはフェレスで、
何故か偉そうに頷いてみせる。
それぞれに視線を向けていたアントレーネは、
ふっと力が抜けたかのように笑った。

魔法使いと愉快な仲間たち

～モフモフから楽しい隠れ家探し～

2

小鳥屋エム

Illust 戸部 淑

The Wizard and
His Delightful Friends

Presented by Emu Kotoriya.
Illustration by Sunaho Tobe

The Wizard and His Delightful Friends

Contents

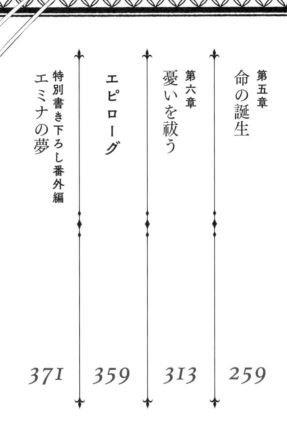

Character

主な登場人物

メインキャラクター

シウ＝アクィラ

異世界に転生した14歳の少年。元は愁太郎という、九十歳で大往生したお爺さんだったため、大人びた性格の持ち主。現在は冒険者として活動する傍ら、ラトリシア国のシーカー魔法学院に通っている。実はハイエルフの血を引いている。

フェレス

シウが拾った卵石から生まれた猫型騎獣（フェーレース）。天真爛漫でシウに甘えるのが大好き。飛行が得意で、そのスピードは他の騎獣顔負け。

ロトス

聖獣の赤ちゃん。日本からの転生者。

ブランカ

雪豹型騎獣（ニクスレオパルドス）の幼獣。ちょっとおばかで遊ぶのが大好きなおてんば娘。

クロ

九官鳥型希少獣（グラークルス）の幼獣。変異種のため全身が真っ黒。頭がよく控えめな性格の持ち主。

ヴァスタ

故人。赤子のシウを拾って育ててくれた樵の爺様。深い山奥でシウと二人で暮らし、生きていくための知恵を授けてくれた。

神様

何故か日本のサブカルチャーに詳しい、日本人形のような顔立ちの少女。シウに転生を勧めたり、人と積極的に交流するようにアドバイスをしてくれたりと、シウのことを気にかけてくれている。

ラトリシア国の人々

ヴィンセント＝エルヴェスタム＝ラトリシア

ラトリシア国の第一王子。冷静沈着な人物。

シュヴィークザーム

聖獣の王とも呼ばれる不死鳥（ポエニクス）。お菓子好きでよくシウに手作りお菓子を催促してくる。

ククールス

エルフの冒険者。シウとは仲がよく、時々一緒に依頼をこなしたりしている。

カスパル家

カスパル＝ブラード

伯爵家の子息でシウとはロワル魔法学校からの付き合い。現在はシーカー魔法学院へ共に進学し、屋敷にシウを住まわせている。

リュカ

獣人族と人族の間に生まれた少年。父を喪い孤児となったところをブラード家に引き取られる。

シーカー魔法学院の生徒

プルウィア

シウの同級生でエルフの美少女。その美貌のせいでよく男性から言い寄られているが、本人は相手にしていない。冒険者のククールスとは同じ里の出身。

アマリア＝ヴィクストレム

伯爵家の第二子。ゴーレムの研究をしており、人のために戦う騎士人形を作ることが目標。キリクの婚約者。

Character 主な登場人物

シュタイバーン国の人々

キリク＝オスカリウス

辺境伯。「隻眼の英雄」という二つ名を持つ。若い頃ヴァスタに助けられた恩があり、シウの後ろ盾となる。

スタン＝ベリウス

王都ロワルでシウが下宿していたベリウス道具屋の主人。シウのよき理解者であり、家族同然の関係。

エミナ＝ベリウス

スタン爺さんの孫娘。おしゃべり大好きな明るい女性。シウのことを家族のように大事にしてくれる。

リグドール＝アドリッド

ロワル魔法学校時代の同級生でシウの親友。大商人の子息ながら庶民派の性格。

アリス＝ベッソール

ロワル魔法学校時代の同級生。伯爵家の令嬢。鴉型希少獣（コルニクス）のコルと契約している。

オリヴィア＝ルワイエット

子爵であり、第一級宮廷魔術師でもある才女。以前、悪魔祓いをしたことがある。

その他

ガルエラド

薄褐色肌の大柄な竜人族の戦士。竜の大繁殖期による周辺の被害を抑えるために各地を旅してまわっている。

アウレア

白い肌と白い髪が特徴的なハイエルフの子供。純血派のハイエルフに見つからないようガルエラドに引き取られる。

Words

用語集

卵石

いつの間にかどこかに落ちている「獣の入った卵」。希少獣や聖獣が生まれる。

希少獣

卵石から生まれる特別な獣たち。人を載せて飛べる大型の希少獣は騎獣と呼ばれる。

聖獣

希少獣の中でも上位種になる。神の遣いとも呼ばれる。個人所有が禁じられており、必ず王族やそれに連なるものが守護しなければならない。

魔獣

魔力を持つ凶暴な獣。聖獣や人間を好んで襲う性質を持つ。

魔獣のスタンピード

突然魔獣が大量発生すること。スタンピードが起こると甚大な被害が出るため、可能な限り早い対応が求められる。

シュタイバーン国

ロワイエ大陸の中央に位置する農業大国。シウは王都ロワルにあるロワル魔法学校へ一年間通っていた。

ラトリシア国

魔獣スタンピードによって王都が一日して滅んだという歴史があり、魔獣への対応に敏感。復興した際に力を振るったのが魔法使いたちであったことから、魔法使いの育成に力を入れている。魔法学校の数は他国の中で随一。

シーカー魔法学院

魔法使いが学ぶ学校の中でも最上位に位置する「大学校」。大陸一の蔵書数を誇るという大図書館がある。

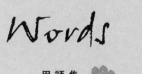

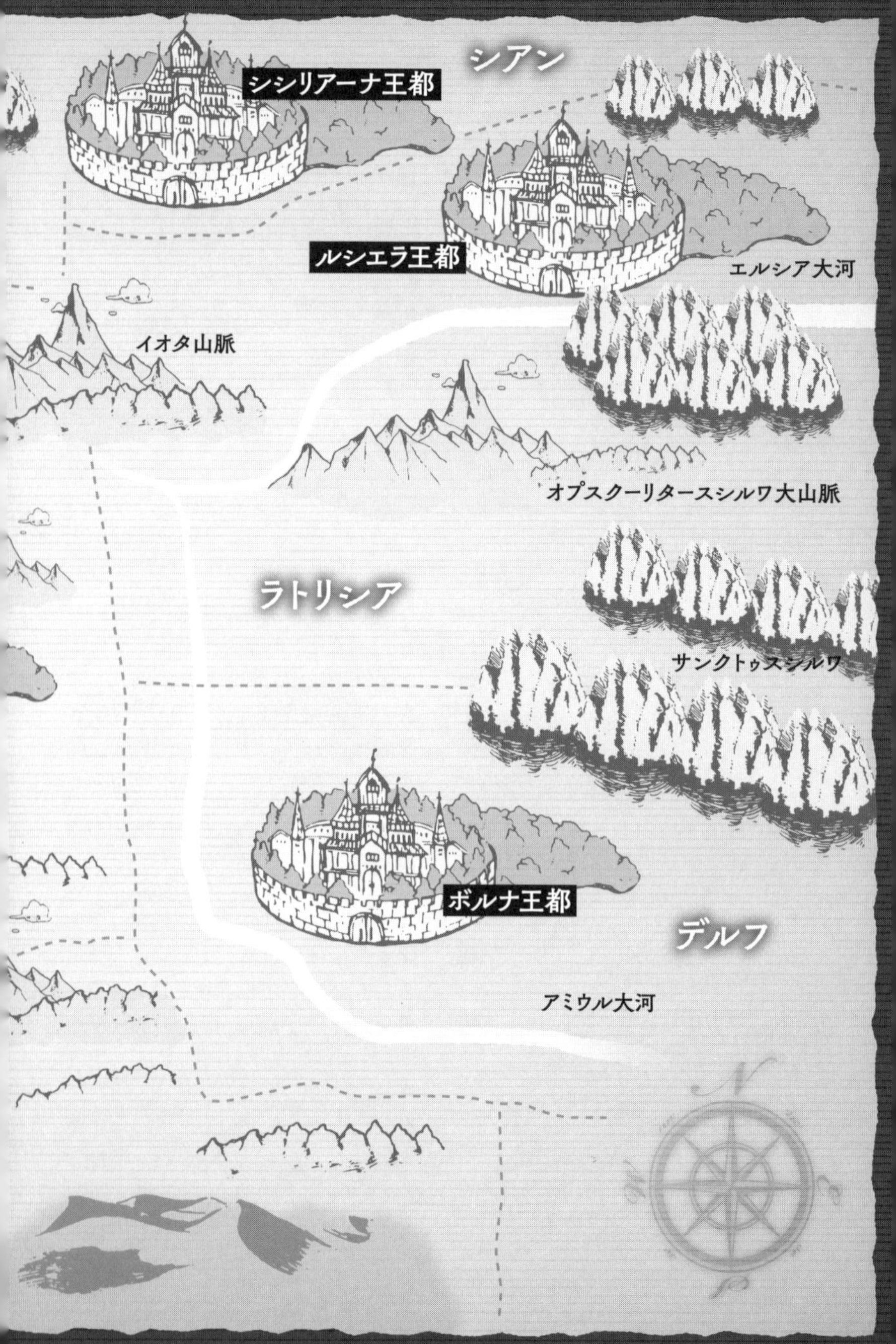
シアン
シシリアーナ王都
ルシエラ王都
エルシア大河
イオタ山脈
オプスクーリタースシルワ大山脈
ラトリシア
サンクトゥスシルワ
ボルナ王都
デルフ
アミウル大河
N
S

ヴィルゴーカルケル
（聖なる泉）
シャワネ王都
アドリアナ
シャイターン
空白地
アクリダ迷宮
迷いの森
アルウス迷宮
オスカリウス
辺境伯領
シュタイバーン
ロワイエ山
エルノワ山脈
ロワル王都
小国群
ハルハサン大河
シルラル湖
フェデラル
シュランゲ大河
フェルクス大河
リア王都
ロキ

プロローグ

The Wizard and His Delightful Friends

Prologue

シウには拾い癖がある。一番最初に拾ったのは卵石《たまごいし》だ。卵石からは希少獣《きしょうじゅう》が生まれる。孵《かえ》ったのは猫型騎獣《フェーレース》という空を飛ぶ騎獣《きじゅう》だった。シウは彼にフェレスと名付けた。騎獣の中では小型種になるフェレスは、シウの薫陶《くんとう》を受け元気に育った。おかげで、普通のフェーレースが小柄な男性一人しか乗せられないと言われる中、男性二人を乗せられるまでになった。しかも、どの騎獣よりも速く飛べる。今ではシウの相棒として冒険者ギルドでも有名だ。

シウはフェレスの後にも多くの人や物、動物を拾った。中には希少獣もいた。これは譲られたに近いだろうか。ともあれ、卵石を受け取らねば出会いはなかった。フェレスは後輩ができたと喜び、雪豹型騎獣《ニクスレオパルドス》のブランカ、九官鳥型希少獣《グラークルス》のクロを大事にした。フェレスが兄貴分として二頭の面倒を見てくれ、シウはとても助かった。たとえフェレスが「子分ができた！」と喜んでいただけだとしてもだ。

そこへ新たに増えたのがロトスと名付けた希少獣である。彼は狐型聖獣《ウルペースレクス》の幼獣《ようじゅう》だ。聖獣は希少獣の中でも珍しく、より希少であった。

シウがロトスを見付けたのは、ちょうど魔獣に追われていた時だ。そもそも、神様が夢の中で「同じ転生者を助けてあげてほしい」と頼んできたことで彼の危機を知った。

神様は基本的にこの世界への介入はしないという。手を出すと自他の境界がなくなるようだ。自分とは違う生き物を見たいから介入を避ける。おそらく他にも禁則事項があるのだろう。そのルールを曲げてまで「助けてあげて」と連絡してきたのには訳があった。神様は目を付けた人間の生き様を覗《のぞ》き見《み》るのが好きだった。シウも異世界から転生させてもらった経緯で「ちゃんと人生を楽しんでいるの？」と夢の中で叱咤激励《しったげきれい》されるほどだ。目を付けた人間の幸不幸を彼女は気にしている。

ロトスも同じだった。彼も神様の手で異世界より転生してきた。だからこそ幸せであってほしいと考えた。ところが、神様のルールに抵触し、直接は助けられない。だから、シウに夢という形を使って助けを依頼したのだ。

もちろん、シウも不幸が分かっているのに見過ごせない。急いで助けに向かった。

生まれて二ヶ月にもならないロトスを救い出し、更に現地の国では大事にされないと判断したシウは彼を連れて帰った。というのも、当の国の王がロトスを乱暴に扱ったからだ。

幸い、フェレスたちもロトスを新しい仲間としてすんなり受け入れた。

ロトスが徐々に異世界の生活に慣れた頃、聖獣に備わる「人化」の能力が使えるようになった。ほとんどの聖獣は全身が真っ白になるところ、ロトスは乳白色の肌に髪は黒く、瞳も濃い茶色であった。これなら外に出ても聖獣とは思われない。シウとロトスはホッとした。

聖獣は本来であれば国が管理する。彼等の多くは王族と契約して一生を過ごした。褒賞として貴族に下げ渡されることはあっても、シウのような庶民《しょみん》では絶対に持てない。ロトス自身が国に囲われたくないと言ってもだ。そのため、聖獣とバレないよう隠れるしかなかった。今はシウの下宿先でもあるカスパルの屋敷にこっそり隠れ住んでいる。

逆に言えば、聖獣とバレなければ問題ない。獣姿のままではダメだ。ウルペースレクスは尻尾《しっぽ》が九本ある。色が違っていても九本の尻尾は聖獣しかいない。だが、人の姿であれば埋《う》もれる。ロトスの人化が喫緊の課題であった。人化の成功はシウにとっても喜ばしい出来事だ。人型であればロトスを外に連れ出せる。自由に町へ遊びに行けるからだ。特に、元気なロトスにとって外遊びは心身の成長のためにも必要だった。

一度成功したとはいえ、安全を思えば自在に変化できなくてはならない。

シウが以前知り合った聖獣の子は、恐慌状態に陥って変化ができなくなった。ロトスは転生者だから心は大人だ。当時の聖獣の子よりはパニックへの対処もできる。とはいえ、何事も練習だ。ロトスの魔力の減りを鑑定魔法で確認しながら、シウは彼の特訓に付き合った。

第一章

根回し

The Wizard and His Delightful Friends

Chapter 1

隠れ住むロトスの気晴らしとして、シウはなるべく時間を作っては外に連れ出している。この日も午後に時間が空いたため、コルディス湖の畔《ほとり》にある小屋へと転移した。シウの魔法ではなく、自作の魔道具「転移石」を使った。

「てんいって、こんなかんじなの。すごーい。あ、こや、ちっちゃ？」

以前は籐籠《とうかご》に入れて運んでいた。今回は人型なので見える景色も感覚も違うようだ。しかも、聖獣の時の月齢《げつれい》に比例して人型も幼い。幼児特有の頭の大きさや体の不安定さでヨロヨロしている。とはいえ、本性が聖獣だから体は頑丈《がんじょう》だ。転んでも問題ない。フェレスも付いている。彼がクロやブランカたちとまとめて面倒を見てくれるだろう。

その間にシウは昼食の用意をした。

ロトスは人化を覚えたばかりでスプーンもフォークも持ちづらそうだった。途中で獣型に戻ろうかと悩んだようだ。それでも人型で食べ続けた。

「れんちゅう、あるのみ」

まだ人語にも慣れず、たまに舌足らずな喋《しゃべ》り方になる。本人は真面目《まじめ》に決意を表明しているのだからと、シウは笑顔になるのを我慢した。

食事を終えるとフェレスは山へ飛んでいった。クロやブランカは小屋に残って遊び始めた。ロトスだけ勉強の時間だ。本人がやる気になっている今が大事だと思い、シウは応援した。とはいえ彼は幼い。無理はしないようにと言い置く。

第一章

根回し

シウは小屋の外で作業だ。昨日の戦利品である水晶竜の解体をする。水晶竜《すいしょうりゅう》の鱗《うろこ》は硬い水晶でできているので、試行錯誤しながら丁寧に解体を進めた。

水晶竜は魔力も高く、最強の生き物だ。今のロワイエ大陸で勝てる相手がいたとしたら古代竜《ドラゴン》ぐらいではないだろうか。その古代竜を見たという人はほぼいないので、実質的には水晶竜が一番強いと言っていい。少なくともウィータゲローにいた水晶竜は周辺に生きるものたちの頂点にいた。

ところが、彼等は大繁殖期《だいはんしょくき》に入ったばかりに殺し合わなくてはならなかった。大繁殖期になると、雄《おす》一頭のハーレム状態になるからだ。最後の一頭になるまで戦わねばならない雄たちを、ひと思いに倒したのはシウである。最強の生き物を倒せたのは雌《めす》の指示があったればこそだ。彼女らの言い分を聞いた上でのこととはいえ、命の取捨選択をした。丁寧に解体し、余すところなく再利用させてもらうのがせめてもの供養だ。

水晶竜の素材として一番有名なのは鱗になる。「悪《あ》しきものを浄化する」といった効能があるらしい。聖別魔法に匹敵するとも言われていた。ただ、鱗からは聖なる力が感じられない。シウは聖別魔法の持ち主を知っている。彼女には清廉な気配があった。聖なる力はああした人に備わるのだろうと思ったものである。それに人の使うスキルだからか、細かく効果を設定できたようだ。

違いはあれど、浄化する能力があるのは有り難い。実際に使えるようにするには加工が必要だ。おそらく、魔力を通すなどして鱗の効能を引き出すのだろう。素材のままでは作用しないと思われる。

鱗には、他にも魔法攻撃を弾く能力があった。シウの持つ「無害化魔法」と似ている。シウの体も魔法攻撃が効かない。神様が与えてくれたギフトだ。だからシウしか使えない。水晶竜の鱗の場合は部位そのものにも力が残るようだ。だからか、加工は大変らしいと古書に載っていた。幸《さいわ》い、何度も挑戦できるだけの量はある。シウには不要でも仲間には役立つ効能だから、加工を成功させたい。

水晶竜の「良い素材」は鱗だけではなかった。鱗を剥《は》いだ下の皮も魔法装備に使える。シウは脳内の記録庫にある本を読み進めながら鞣《なめ》していった。力は要るが下処理までなんとかこなす。鱗同様に魔法を弾く効果があるのだろう。加工する前の下処理段階では魔法があまり効かない。力業だ。といっても、直接でなければ魔法は使える。先に専用の道具を作り、その道具自体を魔法で動かせばいい。

皮を切る刃は、ヒヒイロカネとミスリルが使われた爺様のとっておきだ。どこだかの遺跡で拾った業物《わざもの》らしい。それをただの解体用肉切り包丁にしたのはシウだ。おかげでサクサク切り取れる。切り取ってしまえば、あとは他の竜と同じ。解体はどんどん進んだ。

水晶竜の巣は石英で囲まれており、食べた跡もあった。もしやと思っていたが彼等は鉱物を食べていたようだ。だから水晶のような鱗になったのだろうか。水晶竜は魔素だけで生きていると考えていたシウは驚いた。もちろん、彼等の巨体や長寿ぶりを考えると、鉱物は「おやつ」にしかならない。

第一章

根回し

巣には糞《ふん》と思しき小山があった。形や場所でそうだろうと判断した。ただ、他の生き物の糞とはまるで違う。キラキラと輝いていたのだ。念のため鑑定魔法を掛けると「高濃度水晶」と出る。水晶竜の体内で圧縮されたか変換されたか、ともあれ上位鉱物に変異していた。

高濃度水晶は古代帝国時代に生きた上位貴族の財物一覧にも載っていた。当時も高価な素材として扱われていたようだ。加工すれば虹入りの美しい装飾品になるらしい。王族や一部の上位貴族しか身に着けられないほど貴重だったようだ。特に女性の装飾品になった。美しさもさることながら、魔力が膨大に蓄《たくわ》えられた素材だ。高貴な女性の身を守る品として使われた。

当時でも貴重な素材である。今ならもっと価値は高いだろう。水晶竜の素材が「新しく」流通したという話を聞かないからだ。これを市場に出せば混乱を来す。いずれ手放すとしても、しばらくは空間庫に保管しておこうとシウは考えた。

ちなみに、ギルドや行政官が置かれているような街レベルに必ず置かれている精霊魂合水晶は、高濃度水晶の下位版になる。精霊魂合水晶は簡易鑑定の機能を持っているため、ギルドの会員登録時に使われる。稀少《きしょう》で高価な品だ。だというのに水晶竜の糞に劣る。シウは複雑な面持ちで、糞とは思えない高濃度水晶をまた空間庫に戻した。

一頭を解体するのに三時間も掛かってしまった。しかし、丁寧にしたおかげで失敗はない。それに二頭目からは自動化魔法で処理できた。何かの時のために一頭だけは丸ごと置いておき、残りの十九頭を解体してしまう。いつものように部位ごとで《ラップ》し、空間庫に放り込む。もちろんメモ付きだ。鑑定すれば情報は分かるが、どうにも落ち着かない。シウの性分だった。

　かといって、シウがきちんとしているのかと言えばそうでもなかった。なにしろ、空間庫の中には下位竜だけでも山のようにある。古代竜の鱗や骨もだ。当然、魔獣の素材に至っては数え切れない。買い漁《あさ》った市場の食材だってある。空間庫の中はいよいよ混沌《こんとん》としてきた。何かに使いたいと思いながら、宝の持ち腐れとなっている。

　せめて加工までしておけばどうか。たとえば薬だ。シウは考え込んだ。

　実はもう、秘中の秘と呼ばれる禁忌《きんき》の薬「時戻し」は作ってあった。時戻しの薬は死んで一日以内に、かつ腐っていなければ蘇生《そせい》させられる。

　他にも四肢欠損を修復する薬も作った。時戻しで使用した素材を幾《いく》つか使い、他の素材を組み合わせて出来たものだ。世に知られているレシピではないが、素材それぞれの効能を考えれば自ずと分かる。とはいえ素材の全てが高価すぎた。

　必要な素材の中には「竜」の部位がある。時戻しであれば「古代竜の鱗」だ。この部分を水晶竜の鱗に置き換えるとどうなるだろうか。効果は落ちるかもしれないが、使えるのならそれにこしたことはない。実験するにしても、古代竜の鱗はさすがにシウもおいそれと使えなかった。数が少なく、新たに手に入れる算段もない。

第一章

根回し

貴重な薬を作るのだから、予備段階の実験には水晶竜の鱗でもいい。今なら大量にある。言い訳を自分に与えると、シウは薬作りを始めた。

まずは一般的に知られている調薬レシピの中で、最も高価な素材を必要とする最上級ポーションを作ってみる。結界を張って作業開始だ。最初は基本のレシピで作る。これは何度も作った経験があるのであっという間に出来上がった。次に素材の一つ「竜の肝臓」を、火竜《かりゅう》や水竜《すいりゅう》の肝臓から水晶竜の肝臓へと変更する。《鑑定》しても効能が消えるといったマイナスはない。むしろ良くなった。

最上級ポーションとはいえ欠損部位を完全に修復するわけではない。まだ足りない素材がある。応用レシピとして知られている追加素材は竜の心臓と竜尾粉だ。これも水晶竜の素材に変える。すると、見事に効能が高まった。基本的に薬は辞典に指定された素材で作った方がいい。多くの人がレシピを練り上げ、洗練《せんれん》させてきたものだからだ。良いと思って勝手に増やした素材のせいで効能を打ち消す場合もある。ただ、竜の素材に関してはその限りでないようだ。

もしかすると、元々はもっと上位の竜の素材でレシピが存在していたのかもしれない。しかし、古代であろうと簡単に手に入る代物ではなかっただろう。だからランクを落とした素材でレシピを作り直した。それなら上位の部位に変更しても全く問題ないのも頷《うなず》ける。古い記録では、使われた竜の素材は首長竜《くびながりゅう》や砂漠竜《さばくりゅう》まで。今の時代であれば飛竜《ひりゅう》が一般的だろうか。それほど素材を集めるのは難しい。ランクを落とすのも当然だ。それに竜種のランクが効能に比例している。シウの実験結果でも水晶竜が一番効能が高いと出た。次に水竜、それから火竜と効能が落ちていく。

飛竜でも十分に効果は出る。できれば、この最上級ポーションがもっと出回ればいいのだが、ネックになるのが一冬草《ひとふゆそう》だ。必要な素材の中で最も高価になる。というのも、一冬草が生える場所まで辿《たど》り着《つ》ける冒険者が少なかった。絶対数も少ない。

ただ、これもなんとかなると思っている。シウの実験の結果が実を結んだ。

ロワイエ山の中では頂上付近にしか自生していなかった一冬草を「雪の下という条件なら他の場所でも生えるかもしれない」と考え、似た環境を見付けて種を蒔《ま》いたのだ。翌年に芽が出たのを見て、シウは更に生育場所を広げた。その際、保管していたコルディス湖の高濃度魔素水《こうのうどまそすい》を実験気分で振《ふ》り撒《ま》いてみたところ、上手《うま》くいった。何も世話はしていない。魔素水を掛けただけで、あとはほったらかしだ。しばらくして見にいくと一冬草の群生地が出来上がっていた。魔素水様々だ。

一冬草の種は根にあり、この根が伸びる範囲でしか育たない。つまり、他の生き物の力を借りなければ離れた場所では増えないのだ。今回はシウの手によって広がった。

手に入りづらいとされる一冬草が出回れば、最上級ポーションも作られるようになるだろう。広まれば価格は落ち着き、上級や下級ポーションももっと出回るはずだ。庶民《しょみん》にも買いやすくなる。

第一章

根回し

薬作りに集中しすぎて、すっかりおやつの時間を忘れていた。シウはフェレスを呼び戻してから慌てて小屋に戻った。ロトスが冗談めかして「おそい～」と文句を言う。それを窘《たしな》めたのがブランカだ。

「ぎゃぅ」

おちつけ、とお姉さんぶっている。ロトスは目を丸くした。

(さっきまで『おやつ、おやつ』って騒いでいたの、ブランカだろ)

咄嗟《とっさ》に人語が出なかったらしい。念話で告げる。怒っているわけではないから、ブランカは気にせずに「ふーん」と適当な返事だ。そのままシウに甘え始めた。

「ぎゃぅぎゃぅ～」

体全体を押し付けて尻尾《しっぽ》を巻き付ける。

「はいはい。すぐに出すからね」

「シウ、ブランカにあまい～」

「うんうん。ロトスも、おやついっぱい食べようね」

(赤ちゃんに言うみたいなの、やめて)

ロトスに注意されながら、シウは皆にサツマイモとリンゴのケーキを出した。出来立てを空間庫に入れてあったから熱々のままだ。そこにバターの塊を落とす。

「おいしそー」

「ロトス、涎《よだれ》が垂れてる」

「わわっ」

慌てて袖で拭い、素知らぬ顔でフォークを握る。赤ちゃん扱いが嫌だと言う割には、どうにも可愛《かわい》い。ロトスの様子にシウは笑った。

食べ終わると、フェレスがブランカを連れてコルディス湖に向かった。子分教育らしい。

「あんまり遠くへ行っちゃダメだよ」

「にゃ」

不意に出来た時間だ。普段なかなか「我先に」と甘えられないクロのため、シウは彼を甘やかすことにした。まずは水晶竜の鱗をあげる。他の二頭も光り物は好きだが、より好きなのがクロだ。飽きずに延々と眺《なが》める姿からも間違いない。はたして、クロは鱗の輝きに感動した。動きを止めてじっくり眺めると、おそるおそる嘴《くちばし》で突《つつ》く。それからパッと顔を上げ、シウを見た。嬉《うれ》しいという感情が伝わってくる。

クロは小さく切った鱗を大事そうに羽の中に仕舞った。次いで、嘴を器用に使ってシウの髪を繕《つくろ》い始めた。鳥型に見られる愛情表現だ。シウは微笑《ほほえ》んだ。

「僕に求愛してもしようがないよ」

「きゅぃ」

「あ、分かってるの？　それなら別にいいけど」

「シウ、あまやかしすぎー」

隣でロトスがきゃらきゃらと笑いながら転がる。グラークルスの求愛行動が面白いとい

うより、シウがクロに水晶竜の鱗を小さく割ってまで渡したことに笑っているようだ。

「他に何かしてほしいことある？　昨日頑張ったし、ご褒美だよ？」

「きゅぃきゅぃ」

クロは首を右に左に振った。人間と同じような仕草だ。シウを見て覚えた。トトトッと歩いてくると、シウの手のひらに体を寄せる。甘え方はフェレスを真似《まね》たらしい。

「きゅぃ」

「これでいいの？」

「いじらしーな。クロ、いつもおとなだから、あまえると、かわいーな！」

にこにこ笑うロトスは、クロに良かったなぁと声を掛けている。

「そうだね。ああ、ロトスも甘えたいならどうぞ。膝が空いてるよ」

（え、やだ。俺は女の子の柔らかい太ももに包まれたい。ショタじゃないもん）

「確か【ショタ】って小さな男の子のことだよね？　僕はもう十四歳だから違うよ」

控え目に抗議すると、またきゃらきゃら笑って転がる。せっかく整えた髪が滅茶苦茶《めちゃくちゃ》だ。見た目は美麗な幼児でも中身が二十歳の青年だと残念なことになるらしい。

シウは苦笑し、ロトスの楽しそうな声を聞きながらクロを撫《な》でた。そのうちにクロは寝てしまった。シウは片手でクロを手に持ったまま、本を読んで過ごした。ロトスの勉強も隣で見守ったが、そう長くは続かなかった。船を漕《こ》ぎ始め、やがてバタリと小さなテーブルに突っ伏す。

クロとロトスの寝姿はどちらも可愛く、写真のように脳内へと刻んだ。

◇◆◇◆◇

夕方には屋敷に戻り、今度はリュカと遊んだ。フェレスたちはウトウトしていたため、部屋に置いてきた。シウとリュカだけで雪遊びを満喫する。汗を搔《か》く前に室内へ戻ると、今度は二人だけのお茶会だ。職場でのリュカの働きぶりを教えてもらう。同じ弟子仲間の話も聞いた。いつも迎えに来てくれる子たちと遊びに行く約束もしたようだ。兄弟子が心配して付き添ってくれるらしい。シウは微笑みながら頷いた。

ところで、遊びに行くのならお小遣いが必要だろう。シウが渡そうとするも、リュカは頑として断る。ロランドに報告した際にもらったからだと言う。それさえ申し訳ないと思っているような慌てぶりだった。子供がそんなことを気にしなくていいのに、いじらしい。とはいえ、それがリュカの性分だ。

シウはロトスにも言われた通り、身の内に入れた者を甘やかす傾向にある。一生を共に過ごす契約相手の希少獣《きしょうじゅう》ならともかく、別の人生を歩むリュカのためにならないのも分かる。シウはリュカの意を汲《く》み、取り出したお小遣いをそっと引っ込めた。ロランドに先を越されたショックは隠して。

夕食は天ぷら祭りとなった。シウが広めたメニューは屋敷の皆に気に入られ、料理長が本メニューとして取り入れた。今が旬《しゅん》のエルシア大河産ワカサギがメインだ。添え物としてレンコンや山芋、サツマイモ、カボチャ、ユキノシタなどが揚げられる。

シウは隣でキンメダイの煮付けを作った。魚の煮物はまだ皆に受け入れられていない。独特の癖を感じるようだ。魚類系と醤油《しょうゆ》味の組み合わせがどうにも慣れないらしい。そのため魚の煮付けはシウ個人用として、他に何を作ろうかと考える。

料理長や屋敷の主であるカスパルが面白がって許してくれるから、シウは夕食にいつも追加で一品作らせてもらっている。

この時期は牡蠣《かき》やホタテも美味《おい》しい。市場へ行くたびに買い漁っているため、空間庫の中は旬の食材でいっぱいだ。とはいえ、これらを揚げてしまうとワカサギの存在感が薄れる。

脇役のレシピを考えよう。シウは煮付けに合う白和《しらあ》えを作った。ほうれん草とコンニャクと人参《にんじん》が入っている。しかし、あまりに簡単だ。本当は一品だけという約束なのに、もう一品追加する。作ったのは茶碗蒸《ちゃわんむ》しだった。ちょうど百合根《ゆりね》を食べたいと思っていた。できれば茶碗蒸しにはギンナンも入れたいところだが、なにしろ拾い集めるだけでフェレスが嫌がる。ギンナンは諦めて、代わりに栗《くり》を入れてみた。

茶碗蒸しはおおむね好評だった。

第一章
根回し

食後、フェレスたちが寝たのを確認すると、シウはカスパルに報告するため遊戯室《ゆうぎしつ》に赴いた。ウィータゲローで水晶竜が暴れたとは言えず――水晶竜の名は国が動くほどの大事だからだ――ふんわりと「アイスベルク方面で強い波動があったけれど、今は落ち着いている」と何も問題ないことを強調する。その流れで、街道の排雪事業が進んでいる件も伝えた。

「アマリア嬢のゴーレムが活躍しているそうだね」

カスパルにも独自の情報網がある。友人のファビアンや護衛たちだ。追加でシウが報告すれば情報はより正確になる。

「あれだけの巨体を動かせるのはすごいよ。アマリアさん以外の人に使えるのも良かった」

「国家事業になるはずだ。経済効果もかなりものだと聞いているよ」

シウが「そうらしいね」と頷けば、カスパルはふふっと笑った。

「何故《なぜ》か、発案者の名が表に出てこないようだけれど」

シウが目を逸《そ》らすと、カスパルはテーブルに肘を突いた。ロランドの視線が厳しくなるが、カスパルは「お小言はなしだ」と言わんばかりに手を振った。ロランドは肩を竦《すく》め、見ないフリをした。身内しかいない遊戯室だからと目を瞑《つむ》ったのだろう。

「全く、欲のないことだ」

「欲はあるよ?」

カスパルが疑わしそうに「そうかい？」と首を傾《かし》げる。シウは苦笑した。

「うん。欲をかいて珍しい薬草を栽培したり、貴重な素材を狩ってきたり」

昨日今日と身をもって実感している。欲があるから手に入れるし溜《た》め込《こ》む。

欲があるから時戻しという禁忌にも近い薬を作るのだ。大事な存在を決して失いたくないという欲がそうさせる。

「いつものことだね」

カスパルの言葉に、ダンが「そーだそーだ」と続ける。もう酔っ払っているらしい。けらけら笑った。カスパルは自分の従者を眺めながら、笑みを深めた。

「君のそれは、許される欲だと思うのだけど」

カスパルは心の中が読めるのだろうか。それともシウの顔に書いてあるのか。しかも、全てを分かっていて、なお受け入れようとする表情だ。慈愛《じあい》に満ちている。

「まあいいさ。深く考えるまいよ。それより――」

カスパルはにこりと微笑み、ガラリと話題を変えた。

「今度、オークションに参加してみようと思ってね。シウも興味があるのではないかな。以前、そうした話をしていただろう？」

「ああ、うん。友人が大熊蜂《おおくまばち》をオークションに出したから、見にいったよ」

「うんうん。僕はね、闇オークションの方に行ってみようと思うんだ」

「え、闇？　それって大丈夫なんです？」

第一章

根回し

シウがロランドに視線を向けると渋い顔で小さく頷いた。カスパルは微笑んだままだ。

「闇と言ってもいろいろあるのさ。僕が参加するのも、ギリギリ許される範囲だ」

「ギリギリ許されるって、そんなものがあるんだね」

「シウが見にいったというオークションは昼の開催だったろう？　何も知らない子供や女性が見ても、まあ、問題にならない品ばかりだ。たとえそれが大熊蜂という魔物であってもね。そもそも、魔獣や魔物は誰もが目にする『普通』の素材だ。しかし、世の中には大っぴらに見せられない品もある」

それらが闇オークションで扱われるようだ。カスパルは人差し指を立てた。

「僕が欲しいのは遺跡から発掘される古書だ。遺跡発掘人がそのままオークションに出してくる。古書店や古書本組合を通さずにね。発掘人は利ざやを取られたくない、一攫千金《いっかくせんきん》も有り得ると挑戦する。こちらには稀覯本《きこうぼん》を見付ける喜びがある、というわけだ。もちろん玉石混淆《ぎょくせきこんこう》だろう。目利きができなければ大損だ。動く金額も大きい。何があるか分からないのが闇オークションさ。しかも夜の開催ときた。だから、護衛は必須条件でね」

「ああ、そういう感じの。だったら護衛がてら、僕も行くよ」

シウが護衛を請け負うと言えば、カスパルはグッと拳《こぶし》を握った。

「よし。ルフィノ、シウの言質を取ったのだから構わないだろう？」

「仕方ありませんな。ロランド殿も諦めてください」

どうやらシウの返事次第では参加できなかったようだ。ロランドは苦笑し、ルフィノに向かって頷いた。

「シウ様がご一緒でしたらと申し上げたのはわたくしです。許可致しましょう。シウ様、若様の護衛は大変かと存じますが、どうかよろしくお願い申し上げます」

「あ、はい」

「ロランド、君は心配しすぎだ」

「坊ちゃまがもう少しばかり分別を付けられましたら、わたくしの心配の種も消えるのですが」

溜息《ためいき》交じりの愚痴《ぐち》に、カスパルは苦笑いだけで返事をしなかった。しかもさりげなく本を手に取る。シウとルフィノは顔を見合わせ、ロランドの溜息は深くなった。

◇◆◇◆◇

火の日の授業後、シウはバルトロメに論文を提出した。魔獣が人間の魔力を測っているのではないかと考え、実験した結果をまとめた内容だ。裏付けには、魔力を少なく見せる魔道具《魔力量偽装》を使った。シウの自作だ。これを使うと魔獣の標的から外れた。

とはいえ、必ずとは言い切れない。魔獣には本能的な気配探知の能力があるからだ。中位以上の魔獣になると簡易鑑定のような能力もあるようだった。スキルではない。シウが鑑定しても表示されないからだ。未発見の器官があるのか、あるいは種に備わる元来の能力なのかもしれない。人間の場合も、大半のドワーフには力があるしエルフは身軽だ。

　この実験の対象にした魔獣は中位までだった。上位種はこの辺りに生息していない。何よりも上位を相手に実験するのは危険すぎる。というのも、魔力が元々少ないシウ自身では実験にならず、冒険者に任せたからだ。実験に協力してくれた冒険者を危険な目に遭わせられない。対象は中位の魔獣までだったが十分にデータは取れている。

　バルトロメは魔道具の仕組みや論文内容に興味を持ち、真剣に読んでくれた。

「これに似た推論は僕も聞いたことがあるんだ。ただ、実験までした人はいないと思う。いい着眼点だね」

「一部の冒険者には実験を続けてもらっています。もう少し数字を出してからになるでしょうが、論文が認められれば魔道具も広めやすいですよね」

「分かった。僕の方で、知り合いの学者や現場に出ている大物先生に声を掛けよう。彼等のお墨付きがあれば売れるよ」

　ひとまず実用化に漕ぎ着けられればそれでいい。選択肢が増えるのは良いことだろうし、種類が多ければ複数を所持することで安全度を上げられる。一つで全てをカバーできる物などない。今回で言えば、魔道具と魔獣避《よ》け薬玉《くすだま》を併用すればより安全な移動が可能となるだろう。

　バルトロメは論文の穴を探すと約束してくれた。

水の日は生産科の授業がある。この日のシウは、ひたすらコタツ造りに精を出した。ロトスに案を出してもらってから何度も設計図を描いている。

一番簡単なのは集熱石を使う方法だ。集熱石とは天然の温石《おんじやく》のようなものである。熱くなりすぎず、形を整えるだけで自然のまま使える。一方で、出回る量が少ない。だからこそシウは懐炉を作った。出回っているのであれば集熱石の利用を考えた。

この集熱石、実はミセリコルディアの見回り中に発見してある。地下深くに鉱脈があると、シウの探知で判明した。ただ、場所が悪かった。隣国のシアンにも跨《また》がっているのだ。どちらのものか話し合いで決まるならいいが、決着まで時間が掛かる。それに地下鉱脈を探知できる能力者は少ない。シウも自分の能力を隠しているため、国やギルドには報告しなかった。

ないものについて考えても仕方ない。他に、石を焼く案もあったが、最終的にシウもロトスも危険すぎると却下した。どの家にも竈《かまど》はあるから簡単にできるだろう。簡単なだけに凡ミスも有り得る。水に触れてもいけないし、落として肌に当たれば大火傷《おおやけど》だ。

もう少し安全な方法はないかと考える。

たとえば熱が伝わりやすいのは金属だ。薄くした、金属板はどうだろう。どうせなら以前から気になっていた酸化鉄を再利用したい。シウは何度も実験を繰り返した。加熱すると鉄に戻り、続けるとまた酸化鉄になる。シウは首を傾げた。

「こんなだったっけ。途中で止めないとダメなのかな。でも、再利用はできるかも？」

第一章

根回し

前世での知識のほとんどがテレビや本だ。この世界でシウが学びたくとも、専門家の職人たちは感覚で覚えていて書物に残す人はほぼいない。技術は弟子が受け継いでいく。

「うーん。まあいっか。実験は好きだし」

幸い、地道な作業はシウの得意とするところだ。授業時間の目一杯を使って実験を繰り返した。おかげで、酸化鉄の再利用ができる道筋はできた。

そうなると、途中で手を止めたくない。シウは教室でそのまま昼食を摂《と》ると、レグロに許可をもらって午後も教室に居残った。午後の生徒たちは「あ、またいるな」と慣れた様子だ。同じような生徒は多い。生産科では適度に放っておいてくれるから、皆が自由だ。

さて、再利用が可能となったのなら次の工程に進める。できれば自分たちで温め直し、使い続けられる形にしたい。何かないかと素材を取り出しては考えた。

熱に関係のある素材を取り出してはああでもないこうでもないと実験した末に、やがて火鶏に辿り着いた。とてもポピュラーな魔獣である。思わず声に出た。

「うわー。【灯台下暗し】だ」

火鶏は火を噴く魔獣だ。危険ではあるが魔獣としては小さい方なので狩りやすい。肉質も良く、食材として流通している。肉や羽以外の部位は捨てるほどだ。その捨てる部位にシウは目を付けた。

火鶏の嘴は熱を溜《た》め、かつ火への耐性があった。つまり燃えない。単体での実験で確証を得たシウは、嘴を粉にして鉄と混ぜてみた。それを一旦、板状にする。

生産のクラスには庭側に専用の竈があった。火を入れ、内側の壁に取り付ける。様子を見たが燃える様子はない。鑑定魔法で視《み》ても問題ないと分かる。

「よし、これで行こう」

配合についてはまた最良を探すとして、組み合わせは決まった。

次に、この薄い鉄板に直接触らずに済む方法を考えた。全てを覆ってしまうと取り出す際に危険が伴う。それでは石を焼くのと変わりない。せっかく薄い鉄板の形にしたのだ。これを生かすなら、スライド方式はどうだろう。外側は熱を通さない素材にすればいい。

鉄板を温めるのは竈だ。家事の邪魔になってはいけない。スライドさせた鉄板を受け止める装置も薄型にする。設置作業も簡単にすべく、ルシエラ王都でよく使われる竈に合わせて作った。

竈側の装置には薄い鉄板を受け入れる枠があり、嵌《は》めれば自動で鉄板がスライドする。ノック式シャープペンシルのようなものだろうか。適温になれば自動で戻る。装置自体は設置したままだ。竈と同じく、高温に強い素材で作ればいい。

鉄板を覆う外側の素材には、火鶏の羽を使った。乾燥させ粉にしたものをスライムゲルに交ぜる。更にアルミも間に挟んだ。アルミは熱を伝えやすいが放熱も早く、ちょうど良い按配《あんばい》だ。何層かに分け、一番外側にニクスルプスの毛を混ぜた。寒さに強い魔獣の毛はひんやりとして気持ちいい。元々、内側の熱を外に出さない効果がある。

何度か配合をやり直し、こんなものかと適当なところでコタツに組み込んだ。コタツにも竃に取り付けたのと同じ形の枠がある。ニクスルプス入りアルミで覆われた鉄板を嵌めれば自動で中身が飛び出す。これが熱を伝えるためのパイプを温める。もちろん、囲いがあって人の手や足が直接触れることはない。このパイプは蓄熱するスライムゼリー入りだ。天板下に張り巡らせた。コタツ本体は木組みで作ってある。

シウは早速、足を入れた。

「おー、いいかも」

綿入りの布団を掛けただけのコタツだが、シウの想像以上に良かった。顔がふんにゃりと緩む。すると、周りで作業を続けていた生徒が一人二人と気付き、興味津々で覗《のぞ》きに来た。教室内は暖かいけれど、それでもコタツの良さは分かるだろう。シウがどうぞどうぞと勧めると、三方に入って座る。レグロもやってきて細い生徒の横に無理矢理入り込んだ。ギュウギュウ詰めだ。

「おお、こりゃ、あったかいな。今度は何をやってんだと思っていたら、これか」

「はい。今回は苦労しました」

「だろうな。いつも以上に実験していたもんな」

「魔法を使わないって大変ですよね」

「待て。これ、魔道具じゃないのか？」

「はい。魔道具だと庶民が買えないでしょう？　寒さ対策の道具ですから」

「お前らしいっちゃ、らしいけどよ」

レグロが呆《あき》れたように笑う。魔法学校で生産を学んでいながら、魔道具ではない「ただの道具」を作っているからだ。にも拘《かかわ》らず、普段から庶民向けの魔道具を作るシウを応援しているし、面白がってもいる。

レグロが自由に振る舞うシウを叱《しか》らないのは「面白い」以外にも、すでに卒科扱いだからだ。なお、卒科しても居座る生徒は多い。アマリアもその一人だ。それが許されている。レグロだけではない。生産の生徒は皆がそうだ。今もコタツに入りながら、どんな仕組みなのかを楽しげに語り合う。シウもぬくぬくしながら笑顔で答えた。


シウはその日のうちに商人ギルドへ赴《おもむ》き、コタツの商品化をシェイラに相談した。

「まだ作ったばかりなんですが、クラスメイトには好評でした。できれば早めに商品化したいので、実験に付き合ってくれる商家を紹介してもらえませんか」

「シーカーの生徒に好評だったのなら問題ないでしょう。実験は任せて。商家についてはギルドで候補を絞るわ」

大寒波のせいで死人も出ている。多くの商家が寒さ対策の商品を挙《こぞ》って開発しているが、焦っているためか思うような結果が出せていないという。

「一番安上がりなのは温石だったけれど、怪我《けが》も多いのよ」

シェイラが溜息を漏らした。他にも、良い品ではあるが高すぎて売れないパターンもあるようだ。

第一章

根回し

「コタツはいいわね。ただ、木製だから少し心配かしら。薪《まき》にしようと短絡的に考える人もいそうだわ。そうねぇ、その場合は価格設定を高めにしておけばいいかしら。薪の方が安いと思えるものね。長い目で見れば安上がりの暖房器具よ。何より魔道具じゃないのがいいわ。魔道具は製作に時間が掛かる上に、高価になるもの」

「あ、コタツに使用したのはラトリシアでよく流通する素材ばかりです」

それを聞いたシェイラは仕入れが安く済むと喜んだ。

その後、互いに気になった点を見付けては修正していく。代替の素材や実験する際の注意点など、追加で書類を作成した。

商人ギルドでは特許申請された品を担当部署でチェックする仕組みがある。あまりにも問題があるようならば突き返されるが、そうでなければ登録は簡単だ。これを商品化するのは商家で、旨味《うまみ》がなければ手など出さない。シウの場合、使用料を低く設定しているが条件付きだ。販売価格にも反映するように指示しており、かつ、ギルドの専門機関で最終チェックを受けるように書いてある。ボロ儲《もう》けはできないかもしれない。しかし、ギルドのお墨付きを得られることから、意外と名乗りを上げる商家が多いようだ。

「最近は『シウ＝アクィラ様の新しい特許は出ていませんか』と毎週確認に来る商家もいるほどよ」

シェイラは自慢げに告げると、連絡する商家のピックアップを始めた。

「今回、実験数が少ないのでそこだけ気を付けてください。もし素材の組み合わせを変更するなら、危険もあると――」

「分かっていますとも。任せてちょうだい」

胸を叩《たた》くシェイラに頭を下げ、シウは屋敷に戻った。


試作したコタツはロトスの部屋に置いた。

「わ〜、こたつだぁ！」

でんぐり返しで喜びを表すロトスに、シウは「まだあるよ」と笑って告げる。もったいぶって魔法袋から取り出したのはミカンだ。

「そ、それは、まさか！」

「そう。コタツと言えばミカンだよね」

「わかる！　あっ、あとね、あいす！」

ニコニコ笑いながらコタツに入る。それから念話で話を続けた。

(前に友達がさ、コタツが家にないって言っててビックリしたことあるんだ。俺んちはコタツが必需品だったの。友達は都会育ちのマンション暮らしだから部屋が暖かいんだって。俺はコタツでアイスがいいや)

難しい言葉になると咄嗟に出ないらしく、ロトスはすぐに念話を使う。シウがチラリと強めの視線を送ると「はぁい」と溜息交じりで返事だ。

「とりあえず、ひとをだめにするどうぐ、つかおーぜ」

第一章

根回し

シウは笑って、コタツの中に入れる鉄板を魔法で熱した。魔法が使えるのなら直接温めてもいい。ロトスはとろんとした顔でコタツの天板に顎を乗せた。

「あったかい～」

そこに、ブランカが突撃する。コタツの中に入り込もうとしたのだ。まるで猫のようだが、彼女は成獣間近のニクスレオパルドスである。猫どころか犬よりも大きい。

「わ、こら、こたつ、こわれる！」

全体が揺れ、天板に置いたミカンが転がり落ちる。

「ブランカ、こら、出ておいで」

「ぎゃぅん」

「寒くないよね？　これは寒さを感じる人のための道具なんだよ」

「ねこ、せまいところ、すきだよね～」

「ブランカは猫じゃないけどね」

とはいえ、猫のようでもある。太い尻尾を動かし、シウやロトスにパシパシと当てる。出たくない嫌だと態度で示しているらしい。

「しゃかえししゃれた！　んんっ。よし、きょーいくてきしどーだ！　まて！」

ロトスが尻尾を摑《つか》むとブランカはびっくりして飛び上がった。その勢いのままコタツから這《は》い出る。それを追いかけようとロトスが獣型に変身した。その後は大運動会だ。

どのみち彼等が暴れ回るのは隣の部屋まで。防音もしてある。シウはやれやれとコタツ

に入った。

しばらくして、少々お怒りモードのフェレスがブランカの首根っこを噛《か》んで連れてきた。引きずっているのは彼女が大きいからだ。ロトスもしおしおと後を付いてくる。どうやらフェレスの逆鱗《げきりん》に触れたらしい。といっても、玩具《おもちゃ》を蹴飛ばした程度だろう。

同じく隣室にいたらしいクロがのんびり飛んできた。彼が焦っていないのなら大したことはない。クロは、シウとコタツを見て潜り込んできた。掛け布団とシウの膝に挟まれ、ぬくぬく状態だ。そんなシウたちの横で、フェレスのお説教は続いた。

◇◆◇◆◇

翌日のシウは、フェレスを連れて王城にいた。呼ばれたわけではない。シュヴィークザームにロトスの人化が成功したと伝えるためだ。通信魔法は使わない。ロワイエ大陸で一番と言われる魔法国家の中枢に送る勇気はなかった。

シウと顔見知りの門兵は、すぐに担当の近衛《このえ》騎士を呼んでくれた。

「ポエニクス様からの要請もないのに来たのかい？　珍しいね」

「新しいお菓子を作ったんです。それにあまり放っておくと飛んできそうで」

「ははは。実際に飛んでいったものね」

笑い事ではない。シュヴィークザームは実際に学校まで飛んできた。しかも文化祭中の出来事で、当然のように大騒ぎとなった。助けてくれたのは王族のオリヴェルだ。彼がいれば、むやみに近付こうとする者はいない。警護担当は気を遣《つか》っただろう。シウもシュヴィークザームのお守りに神経を尖《とが》らせた。

「最近は料理に嵌まっているらしいので、呼び出しはもうないと思いたいです」

「ははは。料理と言えば、最近は当番に味見をさせてくれてね。個性的な味も多いけれど、ポエニクス様手ずからということで当番に手を挙げる者が増えたんだ」

前は手を挙げる者がいなかったように聞こえる。シウは何も言わず頷くに留めた。今が親しいのならそれでいい。

シュヴィークザームの部屋に入ると目の前に本人が立っていた。待ちきれなかったらしい。シウはついつい笑った。

「お菓子持ってきたよ」

挨拶もそこそこにシウが告げると、シュヴィークザームが自ら招き入れてくれる。

「そうか！　ささ、入るが良い」

メイドのカレンは、シウの様子を見て「話があるから来た」のだと気付いたようだ。お茶を淹《い》れると席を外した。シュヴィークザームの方は、

「お菓子の前に話か？」

と、不満らしい。シウは「ごめんね」と笑いながら謝った。

✦第一章✦

根回し

「仕方ない。隣の私室へ行くぞ。ここはヴィンちゃんが勝手に入ってくるからな」

そう言うと、応接室から隣室に移動した。

シュヴィークザームの私室は「巣」のようだった。フェレスたちと同じだ。クッションや毛布が散乱している。抜け出したばかりと思われる毛布の跡もあり、シウはまた笑った。

シュヴィークザームは気にせず、先に結界を張った。シウもこっそりと張る。

「これで外には聞こえぬ。さて、聖獣の子になんぞあったか？」

「そうなんだよ。人化ができたんだ」

「おお、そうか！　それはめでたい。捕まる心配も減るであろう。それに何といっても聖獣が人語を話すのだ、かわゆいであろう？」

シュヴィークザームの物言いに笑いを堪《こら》え、シウは話を続けた。

「そうだね。今のところ自在に変身できているし、落ち着いたら会ってくれる？」

「もとより。なんぞ、理由をつけて外で会いたいのだが」

「そうなんだよね。ここに連れてくるのは危険すぎるし」

「うむ。我でも分からぬような場所に術式を仕掛けておるらしい。それに宮廷魔術師に見付かっては面倒だ」

「だよね。……手がないこともないんだ」

「うむ？」

「シュヴィが黙っていられるなら、だけど。嘘《うそ》がつけないから難しいかな～」

「む。我は確かに嘘をつくのは苦手だ。しかし、やってやれぬことはない。無視すれば良かろう」

この掛け合いも慣れたもの。互いに楽しんでいる。シウはふんふんと頷いた。

「何を聞かれても答えなければ良いのだ。カレンも言っておったが、我は人間からすれば表情がないのであろう？　であれば『顔色を窺《うかが》う』とやらができぬはず」

「なるほど。じゃあ、内緒の魔道具を渡しちゃおうかな」

もったいぶって語ると、シュヴィークザームが前のめりになった。顔色を窺うまでもなく、ワクワクしていると分かる。これでは秘密事など簡単にバレるのではないか。と考えたが、シウもそこまで「絶対」を求めていない。

「実はね、良いものを拾ったんだ。何度も使って試したから問題はないよ。あ、これ、本当の本当に内緒だからね？」

「うむ！」

「これね、転移ができる古代魔道具なんだよ」

「……は？」

「どこか、シュヴィしか入れない場所に設置させてくれる？　もう一つを別の安全な場所に設置すれば、あとはこの《転移指定石》を使って転移ができるようになる」

ブラード家の屋敷内や爺様の家、コルディス湖の小屋へは招待できない。彼が信用ならないからではない。彼の後ろにあるものが怖いからだ。つまりバレたとしても、全く関係のない場所に転移すれば問題ない。設置場所は後ほど要相談だ。

シウがニコニコ笑って古代魔道具――実際はシウが作って古代風に偽装したもの――を見せると、シュヴィークザームが「おぬし、バカであろう？」と冷たい声で言う。

「そのように貴重な魔道具を個人で使っておるのか。それを我にまで教えるとは何事だ」

「シュヴィだから教えたのに」

「う、うむ、そうなのか？」

口ごもりながらシュヴィークザームが目を逸らす。「シュヴィだから」と言われたのが嬉しかったらしい。シウは微笑んだ。

「どうする？　あんまり数がないし、要らないなら設置は止めとく」

「む。いや、それは」

「転移先もまだ決めてないんだ。どうせなら、シュヴィが避難できるような場所にしておきたいしね。希望があるならなるべく叶《かな》えるよ」

「そうか、おぬしの家は下宿先だと言っておったな。我が行けば迷惑になるか」

マイペースな聖獣ではあるが、元来は賢くて優しい。シュヴィークザームは腕を組んで考え始めた。

「そうだのう。王都外で、かつ近場と言えばプリメーラも安全であろうな。だが、設置に行くとなると難しいか。王領を通らねば遠回りとなってしまうしな」

思いがけない場所が飛び出て、シウは驚いた。

「それ以前に、そこ、『サタフェスの悲劇』と呼ばれた昔の王都だよね？　今も封印しているんじゃなかったっけ」

「実際には、それほど危険でもない。上級冒険者が常に迷宮内を巡回していると聞くぞ。軍も持ち回りで常駐しておる」

「へえ、そうなんだ。でも人がいるんだよね？」

「だからこそ、安全な場所だと思うたのだが。ああ、その南に位置するオプスクーリタースシルワならば人っ子一人おらぬな」

オプスクーリタースシルワとは、古代の言葉で闇の森というような意味がある。一番高い山にヴァニタス——虚無——と名付けるほどだ。恐ろしい場所だと言われている。シウの生まれ故郷のイオタ山脈よりも危険なのではないだろうか。

「あそこならエルフもおらぬはずだ。安全であろう？」

「あれ？　シュヴィはエルフと敵対はしていないよね？」

「ラトリシアのエルフの背後にはハイエルフどもがおる。聖獣である我等のことすら下に見ておるわ。利用してやろうという考えが透けて見えるのよ」

どうやら以前出会ったハイエルフに思うところがあるようだ。シウは納得した。

「そうなんだ。じゃあ、ミセリコルディアもダメだね」

ミセリコルディアにはノウェムという氏族のエルフが住んでいるからだ。しかし、他に良い場所というと思い付かない。

第一章

根回し

「我の万が一の避難先でもあるのよな？」

「うん。どうせならね。あちこちに設置できないからこそ、吟味《ぎんみ》したい」

「ふうむ。では、やはりプリメーラに近い場所が良いのではないか。何かあっても飛んで移動ができる」

「そっか、そうだね。結界があれば魔獣も怖くないし。だけど、設置するには一度そこに行く必要があるんだ。僕が勝手に入ってもいい場所なの？」

転移では行けない。シウ自身が転移できると、シュヴィークザームにも教えていないのだ。それに後々バレた時に「どうやって設置しに行ったのか」を説明する際の言い訳も作っておきたかった。

「王領への通行手形と、地下迷宮への通行許可証を出させるか」

「何の名目でさ」

「そこはそれ、我の頼みでプリメーラの様子を知りたいとかなんとか」

絶対に信じてもらえないと思うが、シウはシュヴィークザームの次の言葉を待った。

「シウが小手調べに入ってみたいと我に頼んできた、と言っておくか？」

「やめて。それ、ヴィンセント殿下は信じないだろうけど、他の貴族が信じるから」

そして何かあると疑うだろう。更に、聖獣の王を利用したとして責められるかもしれない。シウは頭を振った。

「ふむ。そうだ、確か、おぬしは遺跡研究がどうたらと学んでいたな？」

「古代遺跡研究ね。うん。え、まさか」

「それよ。我の我儘《わまま》を聞いてくれた礼に、プリメーラへ入る許可を与えたと言えば良い。冒険者でも入れるのだ。おぬしなら構うまい。なにしろグラキエースギガスの討伐を指揮したのであろう？」

「指揮役は別の人だよ。僕は全体の様子を俯瞰《ふかん》で見て、伝えただけだからね」

「ふん。分かる者には分かるのだ。ヴィンちゃんも理解しておる。おぬしの冒険者レベルが高いことも重々承知だ」

「えぇー。やっぱり色々調べられてるんだ？　やだなあ」

「言っておくが、我の友達になる前からのことだ。決して我のせいではない」

「はいはい」

結局、シュヴィークザームの案で決まった。

プリメーラには軍の飛竜便が定期的に飛んでいるそうだ。兵士たちの移動に使っているその便に、シウも乗せてもらえばいいとシュヴィークザームが言う。フェレスに乗って行くわけではないが、飛竜便は王領上空を飛ぶため通行手形は必要になる。

ちなみに、この王領に機密性の高い施設などはない。農作物を育てているぐらいだ。定期的に許可を得た冒険者が魔獣討伐に入っている程度には、何もない。

通行手形は形式的なものだ。シウなら、後ろ盾に身分のしっかりした貴族が付《つ》いている。発行は簡単だろうとシュヴィークザームは胸を張った。

第一章

根回し

ややこしい話が終わると、シュヴィークザームがそわそわし始める。シウは新作のお菓子を取り出した。

「カボチャのパウンドケーキ、木の実乗せだよ」

「おお！」

「表面にうすーく糖衣掛けしているんだ。見た目が良いと思わない？」

「うむ、うむ！」

身を乗り出すシュヴィークザームに、シウは「まあ、待って」と手で制す。

「ここに生クリームを添えます」

「おお！」

「更に彩りにミントを乗せます」

爽やかな香りがうっすらと広がる。セルフィーユでも良かったかなと思いながら、シウはシュヴィークザームの目の前にデコレーションした皿を置いた。

「カレンさんも呼ぶよね？」

「む。すぐに呼ぶ」

大量の毛布やシーツの中からゴソゴソと呼び鈴を捜し出し、急いで鳴らす。

それはそれとして、何故こうも丸めた布があちこちに散らばっているのか。手の届くところに全てを集めている。確かに、シュヴィークザームの私室は広かった。対外用の応接室はもちろん、シウが今いる私室にシュヴィークザームの寝室もある。他にも従者用の控室とその寝室、執務室も広い。クローゼットすら部屋ほどの広さだ。

その反動か、部屋の中央にあるテーブル付近だけで生活が成立している。

「お話は終わりましたか？　あらまあ、美味しそうですね。では、新しく飲み物を用意いたしましょう」

カレンが入ってきて、にこにこ笑う。彼女は「巣」を受け入れているらしい。

「あ、カフェオレならありますよ」

「かふぇおれ、でございますか？」

「珈琲《コーヒー》と角牛乳を混ぜたものです。パウンドケーキにも合うと思います」

「まあ。ありがとうございます」

カレンは早速シュヴィークザームの向かいのソファに座った。シウもそちら側に座る。

シュヴィークザームはソファには座らず、毛布の上に腰を下ろした。

「シュヴィークザーム様、お友達の前ではもう少しきちんとされませんと」

「友達ならば見られても構うまい」

「さようですか？」

「それより、早く食べるぞ」

フォークを片手に宣言する。待てない様子のシュヴィークザームに、シウは苦笑いでカフェオレを取り出した。カレンの前に置いた途端、シュヴィークザームが早速食べ始める。

一応、マナーを守るつもりはあったようだが、がっついて食べるのでアウトだ。シウとカレンは顔を見合わせた。

「あまり急いで召し上がりますと噎《む》せてしまいますよ」

カレンの注意も聞こえていない。彼女は諦め、自らも食べ始めた。

「しっとりとしているのはバターの量でしょうか。とても美味しいわ。わたし、これは大好きです」

「カレンさんはなんでも食べてくれるし、好みを教えてくれるので嬉しいです」

「まあ。わたしよりも――」

言いながら、カレンの視線がシュヴィークザームに向かう。シウも彼を見た。

「うむ、これは美味しい。カボチャはあまり好きではなかったが、うむ、うむ」

「なんでも召し上がるのはシュヴィークザーム様でございますね」

「本当だ。それにしても、こんな食べ方でも上品に見えるから不思議だなあ」

「あらまあ。うふふ。そうでございますね」

まったり話しながら、シウはフェレスにもおやつを用意した。今回は報告だけだからと彼しか連れてきていない。

フェレスが食べ始めたところで、シウもナイフとフォークを手に取った。すると、シュヴィークザームの視線を感じた。物欲しそうな視線だ。ならばと追加する。

シウの中で今ブームなのがパウンドケーキだ。他にレモンやオレンジ、リンゴにベリー系のラム酒漬けなど、多くの種類を作り置いている。一部はシュヴィークザームの皿に載せ、残りは魔法袋に入れてあげた。ラム酒漬けの分はヴィンセント用だと念押しする。聞いているのかいないのか、シュヴィークザームは頷きながら追加のお菓子を掻き込んだ。

「あ、これも入れておこうかな。ミカンのゼリー。暖かい部屋で冷やしたゼリーを食べると美味しいんだ」

「ふむ」

一瞬、コタツをプレゼントしようかと考えたシウは、すぐに考えを翻した。シュヴィークザームにコタツを渡すのは危険だ。冬の猫と同じで出てこなくなる気がした。フェレスやブランカは猫系統種だが、狭い場所を好みはしても冬の寒さは平気である。シュヴィークザームの方がよほど猫のようだった。

「えーと、あとは干し柿の入ったクリームチーズパン」

「干し柿か。我はあれを食べて以来、大好きになったのだ」

「美味しいよね。乾果《かんか》にすると鉄分が豊富になるんだ。甘柿も栄養があって、どちらも良いよねえ」

うむと頷きながら、シュヴィークザームがシウの周りを彷徨《うろつ》く。

「今回の分にシュークリームはないのか？」

「あ、ないね。カスタード系は作ってないや」

「そうなのか」

無表情でも、しょんぼりしているのが分かる。シウは苦笑いでレシピを書いて渡した。

「料理、まだ続けているんだってね。これあげるから作ってみたら？」

「いいのか？　この間、厨房《ちゅうぼう》の者がこうしたレシピは秘伝だと言っておったぞ」

「構わないよ。個人で囲い込まれるのを防止する意味で特許申請してるだけで、使うことを制限してるわけじゃないんだ」

「そうなのか」

「厨房の人たちも使ってくれていいから。それで良いものができたら教えてほしい。あ、僕もシュヴィの作った料理が食べてみたいな」

「そうか！　よし、待っておれよ。我が美味しいものを作ってやろうぞ」

楽しみにしていると返事をしたが、シュヴィークザームの張り切りぶりを見ると少々嫌な予感がする。彼専用の厨房が大変なことになりそうだ。シウはカレンに「ごめんなさい」と目交ぜで伝えた。


引き留められずに済んだため、午後には屋敷に戻った。

ロトスは勉強に飽きたらしく、歩球板で遊んでいたようだ。ブランカと追いかけっこもしたらしい。教えてくれたのはクロだ。彼が報告する前から、ロトスとブランカは神妙な顔でシウの前に座っていた。ロトスは正座だ。自ら進んでやっている。ブランカはいつもの頭を下げた反省ポーズである。

「屋敷の中で必要以上に騒いではいけません。他の人の迷惑になると教えたよね？」

「はい」

「ぎゃぅ」

「防音しているとはいえ、それとこれとは別だ。『ルールを覚える』ための注意だったんだよ。それに、僕がいる時なら裏庭で遊べると話したよね。結界を張れば誰にも見られないし、音も防げる。だから帰ってくるまで我慢するようお願いした」

「はい」

「ぎゃぅ」

「時には一日中静かに待機し続ける仕事もある。ブランカは前に、僕と一緒に冒険者のお仕事をするんだと話していたよね。なら、規則は守らないとダメだ。もし、それが嫌で、いつも遊んでいたいのなら――」

その場合はシウと離れることになる。もちろん捨てるという意味ではない。彼女をどこか自由に遊び回れる場所に住まわせるのだ。ただ、いつでも一緒というわけにはいかなくなる。シウは冒険者として働いているし、今後もそうするつもりだ。

シウとブランカたちは主従という契約関係にある。だからといって生き方を縛る気はない。彼等にやりたいことがあるのなら応援したいとシウは思っていた。

とはいえ、希少獣は主と決めた人間に尽くす生き物だ。離れることを厭《いと》う。はたして。

「ぎゃぅ、ぎゃぅぎゃぅぅ……」

はなれたくない、いっしょにいたい。そう言ってブランカは鳴いた。シウが分かりやすく「規則が守れないのなら、留守番が多くなると思えばいいかな」と説明したからだ。

ブランカの項垂《うなだ》れた様子を見て、ロトスが慌てて口を挟んだ。

「あの、ごめん。おれもわるいの。いっしょに、しゃわいだから」

「うん。子供だから興に乗るのは分かるんだ。きつい言い方をしてごめんね。ロトスには特にあれこれ我慢させて可哀想《かわいそう》だと思ってる。ロトスはまだ赤ちゃんだしね。けどね、ブランカはもうすぐ成獣になる。ここで彼女がしっかり学ばないと騎獣《きじゅう》としてやっていけない。僕じゃなくて、ブランカの方が困ることになるんだ」

マナーの悪い騎獣は人間からもペナルティを受けるが、実は同じ騎獣たちからもバカにされてしまう。フェレスの成獣前後がそうだった。ドラコエクウスには無視され、彼はそのたびに遊んでもらえないと訴えていた。聖獣のスレイプニルにも、スパルタ教育でマナーを教わった。おかげで彼は「高貴なフェーレース」のフリが出来ている。

「フェレスも多くの騎獣に怒られていたよ」

「にゃ」

我関せずで寝転んでいたフェレスが「そうだったっけ」と呑気《のんき》に返す。フェレスは性格が大らかで人に愛されるタイプだ。見た目も猫のようだから怖がられない。

しかし、ブランカは見た目に怖いニクスレオパルドスだ。体も大きくなる。いくら騎獣が人に愛されているとはいえ、大型の獣の姿を恐《おそ》れないわけではない。彼女はフェレス以上におとなしくしていないとならないのだ。同じ動きでも、フェレスとブランカでは受け取られ方が違ってくる。そのためにもマナーを覚える必要があった。冒険者の仕事の手伝いをするなら尚更《なおさら》だ。

「今は僕が教えているけれど、今後もこの調子なら厳しい修行に出てもらうよ」

「ぎゃぅ！　ぎゃぅぎゃぅ……」

いやだ、がんばるからと、お願いされる。シウは可哀想になってブランカの頭を撫でた。すると、許されたと思ったらしい彼女が抱き着く。もう十分に大きな体のブランカにのし掛かられ、シウは後ろに倒れ込んだ。これもやってはいけない行動だ。シウは溜息と共に、今後についてを考えた。

◇◆◇◆◇

そんな時だ。授業中にシウが「ブランカの調教が上手くいってない」と零《こぼ》すと、レイナルドが「調教の専門家を紹介するか？」と言ってくれた。

珍しく昨日の話を覚えていたブランカが必死になって鳴く。

「ぎゃぅぎゃぅぎゃぅぎゃぅ！」

いいこにしてるから、どこにもやらないでと悲愴《ひそう》ささえ感じる。それが可愛くて、シウはちょっと笑ってしまった。ブランカはなんで笑うのと拗《す》ねた。

「ごめんごめん。どこにもやらないよ。機嫌直して」

「ぎゃぅ」

「にゃ。にゃにゃ」

「きゅぃきゅぃ」

フェレスとクロもフォローする。二頭に慰《なぐさ》められたブランカは、あっという間に元気になった。シウももちろん謝罪の後に「大好きだからね」と念押しした。

レイナルドの言う専門家とは、召喚術科の教授スラヴェナ＝トレーガー男爵のことだった。シウとは接点がない。

「スラヴェナ女史なら元宮廷魔術師で実力もある。人柄も良いぞ」

「紹介してくれますか？」

「もちろん。あっちも興味があると話していたしな。ちょうどいい」

「興味？」

「おうよ。この学校の先生ってのは、みんなどっか変わってるだろ？　スラヴェナ女史も例に漏れず、召喚術が高じて獣好きなんだよ」

「ああ、なるほど」

「フェレスだけでも可愛い可愛いと言いまくってたんだ。お前が羨ましいらしいぞ。しかも最近のシウは獣まみれだ。ほら、角牛も連れて帰ったろ？　あ、お前も変わってんな」

「先生？」

レイナルドが「あ？」と返す。シウはニコリと笑った。

「この学校の先生は『みんな』変わっているんですね？　当然、レイナルド先生も『変わっている』ということになりますね」

レイナルドはショックを受けた顔で固まった。

「いつ頃、紹介してもらえますか」

レイナルドは「俺は普通だ」とぶつぶつ呟《つぶや》きながら、シウの笑顔を見た。そこで仕返しに気付いたようだ。ムスッとした顔になる。それでも彼は面倒見がいい。授業を終えると、教授方の執務室がある三の棟にシウを案内してくれた。

スラヴェナの執務室は二階にあった。レイナルドによると、彼女は研究時間を多く取るために授業は週一と決めているようだ。その皺《しわ》寄《よ》せが別の教授に降りかかっているのだとか。その教授から文句は出ないのだろうか。シウの表情に気付いたレイナルドが「弟子だから逆らえないらしい」と笑う。スラヴェナという女性の性格が徐々に分かってくる。そもそもレイナルドと仲が良いのだ。「変わって」いるのだろう。類は友を呼ぶ。

「こんちはー、女史、いる？」

ノックもせず、気軽に執務室へ入っていく。中の女性も慣れた様子だ。

「あら、レイナルド先生。今日は終わるのが早かったんですね」

女性はローブを着けていない。服装もシンプルだ。多くの書類を手に持っていることから秘書か従者だろう。突然の訪問にも動じない。レイナルドが頻繁《ひんぱん》に来ている証拠だ。

「たまにはな！　おっと、うちの出世頭も一緒なんだ。入っていいか？」

「ええ。こんにちは、初めましてよね？　あ、挨拶は後でいいわよ。わたしも奥に用事があるの」

とは、まとめて挨拶すればいいという意味だ。執務室は大抵、手前が応接室になっている。奥に本来の執務室、隣に物置代わりの部屋や仕える者の控え室があった。

秘書の女性はシウと、その横や背後にいる希少獣三頭にも「どうぞ」と声を掛ける。その視線は優しい。彼女も希少獣が好きなのだろう。

奥の執務室に入ると本命の教授がいた。彼女はシウの姿を目にするや、パッと立ち上がった。

「まあまあまあ！　いらっしゃい。初めまして、スラヴェナ＝トレーガーよ。レイナルド、あなたにしてはよくやったわね！」

「ひでぇ。って、その前に紹介か。スラヴェナ女史、これが俺の教え子のシウだ」

「初めまして、シウ＝アクィラです。冒険者で魔法使いの十四歳です。こちらがフェレス、それからクロとブランカです」

指し示しながら説明すると、それに合わせてスラヴェナも視線を動かした。

「まあまあ。本当にとっても可愛いわね。ようこそ。さあさ、お座りなさい」

中年を少し過ぎた頃だろうか。スラヴェナは落ち着いた女性に見える。レイナルドに変人扱いされるような人には見えなかった。シウからすればオルテンシアの方が遥《はる》かに変わって見えた。彼女は独特の喋り方で、かつ破天荒型の教授だ。オルテンシアの方がレイナルドと仲が良いと言われた方が納得できる。

シウが勝手な人物評を脳内で繰り広げていると、スラヴェナが声を上げた。

「あらあら。シモネッタ、あなたらしくもない。皆さんにお茶の用意をお願いね？」

「申し訳ありません。すぐに用意いたします」

秘書の女性が頭を下げる。しかし、彼女は何もボーッとしていたわけではない。書類を手にしながらも、フェレスたちのために場所を空けようとしていた。シウは「いえ」と遠慮しかけたが、秘書がさっさとメイドに声を掛けて準備を始めてしまった。

「わたしが大勢に囲まれるのが嫌なの。人が少ないでしょう？　そのせいで、秘書のシモネッタには従者の仕事までさせてしまっているの。失礼をしてごめんなさいね」

確かに、他の教授の部屋と比べると極端に人の気配がなかった。教科にもよるが、普通は秘書や従者が数人は付いているものだ。侍女《じじょ》やメイド、護衛を入れたら十人は軽く超える。

「わたし、庶民上がりなの。何故か男爵家に嫁いでしまってね。何年経っても人に傅《かしず》かれることに慣れないのよ」

「人嫌いなわけじゃないんですね」

思わず返すと、スラヴェナは微笑んだ。

第一章
根回し

「もちろんよ。ただ、人よりは獣が好きね。それにしても、この子たちときたら、なんて可愛いの。素敵な毛並みだわ。丁寧にブラッシングしているのね。あら、良い首輪を着けてもらっているじゃない。まあまあ、なんて綺麗《きれい》なのかしら。眼も濁《にご》りがないわね。栄養たっぷりの良い食事をいただいているのね。あら、怯《おび》えなくてもいいのよ。そうそう、あなたは賢いわね。もう立派に成獣だわ。こちらの子は――」

「女史、女史、落ち着いて。シウが引いてる。あと、クロは賢いんじゃなくて固まってるんだ。ブランカも怖がってる。やめろ、近付くなって」

レイナルドの言葉で、ソファから身を乗り出していたスラヴェナが元の位置に戻った。シウは唖然《あぜん》としたままスラヴェナの早口言葉を聞いていた。

クロとブランカはスラヴェナの目力にびっくりしたままだ。そんな二頭とは対照的なのがフェレスだった。シウの座ったソファの横で大きな欠伸《あくび》をしている。全く意に介していない。さすがはフェレスだ。マイペースである。

お茶の用意が終わるのを待って、レイナルドがここに来た理由を話した。スラヴェナは目を輝かせて喜び、シウが口を開く前に手を取った。

「任せてちょうだい。必ず立派に調教してみせましょう」

「ぎゃぅぎゃぅぎゃぅぎゃぅぎゃぅ！」

「あ、いえ、その」

いや、こわい、かえる。ブランカの悲愴な声に、シウはつい及び腰となった。ところが、それを見たスラヴェナが目を吊《つ》り上げる。

「あなたがそうやって甘やかすから、この子はどっちつかずになるの。いいこと？　調教は主以外がすべきよ。別の人間の指導を受けることで客観的な視点が養えるわ。冷静に考える力も得られる。もちろん、しっかり調教できる主もいるでしょう。けれどね、それは熟練者だけよ。あなたは生産科で学んでいるようだから知っているでしょうけど、親の跡を継ぐ職人たちが若いうちに別の職人の下で学ぶことがあるわね。違う方法、別の視点を知る必要があるからよ。技術も学べるわ。学んで育つ、これは生き物の力よ。しかも、わたしたちは植物のように時間をかけなくてもいい。短い時間で変われるの」

早口で告げる内容のどれもがシウを落ち込ませる。

「はい、そうですね……」

納得できるからこそ自分の甘さ加減に悄然《しょうぜん》となる。そんなシウにフェレスが体を寄せた。クロは肩の上に乗ったまま、髪の毛を摘む。慰めてくれているらしい。ただ、少しだけ痛い。

「クロ、ありがとう。なんだけど、髪の毛を抜くのはやめてね」

「ふふふ。あなたのことが好きなのね」

「ええと、はい、そうですね」

「とても良いことよ。そうね、では、クロちゃんとブランカちゃんに教えてあげましょう。

わたしが先生よ」

「クロもですか？」

「ええ。それこそ、甘えるのは良いけれど、髪の毛を引っ張ってはいけないと覚えなければならないわ。力加減ね。それに、おとなしくて『良い子』をしているだけでは希少獣としての働きはできないの。一度羽目を外してみるといいわ」

スラヴェナには詳しい性格など説明していなかった。それなのに見抜いている。シウが尊敬の眼差《まなざ》しで「すごい」と漏らせば、シモネッタが頷いた。

「スラヴェナ様は、獣の心に関しては右に出る者がいないと言われるほどの見識がおありでございます」

誇りに思う気持ちが伝わってきた。しかし。

「獣の心に関しては、か。つまり、それ以外はダメってことだろ？」

レイナルドが茶々を入れる。シモネッタとメイドが呆れ顔で彼を見た。レイナルドはここでも自由に振る舞っているようだ。

調教の時間割りはあっさりと決まった。シウが授業を受けている間に預かってくれるという。

「いいんですか？　水の日は午前中いっぱい、火と金の日は一日中になりますが」

「たったそれだけでしょう？　わたしは水の午後しか授業がないの。それに、調教も研究の一環だわ。全く問題はなくてよ」

シウの顔が心配げに見えたのだろう、シモネッタが慌てて口を挟んだ。

「研究と言っても、別にひどいことはしませんからね」

「あ、はい。レイナルド先生の紹介だから安心していますから安心しています」

「まあ。レイナルド先生、教え子に慕われているのね」

シモネッタが微笑む。レイナルドは胸を張った。

「そりゃそうですよ。俺も、こう見えて立派に生徒を教えてんです」

「あのレイナルドがねぇ。わたしの知らない間に偉くなったものだわ」

「スラヴェナ女史、誤解を招くような発言はやめましょうや」

「おほほほほ」

年齢も性別も違うが、二人は仲が良さそうだ。シウが微笑ましく眺めていると、レイナルドがパッと振り返った。

「違うぞ、シウ。女史は教授会で、庶民上がりの講師や教授陣をさりげなく助けてくれる姉御的な存在なんだ。別に男女のあれこれじゃないからな」

「そこは疑ってないよ。ていうか、そこまで否定するのも失礼なのでは？」

「バ、バカ、お前！　相手は腐っても女男爵だぞ！」

「腐っても、とは酷《ひど》い言い草ですこと。それにわたくし、夫を亡くしておりますからね。一応独り身ですのよ。誰憚《だれはばか》ることなく、殿方との恋の噂《うわさ》ぐらいは――」

「俺は年上趣味じゃねぇし！」

「まあ、失礼ね」

失礼だと言いながらも、スラヴェナは笑顔だ。わーわー騒ぐレイナルドを軽くあしらっている。やはり、シーカーの教授陣は一癖も二癖もある人ばかりのようだ。

第二章
闇オークション

The Wizard and His Delightful Friends
Chapter II

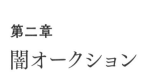

午後の授業中、シウはいつものようにヴァルネリを隣に張り付かせたままハイエルフ対策について考えていた。考えがまとまらず、気分転換にと別の魔道具やコタツを作って脱線していたからだ。もちろんアイディアが出る都度、魔道具を作ったり魔法を開発したりはしていた。が、しっくりこない。

とはいえ授業も大事だ。たまにヴァルネリの問いに返事をし、ラステアの補講も聞く。

「術式を追うのは地中の魔素《まそ》への問いかけ、か」

そもそも、ハイエルフには幾《いく》つかの種族特性と言える固有スキルがあった。シウが今、対策したいのは「誰かが使ったであろう魔術式を探知する」スキルについてだ。その魔法を実際に見た人がいるので「ある」ことは分かっている。見た人は当時幼かったが、魔法陣を覚えていた。それにより、ハイエルフは血族以外の探知もできると判明した。

同じ血筋の人を探すのであれば、使えるかどうかは別として、術式が成り立つことは理解できる。ハイエルフかどうかの区別をすればいいだけだ。しかし、魔法の術式は数え切れないほどにある。人の数より多い。しかも、自分たちの探す相手の使った魔術式だと、どこで区別するのか。

いくら膨大な魔力量を誇るハイエルフとはいえ、無駄にすぎる。それとも彼等にだけ使える裏技、秘策があるのだろうか。

「精霊術とか？」

実際に帝国時代、それらしき魔法が存在したとされている。秘匿《ひとく》の技だったようだ。物語の中や禁書レベルの本にさりげなく書かれていた。精霊術について直接書いていたわけではない。シウがそう解釈《かいしゃく》しただけだ。だから勘違いしている可能性もあった。

ただ、狩人《かりうど》や竜人族たちの話を聞いて、精霊魔法はあっただろうと思う。昔語りの中に、やはり「それとなく」混ざっている。もし本当にあるとすれば、精霊魔法で大精霊を喚ぶことができる。大精霊なら魔力量を気にせず、どこかの地にある魔術式の残滓《ざんし》を探し出せるかもしれない。あくまでも古代の物語にある描写からの推論だ。

今はできないとされても、ハイエルフたちならできるのではないか。彼等の能力を過小評価してはいけない。古代の魔法が使えると思うぐらいでちょうどいいのだ。

「――ちょっと、ねぇ。シウ、聞いてるかい？」

「はいはい、聞いてます」

「だからね、魔法陣をあらかじめ書いておくと便利は便利なんだよ。詠唱《えいしょう》を破棄できるもん。その代わり間違いがあったらいけないし、少しでも掠《かす》れていたらダメ。何より、インクが高いんだよ。それで皆は魔法陣を書くことに尻込みするんだ。一筆書き、僕も苦手だしね。そこで判子だよ。分かる？」

「掠れちゃダメなんですよね。難しくないですか」

「そこはほら、掠れないようなインクをだね、君が開発したりして」

「濃淡ができてもダメですよね。揺らぎがあるとかなんとか。論文で見かけました。そもそも、発動する際に強固なイメージが必要でしょう？　普通の人には使いこなせない気がします」

「誰でも火を放つことのできる魔法陣の紙を考えたのに。やっぱりダメか～」

「そこは火を着けるぐらいにしておきましょう。費用対効果に合わないので買う人はいないと思いますが」

「ううん。悩むなぁ」

「悩んでください」

適当に返していると、ふと視線を感じる。シウがそちらを向くと、アロンドラが目をまん丸にして凝視《ぎょうし》していた。彼女はまだヴァルネリが怖いようだ。シウは笑って壇上を指差した。アロンドラは慌ててラステアの補講に耳を傾けたようだった。


翌日の土の日、シウはククールスを誘ってシアーナ街道近くの穴場スポットに赴いた。実験に付き合ってもらうためだ。

「そりゃ、ここなら誰も来ないけどよ。よくもまあ、グラキエースギガスを討伐した場所に何度も来るよな」

「ちょうどいいんだよ。拓《ひら》けているから作業するのに便利なんだ」

「浄化されてるから、いいっちゃいいんだけど」

ククールスは冒険者ギルドに指示され、あちこちに出向いていた。冬場のラトリシアにとって上級冒険者は大事な人手だ。この日はたまたま戻ってきたところだった。

第二章

闇オークション

「久しぶりの休みにごめんね」

「いいってことよ。ハイエルフ対策の研究なら俺にも関係あるし構わねぇよ。それより、魔法袋にまた肉を入れてくれてただろ？　あれ、美味《おい》しかった。頬《ほお》が落ちるかと思ったぜ。調理法が特殊なのか？　でも初めて食べた気がするんだよな。一体、何の肉だよ」

「水晶竜《すいしょうりゅう》のモモ肉だね。モモって他の肉もそうだけど、ぷりぷりして美味しいよね」

「は？」

「今度はステーキじゃなくてカツにする？　バラ肉は炭火焼きが合うかな」

話しながら、シウは地面に魔法陣を描いた。ところが、ククールスに体を揺さぶられて失敗だ。

「あ、もう。ずれちゃったじゃないか」

「お前はバカか！」

「え」

「びっくりするだろ。なんてもの食わせるんだ！」

「あ、そっか。そうだったね。ごめんごめん。最初あっちと間違えて、でもまあいいかと思ってさ」

「あっちってどっちだよ。ったく。ていうか、他の奴《やつ》にも食わせたのか？」

「うん。前に話したことあるでしょ。友達で、竜人族のガル。すごい肉好きなんだよね。竜の大繁殖期《だいはんしょくき》の調整をしている関係で、互いに素材を融通《ゆうずう》しあってるんだ」

「もしかして、他にも竜の肉を持ってんのか？」

「持ってるよ。この間もガルに貰《もら》った。海竜一頭分ぐらいかな」

「マジかよ」

「こっちも一頭分を譲ろうとしたのに水晶竜の鱗《うろこ》だけでいいんだって。謙虚だよね」

「等価じゃねぇからだろ。そりゃ海竜もすげぇよ。けどな、水晶竜なんて伝説扱《あつか》いだ」

「そう言われても相場はないに等しいし」

「まあ、なあ。水晶竜なんてもん、そこらで売ってないもんな」

「うん」

その後、暫《しば》く無言になった二人だ。


所在なげに立ち尽くすククールスに気付いたのは、シウが魔法陣を描き終わってからだった。

「あ、ごめん。ちょっと上空から見てくれる？」

「はぁ、分かった。もう俺は気にしないぞ。気にしない。よし！」

自分の頬を両手でばちんと叩《たた》くと、ククールスは飛行板に乗った。上空でホバリングしながら地上を観察するのは意外と難しい。それを何気なくやってしまえるのは、彼の身体能力が高いからだ。

フェレスは岩石で作られた砦跡《とりであと》に待機している。周辺の見張り役としてシウが命じた。

第二章

闇オークション

幼獣組《ようじゅうぐみ》は念のため留守番だ。実験に集中したかったし、何より結界を張っているとはいえ大掛かりな魔法を使う。彼等が調教を済ませ、成獣になれば、危険な場所にも連れていくつもりだ。

「じゃあ、やってみるね」

「ああ」

魔法陣をまず発動させる。これ自体はただの雷撃魔法だ。バチバチッと強力な雷《いかずち》が、少し離れた場所に落ちる。同時に、この術式を検索して追いかける魔法を発動させた。

魔法は三種類を考えてある。一つは鑑定魔法と遠見魔法を使った高レベルの複合技だ。もう一つは探索魔法と展開魔法の複合技。最後が影身魔法と隠密《おんみつ》魔法に土属性魔法を合わせた。

それぞれ追跡は成功したようだった。ただ、時間差がある。場所が近かったので小さな誤差だ。遠い場所を探すのなら差は広がる。

上空から見ていたククールスが感じたことを教えてくれた。

「一番目は、遠見魔法が関係しているのか気配が伝わるぞ」

「やっぱりな～」

ククールスほどの実力者だと、離れていても魔法の発動に気付く。気配察知の能力が異様に高いからだ。上級冒険者なら分かる、という意味でもある。

「二番目も気付けた。時間がかかってるような気がする」

「展開魔法を使った組み合わせだね」

「三番目は分かり難《にく》かった。離れていたら気付かないレベルじゃねぇかな」

「あ、そうなんだ」

「組み合わせを変えて、またやるんだろ？」

「うん」

「そういや、使用した魔力量の結果はどうだった？」

ククールスには最初にどんな実験をするのか説明していた。彼はちゃんと覚えていて、確認を取ってくれる。シウは肩を竦《すく》めた。

「三種類とも、べらぼうに高い。自力でやると一発で死んじゃうぐらい」

「マジかよ」

高魔力を溜《た》めておける魔道具を使用すると説明はしてあったが、シウの表向きの魔力量では無理だ。というより、人族ではほぼ無理だろう。

「節約してても一回で百から三百は使用するね」

「こんだけの距離でか」

ククールスが呆《あき》れる。シウも同じ気持ちだ。

今回の実験の為に念入りな結界を張ってある。魔法の残滓さえ残らないよう、強固に固定した。その中での実験だから規模は小さい。なのに、使われた魔力の量は膨大だ。

ハイエルフの固有魔法がたとえ魔力を節約したのだとしても、もっと長い距離を検索するのだから、恐ろしいほどの魔力が必要になる。

「ハイエルフはバカじゃないのか」

「だよね」

あまりに勿体《もったい》ない魔力の使い方だ。

そもそもが、考え方の違う同朋《どうほう》らを許せずに無法を繰り返す一族だ。全てにおいて凝り固まっているのだろう。

シウはその後もククールスと実験を繰り返した。まずは無法の一族アポストルスの使う魔法が何かを特定するためだ。


この日の前夜、シウはロトスに相談していた。コタツの時のように思いがけない案を出してくれるかもしれない。期待半分で説明すると、ロトスはあっさりと答えた。

(勝手に追いかけるような、自動検出の術式を組んでるんじゃないの？　データベース化してさ。あらかじめ術式を登録していたら探すのが楽じゃん。魔力は要るだろうけど、人間はつきっきりにならなくて済むんじゃね？)

目から鱗だった。シウが感動して子狐姿《こぎつねすがた》のロトスに抱き着くと、その身がまだ細いことに気付く。ロトスが照れてワーワーと騒ぐから何も言わなかったが、シウは「もっと食べさせよう」と決意した。

「自動検出か。地面から魔素を集めることもできそうだよね」

（そういや、そんなこと言ってたっけ。俺、そういう難しいの分かんないけど）

「でもデータベースって教えてくれたよね。難しくない？　僕は前世でチラッと聞いただけだからなあ。ええと、重複しないから検索する時間が早まる、だったっけ」

（そうそう。俺の場合はゲームからの情報で、シウのは専門用語の解説的な感じ）

「あ、テレビ番組だったと思う。歳《とし》を取ると流しっぱなしになるんだよね」

（そういや、うちの婆《ばあ》ちゃんもテレビをボーッと見てたわ）

そんなやり取りの末、幾つか閃《ひらめ》いた術式があった。これを試した。

最終的に、追術魔法はさほど難しくないと分かった。データベース化も可能だ。あらかじめ作っておいた魔道具なりに術式を登録していけばいい。あとは探したい時に選択するだけだ。むろん、膨大な魔力は要する。これは変えようがない。

ただ、やはりシウの考えた追術魔法がハイエルフのものと同じかどうかは不明である。こればかりは実際に見るか聞くかしないと難しい。

問題はこの追術魔法から逃れる方法だ。ここまでが長かった。しかし、追術魔法が何かを考えなければ先へは進めなかった。


シウは気分転換を兼ね、ククールスと周辺を飛んだ。見回りの意味もある。ミセリコルディアは深い森が続くため魔獣も多い。ここまで入り込む冒険者は少ないだろうが、追われて逃げる人も稀《まれ》にいた。

第二章

闇オークション

「それにしても、魔素を頼りに地中を追跡するんだよな？　気の長いことだぜ。さすが長命のハイエルフだ」

「だよね」

「けどな、俺たちみたいに空を飛んでいる奴は捜せない。地面を歩かずに済む方法はいくらでもあるぜ？　馬車でもいい。騎獣《きじゅう》でもな。森の中なら、俺は木々を移動できる」

「そうだね。地面に接していても遮断する術式を身に着けていたらバレずに済む」

これは実験の結果からも明らかだ。この術式で靴を作り、シウはアウレアに渡した。

「身に着けるか～。だったらさ、地面に直接、その遮断できるような何かを置けばどうよ。置くだけじゃダメか。杭《くい》みたいに打ち込むとか？」

そのままククールスが飛んでいく。シウは飛行板を止め、その場に降りた。

「ああ、そっか、そうだよね」

何故《なぜ》こんなにも悩んでいたのだろう。ククールスの言葉であまりにも簡単な答えが浮かぶ。シウは久しぶりに清々しい気持ちとなった。

「なんか、分かったのか？」

ククールスが戻ってきた。地上に降りると同時に飛行板をくるりと回転させ、スッと背負う。手慣れた姿がシウと違って格好良《かっこい》い。少し羨ましく思いながら、シウは頷《うなず》いた。

「うん、やってみる。あ、そろそろ帰る？」

「いや、付き合う。つっても、俺は術式については門外漢だからな。お前は考えてろよ。

俺はフェレスの相手をしてるわ。あいつも暇だろ」

「ありがとと」

「いいってことよ」

そう言うと、ククールスはフェレスを呼んだ。遊べずにいたフェレスは喜んでククールスに付いていった。


シウがアウレアに作った《鑑定追跡解除》と名付けた靴は、魔法を妨害するのではなく錯覚させるようにしていた。鑑定を掛けられるだろうことを予測し、シウが精霊魂合水晶でステータスを誤魔化したように誤魔化したわけだ。追術魔法を混乱させたり妨害魔法を用いたりすると逆に「何かある」と思われる。

地中にある魔素は均一ではない。塊で存在することもあれば、全く何もないところだってあった。魔素が乱れているところには何かしらの魔道具があるようだ。地中深くにあるため、シウは古代の魔道具だろうと思っている。

ともあれ、アウレアに作った靴を前提に考えればいい。遮断自体は簡単だ。

次はそれをどう使うか、である。たとえばアウレアの靴のように足裏から発動するのもアリだ。ただ、それだと使《つか》い途《みち》が限られる。

簡単なのは「打ち込む」形だ。ククールスのヒントで思い付いた。彼は「杭《くい》みたいに」と言ったが、そこまで大きいと目立つ。それなら針サイズはどうか。小さな棒型の器具から針を打ち出すのだ。シウの前世でもタッカーと呼ばれる器具があった。もう少し強力な工具となれば鋲打機《びょううちき》だ。鋲はこの世界にもある。小さな棒程度の大きさであれば不審に思われない。人目にも付かないだろう。

靴なら最初から仕込んでおける分、安全だ。もし大掛かりな魔法を使う場合や魔法陣を描くなら、タッカーを使えばいい。四隅を打って囲むことで威力も増す。

術式はもうシウの頭の中にあった。使う魔法は多い。空間と鑑定、結界に探索だ。更に基礎属性魔法の土と金も追加する。念のため水や木といった属性も付け加えた。これなら、どんな場所でも打ち込める。

術式は長くなった。けれど構わない。個人的に必要だと思う魔道具だ。術式を削《そ》ぎ落として節約する必要などない。ただただ、漏れがないようにと術式を重ねた。

◇◆◇◆◇

日が暮れ始めて時間に気付いたシウは、慌ててククールスとフェレスを呼んだ。

「ごめん、遅くなった！」

意外と近くにいたらしく、一人と一頭はすぐに戻ってきた。

「終わったのか？　なんだったら、冬の夜の森対策をやってもいいんだぞ。な、フェレス。雪に突撃すんの楽しいだろ。夜も面白いぞ～」

「フェレス、喜んでた？」

「さあ？　にゃんにゃんしか言わねぇからな。俺には分からん」

へらっと笑うと、置いてあった荷物を片付けて魔法袋を背負う。野営するかのような発言だったのに、シウの荷物が片付いているのを見て取るや帰り支度だ。決断が早い。もちろん、シウの表情を見て「良い結果が出た」と気付いているからだろう。

フェレスの方は「終わった終わった？」と尻尾《しっぽ》を振って答えを待っている。

「じゃあ、帰ろうか」

「にゃん！」

「おう、じゃ、行くぞ」

シウとククールスはフェレスに乗って王都に向かった。散々ククールスと遊んできただろうに、フェレスは元気だ。いつものようにペースが速い。

「あ、そうだ。ククールス、夜、食べていかない？」

「いいのか？」

「うん。カスパルや家令のロランドさんが友達をもっと呼んでいいって言ってくれて」

「へぇ。良い下宿先だな」

「ククールスは相変わらず宿暮らし？」

「そうだぜ。気楽なもんだ」

「冒険者らしいね」

「だろ？　まあ、最近はシウにもらった魔法袋のおかげで金が貯《た》まってるんだぜ。お宝を持って帰れるからな。いざって時のために取っておくこともできる」

「それは良いね」

「おうよ。ギルドでも『将来を考えて貯金しましょう』なんつって張り紙をしてるしな。人の顔見りゃ、貯めておけって煩《うるさ》いぐらいだ。ガスパロも貯金を始めたらしいぞ」

「わあ」

「でも、俺、将来がかなり遠いんだけど。今から貯金してたら、ジジイになった時どんだけ金持ちになるんだ？」

　と、大笑いだ。エルフジョークらしい。真面目《まじめ》に考えたせいで笑うのが一瞬遅れたシウに、ククールスはまたも大笑いした。


　帰宅した頃には暗かったものの、夕食の時間には間に合った。ロランドはシウが友人を連れてきたので張り切ったのか、貴族も使う客間に通そうとした。シウは慌てて断った。顔色を見るまでもなく、ククールスが居心地《いごこち》悪そうなのが分かるからだ。

　気持ちを切り替えて案内したのは使用人用の客間だった。以前も使ったことがある。ククールスのホッとした様子を見て、念のためフェレスを残してから私室に戻った。

　着替える前に幼獣たちのいる部屋を覗《のぞ》くと、全員が寝ていた。くーくーと寝息が聞こえる。ロトスは幼児服を脱ぎ散らかし、子狐姿でお腹《なか》を出していた。折りたたみ式の低いテーブルの上には勉強した跡がある。よれた日本語とロワイエ語が並んでおり、頑張っていた痕跡《こんせき》を見付けて自然と笑顔になった。

シウは上下するポンポコのお腹を撫《な》でた。起こすに忍びないが「帰ってきたよ」と声を掛ける。ロトスがむにゃむにゃ言いながら目を開けた。

「起きた？　もうすぐ夕飯だよ。帰ってくるのが遅くなってごめんね」

（んにゃ。もうそんな時間？　この体、すぐ眠くなるんだよなぁ）

「幼児だもんね」

（そうそう。俺はもう諦めた！　って、おお、もう夜か）

くあぁぁと大きな欠伸《あくび》をしてから人化する。彼の首輪には装備変更の魔術式を付与しているが、たまに発動の仕方が分からなくなるらしく、素っ裸だ。慌てて脱ぎ散らかされた服をえっちらおっちらと着る。

ロトスがゴソゴソする物音でクロとブランカも起きた。シウが帰ってきたと喜び、走り回る。その騒ぎの中、シウは皆に説明した。

「ククールスが来てるから、みんなはここでご飯を食べてくれる？」

「ぎゃぅぎゃぅ！」

「きゅぃ」

ブランカは「シウといっしょがいい」と即答する。クロはロトスをチラリと見て頷いた。一人だけになるロトスが可哀想《かわいそう》だと思ったからだろう。しかも、ブランカに気付いてもら

第二章

闇オークション

おうと、さりげなく突《つつ》いている。残念ながら彼女は全く気付いていない。シウの体にしがみついて「もう離れないぞ」とアピールしている。

「おれ、ひとりでいーぞ」

気遣《きづか》うロトスの頭を撫で、シウは首を振った。

「フェレスをこっちへやるよ。ククールスは信頼できる友人だけど、伝えるのはまだ早いだろうし」

ロトスは大人ぶった表情で頷いた。

「わかってる。おれ、べつにいーぞ」

平気平気、と念話でも伝えてくる。ただ、無理をしているようにも見えた。ククールスを連れてきたシウとしては申し訳ない気持ちになる。

「ごめんね。じゃあ、フェレスの面倒を見てくれる？」

「おっけー。わかった。くくーにも、だまっといたほーがいーだろ。なんだっけ――」

言葉が見付からないらしく、念話に切り替わる。

(俺のこと知ったら重荷になっちゃうかもだからな。あ、シウの部屋には行かないし、ちゃんと自分の部屋でジッとしてる。友達、部屋に呼んでいいぞ)

「ありがとね。あと、いっぱい我慢させてごめん」

「えぇー。おれのほうが、ごめんなの。えーと。ありがと！」

えへへ、と照れ臭そうに笑って手を振る。早く行け、という意味だ。シウはクロを肩に乗せ、ブランカを連れて部屋を出た。

廊下からフェレスにおいでおいでと呼び出し、こそっと告げる。

「ロトスがひとりぼっちになるから一緒にいてあげて」

「にゃ」

いいよと気軽に答え、さっさと部屋に向かう。フェレスはシウの部屋に慣れているから自在に開け閉めができる。彼の頼もしさにシウはホッとした。

ククールスにはクロとブランカを頼んだ。部屋から出ないよう言い付けているが、念のためククールスがお目付役だ。その間にシウは賄い室に行く。

「スサ、ククールスの方を頼める？」

「はい！　子供たちの分も全部そちらへ持っていきますか？」

「ううん。フェレスと、もう一人の子の分は僕の部屋なんだ。それ以外は客間でお願い」

「承知しました」

「今日、一品作れなくてごめんね」

「あら、それぐらい構いませんよ。いつもが贅沢《ぜいたく》なんです。うふふ」

彼女の手は話しながらでも動く。ワゴンにフェレスとロトスの分を素早くセットした。持って行くのはシウだ。スサはその間に客間へ行ってくれた。

ククールスはフェレスがいないので首を傾《かし》げたものの、お酒が入るとどうでもよくなったようだ。ご機嫌になって「良い酒だー」と笑う。食事も堪能《たんのう》したようだ。

食後は遊戯室《ゆうぎしつ》に連れていった。カスパルに挨拶した後、護衛たちと気が合って酒の飲み比べを始める。ダンは相変わらずで早々に潰れた。

そんな騒ぎの中でもカスパルはマイペースだ。お酒を飲みながら本を読む。

クロとブランカは部屋に戻した。シウが《感覚転移》で確認すると、あちこちに作られた巣の確認をしている。それが終わればロトスに突撃だ。ロトスが何か叫んでいるが、表情を見れば楽しそうだと分かる。フェレスをクッションにして転がり回っていた。クロは新たな巣作りに夢中のようだった。それぞれが自由に過ごしている。そのうち力尽きて寝るだろう。シウが部屋に戻る頃には寝息を聞くことになりそうだ。

◇◆◇◆◇

風の日は夕方まで皆と遊んで過ごした。昨日は実験ばかりで、共に出掛けたフェレスの相手もできないままだった。クロやブランカ、ロトスに至っては留守番だ。夜も遊べなかった。その埋め合わせもあって、誰の目も気にせず遊べるよう、コルディス湖に出掛けた。勉強や訓練はナシだ。

そり遊びにボート遊び、体を温めようと昼のうちに温泉も入った。全員がはしゃいで泳いだものだから、屋敷に戻る頃には幼獣組のほとんどが寝ていた。実は夕飯も早めに済ませてある。シウは心持ち部屋を暖かくしてから、フェレスに幼獣たちを頼んだ。

この日はカスパルと闇オークションに行く。希少《きしょう》獣組《じゅうぐみ》は留守番だ。会場に連れていったとしても騎獣は専用獣舎に預ける決まりで、それなら屋敷にいた方がいい。フェレスも食後のまったりした心地《ここち》良《よ》さに気持ちが傾いているのだろう、シウに付いていくとは言わなかった。


夕食は外で摂《と》ると聞いていたため、シウはいつもの一品を作らずにホールで待った。

カスパルとダン、護衛としてルフィノと家僕《かぼく》のリコがやってくる。カスパルはお忍びの格好だ。とはいえ、目立つ装飾を付けていないというだけで、どこから見ても貴族なのは分かる。姿勢の良さや滲《にじ》み出る気品のせいだろうか。

そんなカスパルに、ロランドがくどくどと注意している。本当は一緒に行きたいようだが、身軽に動きたいという主《あるじ》のために一歩引いたらしい。代わりにリコを付けた。注意事項は重複して彼にも伝えられた。

ちなみに、闇オークションへ向かうのに護衛がルフィノ一人なのはシウがいるからだ。シウの実力を皆が把握している。それはそうとして、心配する気持ちは消えないらしい。ロランドは最後に「どうか若様をよろしくお願いいたします」とシウにも念押しした。

乗り込んだ馬車は、リコが普段お使いで使う一番シンプルな台だ。目立つ装飾やブラード家の紋章は外してある。向かう場所に合わせているらしい。

第二章

闇オークション

「どう見ても貴族用だと分かるよ？　造りが違うもの。使われている素材も良いし」

シウが大丈夫なのかとルフィノに問えば、彼は笑って頷いた。

「いいんだよ。あくまでも『貴族のお忍び』で、暗黙の了解なのさ。どのみち、カスパル様の佇《たたず》まいでは貴族だと分かるからね」

確かにそうだ。シウがチラリとカスパルに視線を向けると、彼は我関せずで本を読んでいる。こんな時まで本を手放さないカスパルに、呆れるより感心する。

「シウ君は夜遊びしないから知らないことも多いんじゃないのかな。今日はいろいろ教えてあげるよ」

「よろしくお願いします、先生」

冗談めかしたルフィノの言葉にシウも乗った。車内に笑いが起こる。ダンも楽しそうだ。夜遊びしたい年頃なのだろう、ウキウキしているのが分かる。

カスパルはと言えば、皆の和やかなムードのせいか頬が緩んでいた。あるいはこれから得るであろう古書に妄想が広がっているのかもしれない。


ところで、闇オークションと一口に言ってもいろいろある。開催される場所は様々だ。今回は一番大きな会場になるらしい。取り扱う品も多岐にわたる。ニッチな品ばかりを扱う時は会場も小さくなるようだ。

また、扱われる品は正規の店や小売店を通していないだけで、普通の品も多い。傷が少し付いているだけで引き取ってもらえなかったという訳あり品がそうだ。当然ながら信用度は低い。偽物を摑《つか》まされる場合もあった。保証もない。その代わり、お得に手に入れられる。自らの目利きだけが頼りだ。

リスクがあっても参加する人が絶えないのは、やはり掘り出し物があるからだった。正規店が出し惜しみして売ってくれない場合にもオークション制度は助かる。出し惜しみならまだ分かるが――値を吊《つ》り上げる目的なので良くはないのだろうが――人種差別や階級差別によって手に入らないこともある。どうしても手に入れたい品があって安く仕入れたいのなら、闇オークションがいい。

これらを仕切るのが闇ギルドである。名前だけ聞くとヤクザのように思えるが、闇オークションは夜に開催される訳あり市場のようなもの。確かに悪人が隠《かく》れ蓑《みの》に使う場合もあるのだろうが、犯罪組織ではないようだ。きちんと税金も納めている。

ただ、完全に真っ白な組織でもないらしい。悪人が利用していてもオークション自体に問題がなければ見て見ぬ振りをする。その代わり、現場で法に触れるような真似《まね》をすれば痛い目に遭わせるそうだ。警邏《けいら》にも突き出す。

ちなみに、シウが想像した「ヤクザ組織」的な存在もあるにはあるらしい。ルフィノの調べた情報では裏ギルドと呼ばれているようだ。ただ、本当にそんな組織があるのかどうかは不明である。あくまでも噂《うわさ》ということだった。

第二章
闇オークション

馬車は会場の手前で停《と》まった。目当ての場所までは徒歩で向かう。

今夜は大きなオークションになるので人も品も集まる。広い場所を確保するために選ばれたのは庶民街《しょみんがい》と倉庫街の境目にある広場だ。この辺りは比較的、安全な場所と言われている。広場がメインの第一会場だとすれば、倉庫街は第二会場になるだろうか。最初からそちらが目当ての客は馬車を進ませている。もちろん、倉庫街の全部を使うわけではなく、空いている一角を使うようだ。

シウは広場や人々を物珍しく見回した。カスパルも同じだ。楽しげに眺《なが》めている。

「大きな篝火《かがりび》があって明るいね。それに、意外と寒くない」

「魔道具を設置しているみたいだよ。風属性魔法でカーテンを作って暖気を逃さないようにしている。大掛かりだね」

お上りさん状態のシウとカスパルを見て、ルフィノが笑う。リコも微笑《ほほえ》ましそうだ。

ダンは少し先にいた。目当ての場所を探している。

「あ、あった。カスパル様、ここ一帯が遺跡関係だ」

「ふうん。どれどれ」

オークションの始まりまでに欲しい商品が確認できる。物によっては手にとって見ることも可能らしいが、遺跡発掘品は古いものが多いため断られることがほとんどだ。一応、カスパルは手袋を持参している。というより、すでに身に着けていた。万全の態勢だ。

「ふむ。これは状態が良いね」

カスパルが指を差す。ダンとリコに落札したい品について伝えているのだ。二人がメモを取っていく。

シウは本を見ないようにしていたが、チラッと見た瞬間に内容が記録庫にコピーされてしまった。なるべく目で追わないよう心がけながら、カスパルの後に続いた。

とはいえ、カスパルが気になって立ち止まると、ついつい目が向く。すると、どうしたって内容が分かる。中には贋作《がんさく》もあった。価値のない本もだ。それらはカスパルのお眼鏡《めがね》に適わなかった。

シウにも気になる本があった。オーガスタ帝国初期の古書だ。少数民族や他大陸の言語を比較表示した辞典モドキに、それら民族を紹介した本である。元冒険者で探検者の男性が書いた本らしい。保存魔法が定期的に掛けられていたらしく、触っても崩れるようなボロさはない。とはいえ古い。手に取って触れるのは禁止だ。ただ、触れずともシウの記録庫にはコピーされてしまう。その中の文字に見覚えがあった。俄然《がぜん》、興味が湧く。できれば原本も手に入れたい。シウは脳内マップに印を付けた。

カスパルも欲しい本に当たりを付けたようだ。

「さて。オークション開始まで時間もあることだ。軽く食事をしておこうかな」

みんなはどう？　とカスパルが問う。ダンを筆頭に全員が素早く頷いた。

第二章

闇オークション

◇◆◇◆◇

庶民街側には、倉庫街で働く人向けの食事処《しょくじどころ》が多く並んでいる。オークションが開催される日は夜遅くまで開けているようだ。他にも、広場から倉庫街へ向かって屋台も出ていた。

こんな冬の寒空に、しかも夜に屋台なんてと思うが、ちゃんと布で囲んである。とはいえ、寒いことに変わりない。客の多くはお酒で体を温めていた。

シウたちは落ち着いて食べようと、庶民街側のレストランに入った。かなり混んでいたものの、なんとか席を確保する。こういうところで食べるのもいい。カスパルも庶民の店が新鮮らしく、面白そうに眺める。料理も楽しんでいるようだ。

「意外といけますよね、カスパル様」

「うん、思ったより美味しいね。少し、味が濃いようにも感じる。シウはどうだい？」

「これはこれでアリかも。お酒に合うよう濃くしているのかな」

「言うなよ、シウ。酒が飲みたくなる。ねぇ、ルフィノさん」

「仕事中ですからな。ダン殿も今日はいけませんよ」

「分かってますって」

そうは言っても夜の食事に酒なしというのは有り得ないらしく、二人は度数の低いビールを何杯か頼んだ。リコは喉を潤す程度で一杯だけだ。シウとカスパルだけが水を頼んだ。お酒以外は水しかなかったからだ。

ビールは地産地消で新鮮なはずなのだが美味しくはない。気の抜けた炭酸にビールの味がするだけ。そんなビールを水代わりに飲む、という発想がシウにはない。カスパルも同じだ。美味しい酒ならともかく、そこまでして飲むほど酒好きでもない。かといって水が美味しいわけでもなく、カスパルは濃い味付けの料理を流すために飲んでいた。

そのうちに外が騒がしくなってきた。喧噪《けんそう》が店の中にいても聞こえてくる。

「かなり集まってきたようだ」

「ええ。ほとんどが奥の倉庫街へ向かっているようですが」

ルフィノとリコが警戒し、外を見ている。窓ガラス越しに様子を確認しながら、広場の人数も確認していた。

「事前に申し込みをしているので席は用意されているはずですが、混むでしょう。そろそろ出ませんか」

「そうだね。押し合いへし合いというのは困るからね」

カスパルが頷き、立ち上がった。様子を窺《うかが》っていたのか、同じような上流階級のグループも席を立つ。しかも、追いかけるような形で店を出てきた。

ルフィノが警戒するが、シウは彼等に悪意があるとは思えなかった。本当にただ「自分たちも行こうかな」と流されただけだ。リコも気にしていない。リコは貴族家に使いとし

て出るため、雰囲気を読み取るのが上手《うま》いからだろう。ルフィノの場合は護衛だから仕方ない。周囲全てが警戒対象だ。

こうしてみると、護衛が一人というのは心理的にも負担がある。一応、シウの作った防御結界のピンチを全員に渡しているが、それとは別に責任が重くのし掛かるのだろう。

シウが最後尾を歩くことで、少しでもルフィノの負担が軽くなればいい。


広場には大型の仮設テントが幾つも張られていた。これらがオークション会場になる。その一つが遺跡発掘品を取り扱う場だ。好事家らしき男性たちが集まっていた。格好から上流階級の人間が多いと分かる。

「あれ？　フロランと、アルベリク先生も？」

「シウ、君も来たのかい？」

考えれば彼等がここにいてもおかしくはない。なんといっても古代遺跡研究の生徒と先生だ。しかも、二人共が遺跡品のマニアである。

「こういうところに君でも来るんだね」

「いえ、お供で」

言いながらカスパルを指差す。彼は席に座り、ワクワク顔で開始を待っている。

フロランはシウとカスパルの顔を交互に見て「ああ」と声を上げた。

「下宿先の？」

闇オークション

「彼はカスパル＝ブラード君だね」

アルベリクが答えを口にする。フロランはシウに視線を戻した。

「ご挨拶させてもらった方がいいかな？」

シウはカスパルを一度見てから、首を横に振った。

「今はダメだね。全神経がオークションに向かってる。もし挨拶するなら終了後がいいよ。カスパルは挨拶がなくても気にしないと思うけどね」

「そうなの。じゃあお言葉に甘えようかな」

「僕も止めておこうっと」

アルベリクまで気軽に答えた。フロランはともかく、教師がそれでいいのだろうか。シウは首を傾げながら二人を交互に見た。教師と生徒が一緒に来たのかと考えたからだ。それが伝わったらしい。アルベリクが首を横に振った。

「毎回ここで会うんだ。癒着《ゆちゃく》じゃないからね？」

「そこは疑っていません。そもそも一緒に来るぐらいで癒着も何もないです」

「ええ、だって、成績に手心を加えていると思われたら困るし。僕の評価にも関わるでしょう？」

「今更それぐらいのことで先生の評価が変わるとは思いません」

「君、それ、本当にひどいからね？」

アルベリクが拗《す》ねる。横にいたフロランは「あはは！」と大笑いだ。

「シウも馴染《なじ》んできたなぁ。そうそう、先生、気にするのはそこじゃないんですよ」

「フロランには言われたくない」

他の教師から「生徒に近い、むしろ生徒と変わらない」と言われているらしいアルベリクが「友達」のように答える。シウも笑った。

そんなやり取りをしていると鐘が鳴った。開始時間には早いから、予鈴のようだ。談笑していた人々が急いで所定の席に座る。

シウはカスパルの付き添い兼護衛になるため、後ろに立った。カスパルの横にはダンが座り、反対隣がリコだ。ルフィノはリコの背後で、つまり全員でカスパルを包囲していた。

他はどうかと見てみれば、並べられた椅子にそのまま座る者もいれば、主の席以外を撤去して取り囲む護衛など、様々だ。どこも前方が見えるように係員が場所を調整している。

シウが周囲を観察しているうちに、オークションの開始を示す鐘が鳴った。


闇ギルドの担当者が壇上に立つ。簡単な挨拶が終わると早速オークションが始まった。

メインは遺跡発掘品だ。カスパルはつまらなそうな顔で壇上の様子を眺めていた。興味がないからとはいえ、あからさますぎる。早く終わらないかと考えているのが丸わかりだ。古書関連の順番になると途端に背筋が伸びるところも分かりやすい。

このオークションでは代理人を挟《はさ》んでもいい。また、手を挙げて指で金額を示す方式を取っている。オークション後の支払いさえきちんとできれば誰でも参加可能だ。今回はリコが代理人になる。貴族が自ら手を挙げるような真似はしないのだ。とはいえ、指示するのはカスパルである。

「よし、落とせたね。よくやった、リコ」

「あ、いえ」

褒められても、リコからすれば指示通りに動いただけだ。困惑顔で答えている。そんな彼を気にせず、カスパルは次々と指示を続けた。

「次は『最新魔道具博覧会第四回』だ。いいね？　相手の様子を見ながら、五銀貨刻みでいくよ？」

「はい」

ダンは次の品が順番通りなのか、カスパルのメモに合っているのかを確認している。同時に、競る相手がどんな様子なのかを見ていた。どれだけ出すつもりなのか、身なり以外にも表情で分かる。それにサクラがいるかもしれない。冷やかしで値を吊り上げてやしないかも見ているようだ。もし本気でなければ手を引けと、目力で告げる役どころでもあるらしい。

ただ、古書関係でカスパルの敵になりそうな相手はいないようだ。中途半端な時代の古書はそれほど人気があるわけではない。特殊な趣味の持ち主ぐらいだ。カスパルが欲しいと言った「最新魔道具博覧会第四回」もカタログである。カスパルには面白いのかもしれないが、魔道具の作り方が書いてあるわけではない。技術本としての価値はなかった。

もちろん、それが分かったシウは「それとなく」忠告した。本人はそれでもいいらしい。どんな魔道具があったのかを想像するだけでも楽しいようだ。

途中、シウがチェックを入れていた本が出てきた。

「あ、カスパル。僕も落札したいんだけど、いいかな？」

「構わないよ。リコ、代わりにやってくれるかい」

「はい。シウ様、お幾らぐらいまででしょうか？」

「どれぐらい掛かってもいいから落としてほしい」

「はい？」

「あ、始まっちゃう」

競売人の説明が終わり、最初の提示金額が出る。なんとロカ銀貨一枚からだった。

説明によると、読めない文字が多いこと、表紙がボロボロな上に別の誰かが落書きしていたことから安くしたらしい。子供の帳面か、未開人の日記、ひょっとしたら貴族の子供が探偵ごっこで暗号文を作ったのかもしれないと笑いながら説明していた。シウは最初「冗談を交えた説明をするなんて面白い」と思っていたが、どうやら本気でそう思っているらしい。

リコが手を挙げると、会場の端にいた男性がすかさず手を挙げた。提示金額はロカ金貨一枚だ。いきなりの値上げである。こちらの先ほどまでの買いっぷりを見て、吊り上げる算段かもしれない。

リコがまた手を挙げる。こちらは細かく、ロカ銀貨一枚をプラスした値上げだ。相手はロカ金貨二枚にした。そこでリコが振り返った。シウは残念そうに首を振った。リコは先ほどシウが「上限なし」だと告げたのを覚えている。彼も演技をするつもりで振り返ったのだろう。互いに視線で確認し合う。

競売人が「さあ、どうしますか」と声を上げたので、さも「これが最後だ」と言わんばかりの態度でリコがロカ金貨三枚を示した。溜息《ためいき》を吐《つ》き、どこか投げやりな手の揚げ方を見た相手は、これ以上無理だと悟ったようだ。競売人に向かって首を振った。自分はもう降りるという意味だ。

もしかしたら、ギルド側か、本をオークションに出した関係者かもしれない。最初からあくどく吊り上げるつもりはなかったのだろう。打ち止めとなった。どちらにせよ、シウにとっては金貨三枚で買えて良かった。

カスパルも狙っていた古書のほとんどを手に入れられた。上機嫌である。

支払いは現金のみだ。その場で確認し品を引き渡す。カスパルの分も含めて全部、シウの魔法袋に入れた。

「おや、アイテムボックスですか」

担当者が羨ましげに魔法袋を見る。シウはふと思い出し、耳打ちした。

「実はグララケルタを手に入れた人が『売り払いたいけれど外に名前が漏れるのは嫌だ』

と困っているんです。出品者不明でもオークションに出せますか？」

「ほほう」

担当者の目がキラリと光る。

「もしや出所を問われたくないのでしょうか」

「それもあるかと思います。とにかく、騒がれたくないようです」

架空の人物についてシウがもっともらしく語ると、担当者は今度は冷静な顔を作った。

「ふむ。しかし、裏のあるような取引であれば、闇ギルドとしては扱えません」

シウは苦笑した。

「大丈夫です。先ほどは手に入れたと説明しましたが、実際は本人が討伐したものです。解体もしていません」

「おや」

担当者はシウ自身が魔法袋で持っていると分かっただろう。チラリとシウの魔法袋に視線をやると、頷いた。

「ぜひ、お願いいたします。この後、お時間はございますでしょうか」

「主を屋敷まで送ってからなら。その後で『知人の家に寄って』戻ってきますね」

「ふふふ。そういうことにされるのですね。よろしいでしょう。では、後ほど。これは割り符でございます。お持ちくださいませ」

お得意様に渡す専用の割り符らしい。ギルド側からすれば、滅多《めった》に出ない魔法袋の元となるグララケルタが手に入るとあって、ほくほく顔だ。シウも魔法袋の中に溜まっていたグララケルタを処分できる。双方にとって都合がいい。

しかも、魔法袋が市場に出回れば、シウの持つ魔法袋も目立たなくなる。良いことずくめだ。

◇◆◇◆◇

手に入れた古書が気になって仕方ないカスパルを屋敷まで送り届けると、シウは自室に入るや《転移》でオークション会場に戻った。誰も見ていない倉庫街の裏にだ。ついでに時間の矛盾を誤魔化《ごまか》す必要があったので、他の会場を見て回る。

倉庫街といっても全部が会場になっているわけではない。空いている倉庫を間借りする形だ。小さな倉庫では珍品を扱っている。中には魔虫の取り扱いもあった。小さいとはいえ生きている。非合法スレスレだ。虫かごが特殊な魔道具らしいが、気にはなる。シウが見ていると、研究者と思しき専門家が落札していた。どうやら問題ないらしい。

憲兵も見回っていた。擦れ違う際に聞こえてきた話では、稀に違法の奴隷《どれい》売買が行われているのだとか。昔の摘発事件について上司が部下に教えていた。

シウは時間を確認し、庶民街側にある広場に戻った。遺跡発掘品のオークションは続行中だ。ラストになればなるほど大物が出てくる仕組みらしい。会場内が盛り上がっている。念のため、軽い認識阻害《そがい》の魔法を自分自身に掛けた。目立たないようにだ。

引き渡し用のテントに入ると、先ほどの担当者が待っていた。笑顔で、シウを別のテントに案内する。そこで別の職員に引き合わせると、彼は持ち場に戻っていった。

待っていた職員がグララケルタの現物を確認したいと言うので、一体を取り出す。

「おお、素晴らしい！　なんて綺麗《きれい》なんだ。こんなに傷のないグララケルタは見たことがない。頬袋も両方揃《そろ》っているね！　見事だ。他のグララケルタも同じレベルかい？」

「ええ、はい。ただ、魔核《まかく》はありません。取っていますよ？」

「それはもちろん。冒険者なら真っ先に魔核は取るものだ。おや、これはすごい。魔核の場所を貫くように取ってあるのだね。手練の冒険者か。素晴らしい……」

指をワキワキ動かし、舐《な》めるようにグララケルタを見つめている。シウはなんとなく後《あと》退《ずさ》った。職員はそんなシウに気付かず「残りを出してもらえるだろうか」と顔を上げずに言う。

シウは周囲を見回し、空いている場所に出し始めた。

「……待て待て。どれだけあるんだ」

「全部で三十です」

「あ、ああ、そう。そうなの」

本当は数百匹はあったのだ。ただ、半分以上を解体してしまった。こういう時のために残しておけば良かったと後悔しても遅い。

頬袋だけを大量に出すと、それこそ盗品だと思われてしまう。裏がないかの証明がし辛《づら》い。身分証を提示すればいいのだろうが、それではシウの名が表に出てしまう。一つや二つであれば普通でも、数百頭だと異常になる。たとえば上位の冒険者パーティーや勇者であれば「すごい」で済むところ、シウの年齢や冒険者の等級を考えると「おかしい」。

念のため、闇オークションで残りを出せるか確認してみる。

「ええと、まだ融通できるそうですが、どうしましょうか」

「君ねぇ……。いや、まあ、いいか」

呆れたように口を開いた職員は、途中で溜息を漏らした。

「我々にとっては有り難い話だ。ただ、一度に出すと価格が下がるよ？」

「あ、いいんです、それで」

「は？」

「捌《さば》きたいのはもちろん、価格を落とすことも目的なので」

「……分かった。もう何も言わない。うん。さあ、金額の交渉に入ろうか！」

職員は気持ちを切り替えたのか、笑顔になった。シウも笑顔で答えた。

「こちらからは、最低提示金額を一匹ロカ金貨一枚でお願いしたいです」

「バカだろ、君」

「ええ？」

目を丸くするシウに、職員は咳払《せきばら》いで誤魔化した。

「まあいい。よし、分かった。君は安く売りたいんだね。しかし、それを加工して売る時は当然『高価』だ。落札者だけが得をすることになるよ」

「それです」

「はい？」

「追加の条件があります。落札した人だけでなく、入札した人たちにも、それとなく噂を流してほしいんです。今後も定期的にグラケルタが入るそうだよ、って」

「ああ、そういうことか。他の落札者が安く売りだす可能性を匂わせるんだね？」

職員は腕を組んで思案の様子だ。

「ふむ。では、なるべく分散して落札させた方がいいのか。落札者の数を増やせば競争になる」

「その通りです」

「君、本当におかしいよ？」

「そうですか？」

「一攫千金《いっかくせんきん》だろうに」

「あー。もっと増える予定なんです。価格破壊が起きます。むしろ情報を流してあげないと、最初に落札して加工した業者が可哀想です」

「ははあ、なるほどね。うん、待ってくれ。増える予定なの？　もしかして巣を発見したのかな。ああ、その『知人の冒険者』が？」

　謎の冒険者設定を聞いているらしい。シウは笑って頷いた。

「そんな感じですね。あっ、グララケルタの養殖ができたら面白そうですよね？」

　シウとしては良い思い付きだと思ったのだが、職員は目を剥《む》いた。

「そういうことは、できると思っていても口にしないでくれるかな。頭が変になりそうだ」

　どうやら奇想天外の発想だったらしい。職員はまた咳払いした。

「ゴホン、まあいい。それより最低落札価格の件だ。あまりに低いと商品の信頼性が損なわれる。金貨十枚から始めよう。言っておくけど、これでも低い。君は納得いかないかもしれないがね。その代わり上限を決めてくれたら、そこで収まるように誘導はできる」

「あ、はい。ええと、じゃあ？」

　ギロッと睨《にら》まれる。そんなことも分からないのか、といった感じだろうか。確かに下調べなどしていないため、シウは相場が分からなかった。職員は仕方ないといった様子で答えをくれた。

「五十といったところかな。ちなみに、参考としてお教えしておきますがね。冒険者が持ち込む場合、最低提示金額は金貨五十枚から始める。で、最終二百から五百だ。過去最高は千枚超えだったかな」

「へぇぇ、すごいですね」

「分かっていただけたようで何よりですよ。では、これが仮契約書ね。オークション後に手数料を引いてお支払いします。手数料は五分《ごぶ》。よろしいですか？」

敬語になった職員へ、シウはお願いしますと頭を下げた。これで契約完了だ。


グララケルタのオークションは目玉になるらしい。急遽《きゅうきょ》、人気の「特別オークション」コーナーに割り込ませたようだ。当然、終了時間は遅くなる。時間がズレたのはシウのせいでもあるので「残業お疲れ様です」と労《ねぎら》えば、職員は半眼になった。シウは慌ててテントを出た。


とりあえず、時間までは暇だ。また周辺をぶらぶら見て回った。存外面白い。

中には小型希少獣の下げ渡し会もあった。貴族に不人気の種族や、事情があってやむを得ず手放すしかないといった理由で出されるそうだ。希少獣が可哀想な目に遭っていないか心配になり、シウは会場を覗いた。すると、想像よりずっと良い環境が用意されている。希少獣管理委員会からも担当官が出向してきていた。契約ごとに毎回立ち会って書類を作成し、希少獣の様子も丁寧に確認している。思った以上にしっかりしていた。

意外だったのが、子供の姿だ。チラホラと見掛ける。シウ自身は絡まれるのを恐《おそ》れて認識阻害の魔法を強めにしていた。これも情報不足だったようだ。そこまでする必要はなかった。

耳に入る会話を総合すると、貴族の子息がお忍びで来るのはもちろん、親の仕事に付いてくる場合もあるようだ。

たとえば獣人族に見せかけていたシウにも、声が掛かった。子供だからではない。獣人族として「この武器を使ってみないか」と呼び込むのだ。どうも、獣人族イコール戦士といったイメージがあるらしい。

「父ちゃんと一緒に来てるんだよな？　この武器が良かったって宣伝してくれよ」

などと、大手の武具店が売れそうにない変わり種を薦めてくる。

変わり種の中には大きな手裏剣型もあった。周り全てが刃になっている。投げナイフにしては使い勝手が悪そうだ。しかし、遊び心のある武器は嫌いではない。他にも面白い武器があって、なんだかんだで楽しめる。

魔道具も、威力の強すぎるものや実験回数の少ない危険なものなどが置いてあって驚く。一応注意書きが付けられている。これらは出品者自身が個人でやっており、あちこちで「他に手を挙げるやつはいないか？　これでおしまいか！」と声を張り上げていた。値を上げようと煽《あお》る様子が面白い。見ている側もノリノリだ。

「よーし、俺は銀貨三枚だ！」

「デリタ金貨でいいなら、一枚出すぞ」

出品者が「デリタならいらねーよ」と返すところまでがセットらしく、そこで全員が大笑いだ。

途中、面白そうな魔道具があったため、シウも半分冗談のつもりで、

「オーガスタ帝国金貨一枚でもいい？」

と聞いてみた。ところが周りにいた大人たちが一斉にシウを見て怒る。

「おいこら、坊主。冗談でもそんなこと言うな。通じないバカに狙われるぞ。大体な、もし本物を持っているならギルドに申請して特別オークションに出してもらうもんだ。そんだけ、お宝すぎんだよ」

と、真面目にお説教だ。シウの冗談は不発に終わった。ここで本物を出すと騒ぎになるだろう。シウはごめんなさいと返して、そっと会場を後にした。


とはいえ、面白い。途中、屋台で串焼き肉を買ったり、アルコールの抜けたホットワインを飲んだりと楽しむ。ルフィノが夜遊びと言った通りの過ごし方だろうか。

歩いているうちに一番奥の怪しそうな場所に着いた。人の出入りはあるが、他の会場とは離れている。雰囲気的にも何やら胡散臭《うさんくさ》い。理由は簡単だ。他と違って薄暗いのだ。

シウは隠密魔法を発動させて倉庫に入った。そこは奴隷オークションの会場だった。だから場所を離していたようだ。

王都の街中にも奴隷商はあるが褒められた職ではないとされ、目立たない場所に店がある。だからか、奴隷の売買はこうしたオークションでも行われるようだ。

見ていると、奴隷のほとんどが軽微犯罪者だった。中には借金奴隷もいる。男性が多かった。男性の多くは肉体労働を目的として取り引きされるようだ。女性の場合は法律で性

第二章
闇オークション

的サービスを禁止されているため、家事や事務スキルをアピールしていた。

とはいえ、リュカを「娼館《しょうかん》に売り飛ばす」と言った奴隷商もいたのだ。その男は捕まったが、同じように法律を破る者はいるだろう。男の子でそうなのだから女の子は余計に危ない。それらを見張るためだろう、会場には役人がいた。

売買が成立した際の契約魔法にも役人が立ち会っている。男性であってもだ。

女性の場合は同性の神官が傍《そば》に付く。男性よりも注意事項が多いらしく、買うことに手《て》馴《な》れている様子の落札者がうんざり顔だ。適当に返事をしたのだろうか、女性神官が怒った。落札者の男性は平謝りだ。

別の場所でも女性の情報開示が始まった。気になったシウは近くに寄って彼等の会話を聞いてみた。落札を考えている男性は、女性に店の経理を任せたいようだ。彼女に犯歴はないのかと質問する。答えたのは出品者の奴隷商ではなく女性自身だ。彼女の場合は親が商売の失敗で借金をし、結局返せなかったために身売りするしかなくなった。奴隷商によると、家族全員が奴隷落ちになって離れ離れになるよりは、若い女性の方が高く売れて犠牲も一人で済むと勧めたらしい。本人も納得している。

奴隷の従業員では自由はないが、生きる上での不便はない。彼女は自分の持つスキルをアピールしていた。頑張れば自分で自分を買い戻せるかもしれない。家族も必死になって稼ぐだろう。希望はある。

人生模様《もよう》も様々だ。

シウはそろそろ会場を出ようかと考えた。ところが、ちょうど目玉商品が出ると声が上がった。女性の戦士らしい。拍手の嵐だ。シウもつい、立ち止まって見た。

出てきたのは虎系獣人族だった。ティーガとも呼ばれる種族だ。

ティーガというのは国名でもある。大陸の西にある小国群の一つで、虎系獣人族が王族として君臨している。領土は山や岩場、高地が多い。アップダウンのある地形なので猫科の獣人族が国民の大半を占めていた。シウが一度は行ってみたいと思う国だ。

そのまま会場を出れば良かったのだが、気に掛かることがあった。女性の紹介の中で、ウルティムス国の名が出てきたのだ。

ティーガはウルティムスと領土を接しているため、諍《いさか》いが起こるのも分かる。ただ、どちらかと言えば、獣人国家であるティーガは真北にあるデサストレ国と仲が悪いはずだ。デサストレには熊系や狼《おおかみ》系の獣人族がいる。猫系のティーガとは気が合わず、よく争いになると聞いた。デサストレもウルティムスと領土が接しているため、確かに三《み》つ巴《どもえ》の戦乱になる場合もある。

シウは気になって女性の経歴を聞き続けた。

彼女は戦士で、デサストレとの戦争中に傷を負って捕虜《ほりょ》になったそうだ。本来であれば捕虜交換で自国に帰れるはずが、戦乱のどさくさに紛れてウルティムス軍に捕まったらしい。そのまま奴隷に落とされ、傭兵《ようへい》の手で運ばれた。何故か遠いラトリシアまでだ。随分と手間を掛けている。

競売人は今回の目玉商品として「仕入れ」たと話すが、その横に立つ女性は何の感情も表さなかった。他の奴隷のように愛想よく振る舞うこともしない。戦士という職業柄か、プライドもあるのだろう。

実際、彼女の能力であれば引く手あまただ。何の問題もなければ戦士として、あるいは護衛や傭兵として雇われて生きていけるだろう。

しかし、シウはどうしても見過ごせなかった。たとえば、他の奴隷が薄着とはいえある程度服を着ていたのに対し、彼女たちのような戦闘職系の奴隷は裸に近い格好をさせられている。肉体面での損傷がないか、健康面は大丈夫かを確認するための措置らしい。

それは分かる。神官や役人の目もあるし、おかしなことではない。分かってはいるが、シウは彼女の体が心配だった。だから耳を欹《そばだ》てて様子を窺っている。

落札を考えている業者や貴族、商人たちが話し合っていた。

「戦乱のどさくさで？　いわくつきではないか」

「怪我《けが》は綺麗に治っているのか？　買ったはいいが、役に立たなければどうしようもない。高い買い物なんだ」

「戦士奴隷ならば試せるのだったな。うちの護衛から誰か出そう」

「では、うちもだ」

「乱戦形式にするか？　回復ポーションの用意は、ああ、あった」

「待て待て。珍しい虎系獣人族だ。こっちは戦闘をさせずに観賞用として落札する予定なんだ。乱戦は困る」

「観賞用って、あなた。お噂は聞いておりますよ？　次に問題を起こしたら会員資格を剝奪されるのではないですか。お気を付けになられた方がよろしいかと思いますがね」

「ふん、何を言うか。今回は絶対にわたしが落札しますぞ！」

「おやおや。そうなると、女の行末が憐《あわ》れですな」

きな臭い会話が耳に入ってくる。性行為は契約にないため大丈夫だと思うが、嫌な予感は消えない。シウは一層、耳を澄ませた。すると、直接的な言葉は出てこなかったものの、どうやら女性戦士だけを目当てに買う男がいると分かった。曖昧な言葉を綴《つづ》っていても嗜《し》虐心《ぎゃくしん》までは隠せない。

シウは改めて周囲の落札希望者たちに鑑定魔法を掛けた。中に「快楽殺人者」の称号持ちがいる。契約時にバレないようにだろう、鑑定魔法を阻害する高価な指輪型の魔道具を着けていた。鑑定魔法のレベルが高いシウだから見抜けたのだ。

それにしても、こんな人間が紛れ込んでいるなど恐ろしい。シウは更に、システムの穴にも気付いた。代理人や従者が契約を行えば、犯罪者であっても契約できるのではないか。

シウは悩んだ末、認識阻害の魔法を緩めてから職員に声を掛けた。

「あの、ギルド会員ではありませんが、オークションへの参加は可能ですか？」

「その場合は身分証明と預り金が必要となります」

「あ、えっと、これでは無理ですか」

グララケルタを出品するにあたって、職員から渡されていた割り符を見せる。

「……おや。最上級の、お得意様用の印もございますね」

そう言うと、職員はシウを上から下まで眺め「なるほど」と頷いた。

「同じ獣人族として彼女が心配なのですね。承知しました。身分証明の提示は不要です。ただ、落札後に精霊魂合水晶を使用した上で契約を行います。これに同意していただけるのでしたら参加を許可しましょう。預り金は不要でございます。こちらの割り符が担保となりますからね」

ホッと安心していると、職員がシウを促す。

「時間がございません。あちらのお席にどうぞ。やり方は分かりますか？　わたくしが代理人としてつかせてもらいましょうか？」

「あ、お願いします」

万全を期したい。シウの視線を受け、職員はしっかり頷いた。

「では、全力で代理人を務めさせていただきます。代理人としての契約は後ほど。前後致しますがよろしくお願いします」

「もちろんです。契約金も手数料もお支払いします」

職員は満足そうに頷いた。ごねる人がいるのかもしれない。彼は近くにいた若い職員を呼んだ。

「今から代理人の仕事に入ります。わたしの抜けた穴を君たちで補うように」

「承知しました」

「競売人にも伝えておきます」

若手職員らが走って行く。舞台裏でバタバタしたようだが、表には見えなかった。落札希望者たちもシウというライバルが増えたことに気付いていない。談合でもしているのか、こそこそと打ち合わせに夢中のようだった。

◇◆◇◆◇

シウは代理人となった職員に、金額は幾らになってもいいが吊り上げ行為には付き合わないと伝えた。彼は苦笑いで「承知しました」と答える。次いで「こういった目玉商品の場合は特に目を光らせていますので大丈夫ですよ」と付け加えた。目立つオークションだ。他の参加者もよく見ており、よほど上手くやれなければバレてしまうのだろう。もしサクラを雇っていたとバレたら、即刻追い出される。ペナルティどころではない。二度と参加できなくなるそうだ。

とはいえ、参加者の嫌がらせはある。多少の吊り上げならシウも想定内だ。

やがて入札が始まった。記念参加の意味もあるのか、多くの人が値を付けていく。最終的に争うことになったのは、快楽殺人者の称号を持つ貴族らしき男性と、女性戦士が欲しいマニアの奴隷商、純粋に見目が好みだという大商人の三人だ。シウを入れた四人がどんどん値を上げていった。

最初に脱落したのは大商人だ。金貨四百枚で断念した。次にマニアの奴隷商が六百で降りる。

一騎打ちとなったシウと貴族の男性だが、七百を超えたところからチマチマとした値を付けてくる。銀貨一枚単位だ。見学していた周囲の参加者がブーイングを浴びせる。

シウも古書のオークションで銀貨一枚単位で値を上げた。不思議に思って首を傾げていると、代理人が「金貨五百枚を超えている時に銀貨一枚単位の値付けはさすがに恥ずかしい行為です」と囁《ささや》く。特に相手は貴族だ。紳士らしくないと見られるらしい。

シウは「それなら一気に上げてください」と伝えた。

「では、次は九百で？」

「はい。百単位で構いません。その代わり牽制《けんせい》してみてください」

「というと」

「あちらが意地になって上げてくるようなら――」

「ああ、資金もないのに嫌がらせをする輩《やから》がいますね。分かりました」

どこまでが本気でどこまでが嫌がらせなのかを見極められるようだ。「任せてください」との返事が頼もしい。彼は司会担当の職員にも目配せした。嫌がらせ行為は闇ギルド側にとっても好ましくないのだろう。職員らの目がより厳しくなった。

第二章

闇オークション

「では、きりよく値を上げてみましょうか！　さあさあ、紳士の皆様、どうぞご覧ください。これが伝説の対決の始まりです！」

おおっ、という声があちこちから上がる。そこですかさず、シウの代理人が「九百」と指で示した。

「なんと、ここで九百が提示されました！　さすがは獣人族の救援者！　何がなんでも血族を救おうとの熱意が現れております！　さあさあ、これをどう迎え撃つのか。そちらの紫紺《しこん》の、ご立派な紳士はどうなさいますか？」

貴族の男性も名前を明かしていない。そのため、胸元の紫紺のスカーフにちなんで仮の呼び名を作ったようだ。シウの場合は認識阻害魔法のせいで獣人族に見えているからだろう。どちらにせよ、こうした場で本名は出さない。

貴族は金額を聞いて震えていたが、考え考え、侍従らしき男に囁《ささや》いた。地獄耳のシウには聞こえている。

「よ、よし、サルハリ。九百五十だ」

「しかし、よろしいのですか、旦那様」

「構わんっ！」

その前からも話は聞いていた。七百が限界のはずだ。シウは眉を顰《ひそ》めた。貴族は引くに引けないのか、やけになったらしい。

「おお、紫紺の紳士が九百五十を提示されました！」

どよめきが起こる。これまで銀貨一枚単位の値上げだったのに、いきなり金貨五十枚も上乗せしたからだ。

「では、ここで一度、最後の確認をさせていただきます！」

高額になるオークションでは抜き打ちで「途中確認」もあると説明される。ただ、ごく稀だ。当たることはないという。だから気を抜いていたのだろう。貴族の顔色は悪い。

「職員に分かるよう示していただければ結構です。むろん、安全には配慮いたします。落札できずに持ち帰る際は、優秀な護衛を無償にて付けさせていただきます。どうぞご安心ください」

言い終わらないうちに職員が二人やってくる。途中でシウと貴族の前で分かれた。シウはすぐさま、腰帯に付けていたポーチから白金貨を十枚取り出した。それが見えていたのだろう。貴族が固まる。そして、シウが十一枚目を出そうとしたところで椅子に背を預けた。呆然《ぼうぜん》とした様子で「降りる」と宣言する。

九百五十は貴族の提示した額になるが、それに競り勝ったという形にすべく、金貨一枚を足してシウの落札となった。

もしここでシウが「僕も降ります」と告げていたら、貴族が九百五十で落札することになる。しかし、彼は現金を持っていなかった。明確な規約違反だ。高額なオークションでの偽りは罪に問われる。信用問題に関わるため、ギルドは相手が貴族であろうと許さない。重い罰が科されるはずだ。つまり、金貨一枚でシウが貴族を助けた形になる。それに気付いた侍従がシウの下へ来て感謝の言葉を並べたが、当の本人は呆然としたままだった。

とはいえ、彼の称号が気になる。シウは後ほど匿名でギルドに密告しようと考えた。ここで告げないのは恨みを買いたくないからだ。感謝されたままの方がいい。

奴隷引き渡しの前に、まずは代理人へ契約料を支払う必要がある。ついでに奴隷契約の手数料を含め、シウはキリよく渡すことにした。

「全部まとめて白金貨十枚でお願いします」

高額オークションの場合、少額での値上げを嫌うようだった。関係者も白けた視線を貴族に向けていた。ここで、払いの良さを見せておいた方が後々いいだろう。職員らへの感謝の意味も込めている。

「……なんとまあ。幼いようなのに、オークションでの枠をご存じとは」

少し呆れた様子もあったが、職員や奴隷商たちはシウを認めてくれたようだった。

「では、奴隷を連れて参ります。その後に契約の手続きですね」

立ち会いのための女性神官が先に来た。彼女はシウの幼さに一瞬驚き、しかし、獣人の姿にホッとしたようだ。シウの魔法を見抜けないばかりか「獣人だから大丈夫だろう」という安易な考えに、シウは少々不安になった。立会人としては甘すぎる。

とはいえ、今回はそれに助けられた。シウはまだ堂々と奴隷を買ったと言って回る気はない。勢いだけで参加してしまったからだ。

「ほら、こちらがお前の主になる方だ。挨拶しなさい」

「……マグノリア＝シド＝アントレーネだ」

渋々といった態度に、周囲の人々が苦笑する。女性神官は心配そうだ。

「そんな態度ではいけませんよ。きちんとお仕えすれば、主も気に留めてくださいます。媚《こ》び諂《へつら》えという意味ではありません。自分を守るための方法です。幸いにも、この方は同じ獣人族です。安心でしょう？　誠心誠意、心より尽くせば奴隷解放の未来もあります」

優しい言葉で諭《さと》す。が、彼女は女性神官の話を聞いていないようだった。シウを見下ろし、何かを言いたそうにしている。

シウは視線だけで「黙っててね」と伝えた。アイコンタクトだ。人族よりも獣人族の方が伝わりやすいそうだ。ミルトたちが話していたのを思い出して目に力を込めた。人族が「顔色を見る」のであれば、獣人族はもっと観察眼に優れているのだから目だけで伝わるのかもしれない。

はたして、彼女は口を噤《つぐ》んだ。

「よろしくね。今、この場で名は明かせないけれど、あなたの体の安全に対して全力を尽くすと誓います」

「……分かった。いや、分かり、ました」

力なくといった感じではあったが、了承してくれた。本人が受け入れたことで契約に移行する。

神官が見届人として、契約担当者が契約魔法を掛ける。このスキルを持つ人はそう多くない。奴隷を扱う場合は絶対に必要となる魔法だ。軽微犯罪程度の奴隷ならば下位の複合技や魔道具による契約魔法も使えるが、高額になる奴隷の場合は本契約が必要となる。

首輪に付与を施す前に、主従が同時に精霊魂合水晶へと手を置く。シウの名は契約担当者と神官にしか見えない。彼等には守秘義務がある。シウの名は外に出ないだろう。ただ、驚いた様子は隠せなかった。おそらく、人族であることや年齢に驚いたと思われる。

念のため、こっそり《感覚転移》を使ってステータスが偽造できているか確認したが、問題はなかった。シウの持つギフトや多すぎるスキルは消えたままだ。

無事、犯罪者でもないと分かると、契約担当者が「首輪はこのままでいいですか」と聞いてくる。替えてもいいらしい。それならばと、シウは魔法袋から調節可能な首輪の一つを取り出した。ちなみに人間用としても使える「オシャレ」な希少獣の首輪だ。

「……これ、素材は火竜《かりゅう》の革じゃないのかな？」

職員の一人が横から口を挟む。それを聞いた契約担当者と女性神官が唖然《あぜん》となった。シウはにこりと微笑んだ。

「お願いします。これならオシャレな【チョーカー】に見えるでしょう？　あ、新品ですよ」

「いや、え、そうかな？　というか、オシャレな『ちょーかー』とは一体……」

「待ってください、首輪にしては細すぎませんか。そもそも、火竜の革を使う？」

「それより、ここに嵌《は》められている宝石、紅玉ではありませんか。何故、赤に赤を？」

それぞれが語尾に疑問符を付けているかのような戸惑《とまど》いが見えた。が、首輪に関する話題を広げるつもりはない。シウは「契約の続きを」とせっついた。

「ああ、はい。ええー、もう一度、水晶に手を置いてください」

契約担当者も水晶に片手を置く。もう一方の手は首輪だ。奴隷の彼女は背が高いので中途半端に屈《かが》んで手を添えた。とはいえ、すぐに終わる。

「はい。完了しました。奴隷に関する条約はご存じですか？」

「奴隷契約条項ですよね」

シウは試しに幾つかの項目を諳《そら》んじた。契約担当者も女性神官も納得し「講習会への参加は不要」となった。初めて奴隷を購入する人には必ず確認するようだ。奴隷商ならば資格を得る際に試験を受けている。

「では、もう帰ってもいいんですよね？」

問うというよりは、会場を出るための挨拶のつもりだった。ところが、職員や関係者たちがシウを引き留めようとする。

「できれば、もう少し話をお聞きしたいのだが」

どうやら火竜の革の出所について気になるようだ。しかし、シウには時間がない。

「そろそろ特別オークションが終わる頃合いなんです。あちらの職員の方も、この割り符を待っているかと思います」

+第二章+

闇オークション

「そうだった！　忘れていたけれど、君は最上級のお得意様だったね」

代理人を引き受けてくれた職員が思い出してくれた。しかも、急いで警護要員を付けてくれる。割り符の形や色で、おそらく「高額を受け取る」と判断したようだ。

その前にやっておくことがあった。

「アントレーネさん、あ、名前の方で呼ばせてもらいますね。あなたの持ち物はどこでしょうか？」

女性神官が困惑顔で首を横に振る。シウはアントレーネに視線を向けた。

「……ない」

「えっ。じゃあ、アントレーネさんの服はそれだけ？」

「そうだ」

シウが眉を顰めていると、職員の一人が口を挟む。

「お客様、奴隷に敬称は不要です。逆に、奴隷のお前は言葉遣いに気を付けなさい。神官にも説明されただろう？」

「あたしはお上品な喋《しゃべ》り方なんて知らない」

「教育係は一体何をしていたんだ。申し訳ありません、お客様」

苦々しい顔を隠しもしない職員に、シウは笑って手を振った。

「構いません。でも、そうですね。奴隷に『さん』付けは変か。えー、アントレーネ。外は寒いし、とりあえずこれを着てくれるかな？　きちんとした服はまた揃《そろ》えるからね」

　将来、シウが大きくなった時に着ようと思っていたお下がりの服だ。貴族の青年が着ていたものだから古着には見えない。もちろん、浄化魔法も掛けている。ただ、気になるとしたら男物であることだ。アントレーネは不本意かもしれない。

　しかし、別の意味で彼女は不本意だったようだ。

「こんな服、あたしには高価過ぎる。それに言い辛いが、これでは小さい」

　シウは「えっ」と内心で驚いた。実際、アントレーネの手によって広げられた服は、彼女の体と比較すれば小さい。アントレーネは身長も高く、体はがっしりとしていた。それでもシウにお下がりをくれた青年は騎士学校を卒業したのだ。生まれもった体格や、そもそもは人種が違うので比べるのは良くないが、ここまで違うのかと改めて驚いた。

「えっと、じゃあ、僕の手作りで申し訳ないんだけど」

　友人のガルエラドにと作っておいた防御用の鎧下《よろいした》を取り出す。シンプルな肌着に近いが、他にない。アントレーネは黙って受け取り、少し考え頷いた。

「これなら、入る。けど、さっきより良い生地みたいだ。あたしには合わない」

　すると、横にいた職員がシウより前に口を開いた。

「我《わ》が儘《まま》を言うんじゃない。こんなに良い服を用意してくれる主なんていないぞ」

　諭すような物言いに、アントレーネは口を噤んだ。そして、もそもそと着込んでいく。

　会場内は暖められているとはいえ、そこかしこに冷気が潜む。アントレーネはほうっと息

第二章

闇オークション

を吐いた。シウがローブを渡すと、今度は何も言わずに受け取った。

「……暖かい」

ローブの前を重ねてギュッと摑んだのが分かる。やはり薄着すぎたのだ。オークションの時だけかもしれないが、もう少し考えてもらいたい。苦言を呈したいところだが、いよいよ時間がなかった。シウは走らない程度に急ぎ、特別オークションの会場へと向かった。


幸い、職員を待たせずに済んだようだ。ちょうど終了したところだと言われる。どうやら引き渡しを終えて最後の客を見送る時にシウは着いたらしい。

「やあやあ！　本っ当に良い仕事をさせてもらいました！」

顔がツヤツヤしている。よほど楽しかったのだろう。

「今後も継続的に卸してくださるのですよね？　ぜひ、今後ともよろしくお願いします」

その職員は言うだけ言うと、他にも挨拶したい人がいるので、と出ていった。

残っているのは会計担当の職員たちだ。終了した他の会場からも続々と帰ってくる。もちろんお金も一緒だ。小型金庫に入れて大事そうに運び込んでいる。ここで集計するのだろう。シウは、外に屈強な護衛たちが立っていたのを思い出した。

特別オークションの会場近くに大事な会計場所を設けたのは、ここが一番お金が動くからだ。忙しそうな職員の邪魔にならないよう、シウとアントレーネは端に寄った。

「お客様、こちらが落札金額の一覧です。割り符は、はい、受け取りました」

会計担当の職員とは別の人が割り符をチェックする。支払い額が多いせいか、もう一人が傍に付く。書類に見落としがないかと指でなぞるぐらいだ。最後にサインを入れている。書類は同じ内容で三枚あった。割り印が押されている。闇ギルドの帳簿用、国への申告用、支払い先となるシウ用で三部だろう。

「平均で、一体が金貨六十枚となりました。合計で千八百五十五。そこから九十二を手数料として引かせていただきますね。あ、端数はサービスさせてもらいました。今後のお付き合いもありますのでね！」

「あ、はい」

「えー、では、お支払い方法についてです。ロカ貨幣でよろしいですよね？　白金貨、大金貨、金貨とございますがどうされますか」

「全て金貨でお願いします。構いませんか？」

「結構でございますよ。ではすぐにご用意いたします」

その間に売買契約の書類が用意された。誓言魔法《せいごんまほう》持ちの職員が立ち会いサインする。終わるとシウの前に金貨の入った袋が運ばれてきた。受領書も一緒だ。シウは金貨入りの袋を魔法袋に放り込んでから、受領書にサインした。

「金貨を数えないのですか？」

「確認しましたよ？」

魔法袋に放り込む時点で鑑定魔法が発動している。中身は本物のロカ貨幣ばかりで数も

第二章

闇オークション

間違いなかった。その説明はできないが、職員は何故か勝手に納得した。

「なるほど。持っただけで分かるのですね。これほどのお得意様とは——」

するど、奴隷オークションの会場にいた代理人の職員が横に来た。

「白金貨十枚をぽんと出せるわけだ。いや、すごいですね」

そこへ、今度は特別オークションを担当する職員がやってきた。シウに割り符を渡してくれた人だ。

「そちらの獣人族の女性、やはり奴隷だったのですね。首輪がらしくないので気になっていたんですよ。奴隷市の目玉商品を落札されましたか」

フフフと、何やら楽しげに笑う。その目がまるで獲物を見付けた猫のようだ。シウが「悪い顔に見えますよ」と苦笑すれば、スッと表情を戻す。

「申し訳ありません。名乗りが遅れましたね。わたくし、闇ギルドのオークション担当長コラディーノ＝ガバネッリでございます。今後、若様の担当をさせていただきます。どうぞよろしくお願いいたします」

「あ、はい。あー、僕も名乗った方がいいですか？」

「とりあえずは偽名でも結構ですよ」

「じゃあ、サブローでお願いします」

タローとジローの偽名を使っていたため、次はサブローだろうと安易に名乗る。ちなみに先の二つは遠く離れた市場で使った。転移魔法が使えることを知られたくないと、適当に付けたものだ。シウに名付けのセンスはない。案の定、コラディーノは一瞬だけ変な顔になった。しかし、そこはギルドの職員だ。また表情をスッと戻す。

「サブロー様ですね。今後も良い関係が長く続くことを願っております」

慇懃《いんぎん》に頭を下げられる。しかも職員たちが並んで見送るのだ。居心地が悪すぎて、シウは早足でその場を後にした。なのにアントレーネはゆったりと付いてくる。足が長いからだ。背も高く、羨ましい体格である。

真夜中はとっくに過ぎている。シウがいつも起きる時間まで数時間だろうか。この時間に屋敷へ戻ると使用人たちに迷惑を掛ける。シウは時間潰しのために、何度か寄った冒険者御用達の居酒屋に向かった。遅い時間だったが店の客は多い。その多くが冒険者だ。彼等や店主はシウを見て驚いた。

「おいおい、どうしたんだ、こんな時間に」

「女連れか？　いいな。俺には女なんて、女なんて、ううう っ……」

酔っ払いが泣き出す。別の酔っ払いはろれつが回っていない。

「どーちた、事件かにゃ。だーいじょーぶじゃじょ」

混沌《こんとん》だ。シウは適当に相槌《あいづち》を打ちながら、店主に「個室を借りたい」と頼んだ。

「ちょっと休ませてもらえないかな」

こんな時間では宿も開いてない。困っていると伝えたシウに、店主は「おう、構わねぇぞ」と気軽に答える。しかも。

「上の倉庫を開けるか？　こいつら煩いだろ。寝るなら倉庫の方がいいんじゃねぇか」

「ううん。夜が明けたら下宿先に戻るし、少し横になれたらいいだけなんだ」

「そうか。けど、訳ありなんだろ？　遠慮すんなよ」

「ありがとう。あ、そうだ、アントレーネはお腹空いてない？」

「……いや、それほどは」

「じゃあ、飲み物をもらおうかな。あ、お酒は要らないからね」

「よっしゃ。個室は左の奥を使え。ついでに毛布を持ってきてやる。待ってろ」

「はーい」

個室に入ると、アントレーネが肩の力を抜いた。状況があれこれ変わって緊張していたようだ。シウは彼女に何の説明もしていなかったと気付いた。

「ごめんね、ちょっとここで休んでいこう。僕、下宿中なんだ。こんな時間に出入りしたら皆に悪いから朝まで待とうと思ってる。アントレーネの体調を見て移動するつもりだから、無理しないでね」

「あ、ああ、分かった。いや、分かり、ました」

「普通に喋ってくれていいよ。とりあえず細かいことは明日、って、もう今日なのかな。とにかく落ち着いてからだね。まずは何か飲んで、それから横になって休もうか」

話しているうちに、店主がミカンジュースと毛布を持ってきてくれた。遠慮するアントレーネに早く飲めと促す。飲み始めると喉が渇いていたのだろう、ごくごくと一気に飲み干した。彼女から、ふっと力が抜けるのを感じる。

「さあ、横になろう。休まないとダメだよ」

アントレーネは口では「いや、しかし」と反論したが、疲れているのは明らかだった。シウが毛布を掛けると、とうとう諦めて横になる。そして数秒もかからないうちに彼女は眠りに就いた。

ここに来るまで、いろいろあったのだろう。寝ているのに表情が苦しそうだ。シウはそっとアントレーネの頭を撫でた。少しだけ表情が柔らかくなる。そのまま撫でていると猫の子のように体を丸めた。きゅうっと丸まった姿は、まるで大事なものを守っているかのようだった。

第三章

パイプの使い途

The Wizard and His Delightful Friends

Chapter III

ロランドが起きる頃合いを見計らい、シウは先に通信魔法で連絡を入れた。奴隷《どれい》を買ってしまったと報告したら、さすがに絶句される。それでもロランドは気持ちの立て直しが早い。「女性の奴隷で少し事情がある」と告げるや、シウの部屋の近くを空けておくと言ってくれた。そして「お手伝いできることがあればなんでも仰《おつしや》ってください」と、心配そうに付け加える。

心配と言えば、留守番中の幼獣組《ようじゆうぐみ》もだ。フェレスがいるとはいえ、起き出すと騒ぐだろう。その前に帰ろうと、シウは寝ていたアントレーネを起こした。寝起きは子供のようなあどけなさだ。ぼんやりしていた彼女は、シウをじっくり眺《なが》めてからハッとして飛び上がった。

「起こしてごめんね。今から下宿先に向かおうと思うんだけど、体は大丈夫？」

念のため、鑑定魔法を掛けて様子は見ている。体力の数値が戻っていた。

「部屋は用意してもらっているからね。戻れば、あとはもうゆっくりできるよ」

「あ、ああ」

「お腹《なか》も空いてるよね。もうちょっと我慢して。屋敷で用意してるから」

「え？」

「家令のロランドさんに連絡を入れたんだ。ロランドさんはすごい人なんだよ。きっと、準備万端だ。詳しくはまた後でね。それより、急に起き上がってはダメだよ。はい、ゆっくり立ち上がろう。慌てないで」

第三章

新しい仲間

「わ、分かった」

まだ頭が働いていないのか、へどもどしている。シウは笑顔を向けた。

「早く帰ろう。疲れたよね？　実は僕もほとんど寝てなくて眠いんだ」

本当は眠くなどない。一眠りしたら、リセットされたようにステータスの数値が上限になる。眠さももちろん感じない。これも神様からのギフトになるのだろう。しかし、時には嘘《うそ》も方便だ。眠いと言えば、アントレーネもなるほどと納得する。

シウは彼女から毛布を受け取ると、寝起きの水を一杯飲ませてから居酒屋を後にした。


光の日の早朝は人通りがなく、シウたちは誰ともすれ違わずに庶民街《しよみんがい》を進んだ。

商人街に入ると家僕《かぼく》らしき男性を見掛けた。主に用事を言いつかったのだろうか、毛布のように分厚いコートをピッチリと着込み、足早に横切っていく。道路の端には溶けきれていない雪が溜《た》まっていた。

「寒いよね。もうちょっとだから」

「いや、このローブはとても暖かい。この国に来るまでの移動中は死ぬかと思ったが。あんなに寒いのは知らない」

「もしかして移動は飛竜《ひりゆう》だった？」

「飛竜にも乗ったが、主に地竜だな。途中から飛竜に乗り換えた。だが、下手な飛竜乗りだったらしい。護衛の男が、流れだからだと話していたな。凍るかと思ったよ」

「体、大丈夫だった？」

シウが心配で聞くと、アントレーネはほんの少し笑顔になった。

「おかしな主だ。……そうだな、他の奴隷たちと体を寄せ合って、やり過ごしたよ。一人抜け二人抜けして、最後は四人だけになってしまったが」

体温の高い子供を中心に置き、皆で抱き合っていたそうだ。

「あの子は良い主に巡り会えたかな。あたしらは誰に落札されるのか、契約時にしか分からないからね」

「どんな子？」

「犬族の子だ。十二歳だった。親の借金のせいで売られたようだね」

シウは記憶を頼りに、アントレーネに告げた。

「その子なら大丈夫だよ。リアム＝フロッカリという、建設業を生業とする商人が買い取っていた」

地獄耳ならぬ、感覚転移の魔法で落札者たちの会話を聞いていたのだ。間違いない。シウが断言すると、アントレーネは「建設業か」と少し不安そうに答える。

「きちんとしているところだよ。いきなり現場に連れていって力仕事をさせる、なんてことはない。まずは寮で先輩たちの身の回りを整える。ようするに家事だね。一つずつ仕事を覚えさせて、適材適所に割り振るんだ。頑張れば自分を買い戻すこともできる」

「奴隷なのに？」

＋第三章＋

新しい仲間

アントレーネは神官の話をまともに聞いていなかったようだ。あるいは、買い戻せると信じていないのかもしれない。

「他はどうか知らないけど、少なくともラトリシアでは奴隷であっても人間としての尊厳《そんげん》は守られる。法律で決まっているんだ。それに、リアムはまともだよ」

「知ってる奴なのか？」

「うん。下宿先に、リアムのところにいた元奴隷の青年がいるんだ。彼が違法なやり方で奴隷にされたと判明して、解放の手続きを快く引き受けてくれた。リアムだって騙《だま》された側なのに、かなり安い金額で買い取らせてもらえたんだよ」

ブラード家が買い取った分はソロルが働いて返すことになっていた。すぐに返せるはずだ。その後も続けて仕えたいとソロルは望んでいる。

リアムは損《そん》をしたかもしれないが、名は上げた。ブラード家は何かあれば彼を通すだろうし、他でも話す。いわば宣伝だ。最終的に得となる。

シウの話を聞いたアントレーネは、ホッとしたようだった。

アントレーネを驚かせないよう裏口から入ったものの、内装で「貴族の家」だと知られてしまった。呆然《ぼうぜん》としたまま立ち止まる彼女をシウが引っ張っていると、ロランドがやってくる。

「ロランドさん。いつも突然でごめんなさい」

「いえいえ。しかし、なんとも寒そうな格好です。とにかく、まずは部屋に参りましょう。暖めておりますからね」

「ありがとう」

「お食事の用意もしておりますが、部屋へお持ちしましょうか」

「その方がいいかな。詳しくは後で報告します。あ、名前は――」

シウが説明しようとしたら、アントレーネが慌てて口を開いた。

「あのっ、あたしは、マグノリア＝シド＝アントレーネだ、です。アントレーネが名に、なる、です」

「さようでございますか。わたくしはブラード家の家令でロランドと申します。この家に関することは全てわたくしが取り仕切っております。覚えていてください。後ほど料理をお届けするメイドは、シウ様付きのスサと申します。ご用があれば、彼女に申しつけてください」

「あ、は、はい」

しどろもどろになりながら、アントレーネはなんとか受け答えを終えた。

部屋に入ってホッとしたのも束《つか》の間《ま》、スサがやってくるなり「まあ！」と声を上げる。シウが間に合わせで着せた服があまりに寒そうだと、嘆《なげ》き始めたのだ。アントレーネは慌てた。シウが責められているように思ったのだろう。途中で「暖かい、から、あの」と必死に取りなしてくれた。スサはいっぺんでアントレーネが気に入ったようだ。笑顔で食事の世話を始めた。

全て胃に優しい料理ばかりだった。熱すぎもせず、柔らかくて食べやすそうだ。最初は遠慮していたアントレーネだが、スサに促《うなが》されるうちにペロリと食べ終えた。そのままベッドに誘導すると電池が切れたかのように眠った。お風呂も歯磨きもできなかったので、シウが浄化魔法を掛けた。

第三章
新しい仲間

スサが様子を見ていてくれると言うから、その間にシウは急いで自室に戻った。

ちょうど、フェレスが起きだしてシウを捜していたところだったらしい。

「にゃにゃ！」

あ、いた、と嬉《うれ》しそうに鳴く。いつものように纏《まと》わり付いて匂いを嗅ぐが、シウの体から美味《おい》しい匂いがしないと気付いて首を傾《かし》げる。

「今日は朝食作りをお休みしたんだ。あ、もしかして違う人の匂いがする？」

「にゃ。にゃにゃにゃ。にゃにゃにゃ？」

「そう、新しくお友達になる人だよ。あとで紹介してあげるね。仲良くしてくれる？」

「にゃ！」

「ありがとう。昨日はよく寝ていたね。そうだ、ロトスが籐籠《とうかご》から落ちた時に助けてあげていたよね。フェレスは偉いなあ！」

留守番の皆を心配し、シウは頻繁《ひんぱん》に感覚転移の魔法で視《み》ていた。フェレスは物音がするとすぐに起き、幼獣たちの様子を確認していた。シウがいると我関せずのマイペースっぷりを見せるが、いない時はちゃんと親分をしている。昨夜もロトスの寝相の悪さを助け、ブランカがクロを巻き込んでしまえば救出していた。

シウが褒めると、フェレスは「にゃふにゃふ」と嬉しそうに鳴く。そして、ぐねぐねしながら顔を押し付けてきた。

「よしよし。フェレスは頑張ってるね。本当に偉い。いつもありがとうね」

「にゃん！」

うふー、と髭《ひげ》をピクピクさせる。嬉しくて仕方ないらしい。シウはフェレスの顔を何度も撫《な》でた。その流れで首周りもごしごしする。

その騒がしさで目が覚めたらしい幼獣組が起き出してきた。ブランカは奥の部屋から駆け込んでくる。クロも飛んできた。ロトスだけは柱の陰から顔を出して様子を窺《うかが》う。小さな手で自分の体を支えながら顔を出す様子は、まるでテレビで観《み》た「尾行をする刑事や探偵」のようだ。

「みんなおはよう。朝食にしようか」

「ぎゃぅ！」

「きゅぃ」

「きゃんきゃん！」

「いや、そこは人語で喋《しゃべ》ろうよ」

人型なのに、獣型の時と同じ声を上げる。シウが呆れると、ロトスは首を振った。

「まざったの！　なんか、あさは、へんなの。うそじゃないよ？」

起き抜けで頭を振ったせいか、あるいは幼児体型で頭が重いのか、フラフラになってその場にコロンと転がる。幸《さいわ》い、フェレスがいたので無事だった。シウはロトスを抱き上げて笑い、フェレスのファインプレーを褒《ほ》め称《たた》えた。

◇◆◇◆◇

ほぼ徹夜だったシウは朝食を済ませると横になった。ところが一向に眠気が訪れない。むしろロトスやブランカの方がうとうとしている。結局、ロトスが大欠伸《おおあくび》で寝入ってしまい、釣られたブランカもゴロゴロしたまま今にも眠りに就きそうだ。シウは諦め、クロとフェレスに後を頼んで部屋を出た。

まずはロランドに詳細を報告すべきだろうが、この時間はカスパルの世話がある。

シウは厨房《ちゅうぼう》に顔を出して後片付けを手伝い、次に角牛を見にいった。新たに世話係を雇ったが、いまだに王宮から「角牛の件で教えを請いたい」とブラード家の厩務員《きゅうむいん》が呼ばれるらしい。角牛を連れてきた責任もある。シウは重労働となる餌《えさ》運びを担った。

ちなみに、元からいた厩務員らは勉強熱心で、空き時間ができると周辺の酪農家に話を聞きにいく。図書館にも寄って、自分のまとめたデータと照らし合わせているようだ。今では角牛育成の第一人者として張り切っている。

角牛の世話をしながら彼等と話していると、スサがシウを呼びにきた。

「カスパル様が一緒に話を聞きたいとのことです」

「今日は時間があるんだ？　分かった。じゃあ、行ってきます」

厩務員に告げると、彼は申し訳なさそうに頭を下げた。

「シウ様、引き止めちまってすんません」

「ううん、楽しかったから。また王宮の角牛の話を聞かせて」

「へい」

屋敷に入ると廊下でフェレスが待っていた。勝手に部屋を出たブランカを捕まえにきてシウを見付けたらしい。

「にゃにゃにゃにゃ」

「一緒に行くの？」

「にゃ」

「ロトスは大丈夫？」

「にゃにゃ」

小声で問うと、まだ寝ていると返ってきた。ならば、そっとしておこう。シウはフェレスたちとカスパルの私室に向かった。

クロはブランカに乗っている。ウキウキ歩くブランカの上だからロデオのようだ。知らない人が見たら弾《はじ》き飛《と》ばそうと暴れているようにしか見えない。それぐらいブランカは動きが激しい。客人に見られたら驚かせてしまう。やはり調教は必須だと、シウは改めて思った。

◆第三章◆

新しい仲間

カスパルの部屋に入ると、メイドのリサが皿を片付けている。朝食が終わったばかりのようだった。本来であれば食後のゆったりとした時間だろうに、ロランドが説教をしている。リサは平静を装っているが、笑いを堪《こら》えているのか頰《ほお》が緩い。

「若様、何度も申し上げておりますが、この時間になってもまだ寝間着でいらっしゃるのはいかがなものでしょう。若様も良いお年頃です。いつご結婚されても不思議ではございませんん。いつまでもだらしない格好では、お相手の方に幻滅されます。しっかりなさいませ」

「普段は着替えてるじゃない。光の日ぐらい、だらだらさせてよ」

「普段はと、仰いましたか。朝の弱い若様のお着替えをリサが全てしておりますこと、このロランドが知らないとでも？」

「……サビーネがバラしたな」

「当たり前でございます。リサとて上長のサビーネに報告しなければなりません。寝たまま着替えをさせるなど、甘えが過ぎます。もしや、本当に甘えたいのですか。そうした相手を望んでいると？　ですが、メイドはなりません」

最後は小声だったが、離れていても地獄耳のシウには聞こえる。幸い、リサは部屋を出ていた。ロランドもそれが分かっていたから口にしたのだろう。

「ロランド。シウもいるんだ。探りを入れるような発言はおよし。それにね、ハッキリと言っておくけれど、僕にはそちら方面への希求はない。淡白な性質なのだろうね。もし必要になったとしても下手な真似《まね》はしないよ。そうそう、ファビアンなら綺麗《きれい》な遊び方を知っている。相談なら彼にするさ。それでいいだろう？」

「ファビアン様でございますか。大丈夫でしょうか」

「そもそもが杞憂《きゆう》の話だ。さて、何か報告があるのだって？」

年頃の青年に対する行き過ぎた心配を制し、カスパルは困惑顔のシウに視線を向けた。

「あ、うん、はい」

ロランドはまだ言い足りないような表情をしていたが、ハッとした顔で部屋を出た。シウが《感覚転移》で確認すると、サビーネを呼んだと分かる。やってきた彼女に「若様の着替えを」と早口で告げた。パジャマ姿で報告を聞くなどもってのほか、らしい。サビーネも呆れて、急ぎカスパルの着替えを手伝った。さすがに寝ながらとはいかない。

「それで？　着替えながら聞くよ」

「あ、えーと、女性の奴隷を買ったんだけどね」

全員がピタッと固まった。サビーネやカスパルはもちろん、クローゼットから服を持ってきたリサもだ。

第三章

新しい仲間

　ロランドは澄まし顔で立っている。シウが通信で伝えた内容をまだ報告していなかったらしい。彼にしては珍しいと思ったが、そんなことよりもカスパルへの説教の方が大事だったのだろう。シウはとにかく、最初から説明した。

「実は昨日、あれからまたオークション会場に行ったんだ。その、大っぴらには出せない品を売ってしまいたくて」

　カスパルが、胸元のスカーフを綺麗にセットしてもらいながら笑顔で睨《にら》む。夜中に屋敷を抜けだしたことへの注意らしい。サビーネも目線で叱《しか》る。

「ええと、お説教は後で……」

　ごにょごにょと言いながら、シウは先を続けた。

「えっと、それで時間がかかりそうだったから、オークションを見て回ってたんだ」

「それで奴隷を見付けたのかい？　ロランド、僕の心配をする前にシウを心配した方がいいんじゃないのかな」

　笑いながらだったので冗談だと思いたい。シウはそこで初めて、全員が固まった理由に思い至った。急いで言い訳する。

「えっと、そういう意味の奴隷じゃないよ？」

「分かっておりますとも。若様、ご冗談はほどほどになさいませ」

「おや。ロランド、君はその奴隷と話をしたのかい？」

「二言三言ほどですね。ご安心ください。若様のご冗談とは全く無縁の方でございます」

サビーネが片方の眉を上げる。彼女は先ほどから眉間に皺《しわ》を寄せていた。

「あら、それはどういう意味ですか。商家での事務方、というわけでもございませんでしょう?」

それならシウがわざわざ落札してくるわけがないと、サビーネは考えたようだ。ロランドが大きく頷《うなず》いて答える。

「見たところ、戦士職でしょう。大柄な、獣人族の女性です。それに何より、彼女はシウ様のお母上と呼んでも差《さ》し支《つか》えないご年齢かと思います」

「それは失礼だよ」

鑑定したため、シウはアントレーネの年齢を知っている。二十八歳だった。確かに、若くして子を産む女性もいる。とはいえ、この世界でも十四歳の母は若いと言われる年齢だ。

「そうでしょうか。見た目の年齢も大事でございますよ?」

「……それ、僕が若く見えるとも取れますけど」

そこで笑いが起こった。ようやく雰囲気が柔らかくなる。

「まあ、ロランドが大丈夫と言うのだから、それでいいさ」

と、カスパルがまとめようとしたのだが、サビーネがずいっと前に出た。

「最初に坊ちゃまがからかったのではありませんか。それより、シウ様はまだまだお子様でいらっしゃいます。ロランド様も話す内容には気を付けていただきとうございます」

「サビーネ、シウは十四歳だよ。もう大人だ。あまり子供扱いするのはどうかな」

「そうでございますか？　朝のご準備も満足にできない坊ちゃまを拝見しておりますと、お歳が下のシウ様は子供である気がしますが」

　サビーネの鋭い言葉に、カスパルは「とんだ藪蛇《やぶへび》だ」とばかりに顔を顰《しか》め、口を閉じたのだった。

　アントレーネを鑑定したとは言えず――カスパルならともかくロランドたちにシウのスキルを明かすつもりはないからだが――適度に誤魔化しながら購入した経緯を説明する。本人との話し合いがまだ済んでいないこともあり、ふんわりとした内容になってしまったが、奴隷を住まわせる件については問題ないようだ。

　カスパルはロランドだけでなく、シウの目も信じてくれている。

　サビーネも反対はしなかった。それより、彼女は「今」が気になっている。カスパルの着替えを手早く済ませると、サビーネは部屋を探索しているブランカを追った。滅多《めった》に入ることのない部屋だ。ブランカは興味津々でウキウキと歩き回っていた。しかし、体はもはや超大型犬サイズだ。ステップが大きい。サビーネは体を張って部屋の装飾品を守ろうとしていた。

　フェレスは当てにならない。シウの横に座ったままだ。

　クロはブランカの気を引こうと安全な壁際に誘っていた。彼は、高価な品の多い部屋でブランカが暴れればどうなるかを分かっている。誘いに失敗すると、次の手段に移った。

ベッドの下に誘導したのだ。幸いにもブランカは興味を持った。カスパルのベッドの下が入れるような高さで良かった。楽しそうに潜り込む。何故《なぜ》か、サビーネが笑顔だ。

「埃《ほこり》はないようね。きちんと仕事しているみたいだわ」

お部屋チェックが始まっている。しかも、クロに窓枠の上を歩くよう指示した。高い場所の確認もするらしい。

それを眺めながら、シウは話を続けた。

「僕の奴隷として契約したし、ちゃんと面倒も見ます。ただ、込み入った事情があって、しばらく安静にさせたいんだ。いつも申し訳ないと思って――」

話の途中でカスパルが手を振った。

「それは構わない。奴隷であろうと人手になる。この屋敷にはまだまだ手が足りないからね。護衛として雇ってもいいんだ」

「しかし、シウ様が契約された奴隷でございますからね。手続きを考えませんと」

「あ、えっと、そういう話はまだ先になりそうです。できれば、今は僕の知人が居候しているような感じでお願いしたいんです」

ロランドは少し不思議そうな顔をした。しかし何かあると思ったのだろう。黙って頷く。

カスパルは首を傾げ「メイドにするのかな」と聞いた。

「起きたら、そのあたりもしっかり話してみるよ。彼女の気持ちを優先したいし」

「そう。僕は構わないよ。うちで面倒を見てもいい。そこは遠慮しないこと。いいね？」

「うん。いつもありがとう」

「君が面白いものを拾ってくるのは慣れている。また、楽しませておくれ」

懐が深いカスパルに、シウは心から感謝した。

◇◆◇◆◇

アントレーネのいる部屋のドアをノックすると、室内で身動《みじろ》ぐのが分かった。ドアを少し開けると、彼女はロランドが用意した男性用の寝間着に着替えていたようだ。その格好でベッドに座っている。ぼんやりとした様子で、寝癖も直していない。

「起きたばかりでごめんね。女性の身支度は分からないからスサを呼んでこようか」

「いえ。それより、こんな格好で悪いけど、話を」

「そっか。先に話だね。この子たちも一緒でいいかな？」

奴隷とはいえ女性の部屋だ。シウはドアを開けたまま話していた。しかし、興味津々のブランカがシウを背後から押している。とうとう、隙間から顔を出した。アントレーネの目がまん丸になる。それから、急いで「いいよ、どうぞ」と答えた。

ブランカはシウが「入ってもいいよ」と言う前に、入り込んだ。背中に乗っていたクロも一緒で、フェレスは当たり前の顔をして進む。部屋の検分はあっという間に終わったらしい。カスパルの部屋と違って、ベッドと机しかない小さな部屋だからだろう。

「ブランカ、暴れちゃダメだよ」

「ぎゃぅ！」

「クロ、ブランカの操縦をお願いね」

「きゅぃ」

フェレスはもうシウの横に座っている。表面上は前脚を揃《そろ》えたお澄まし顔で賢そうに見えるが、実際には何も考えていない。

シウは備え付けの椅子をベッド横に運び、座った。それを見ていたアントレーネがハッとした様子で立ち上がった。

「いいから、座って。別に『ご主人様』をやりたくて買ったわけじゃない」

「そう、それだ。なんだってあたしみたいなのを買ったんだ。あんた、やっぱり獣人族じゃないよね？　人族だ」

「あ、バレてた？」

「匂いが違う。獣人族の匂いなんてしなかった。でも、時々、妙に良い匂いがしてた」

アントレーネがチラリとフェレスに目を向けた。

「この子たちのものかな？　あんた自身は全然匂いがしない。だからよく分からなかった」

「あー、そっか。そういうところも偽装しないといけないのか」

匂いは盲点だった。獣人族の偽装をしていても見る人が見ればバレるらしい。次に生か

第三章

新しい仲間

そうと内心で考え、シウは背筋を伸ばした。

「さて。じゃあ、本音で語るね」

「あ、ああ」

アントレーネも神妙な顔になる。ベッドに座り直し、シウを見つめた。

「まず、アントレーネを落札したのは奴隷が欲しかったからじゃないんだ」

「え？」

「実は、落札希望者の中に性質の悪い貴族がいた。あいつの手に渡れば、あなたの命が危なかった。それが分かっていて、むざむざと見過ごすわけにはいかない」

「そ、そうだったのか」

「あなたの命だけじゃない。お腹の子の命も見過ごせなかった」

「っ！」

アントレーネは驚き、思わずお腹に手を伸ばした。これまで一度もそんな仕草は見せなかった。バレないよう、あえて隠していたのだ。

「申し訳ないけれど、鑑定させてもらった。僕の鑑定レベルは上限を超えている。だから、あなたの妊娠にも気付いた」

シウだから、胎児の存在まで分かった。

「あなたがこの時期になるまで隠し通してきたのは産みたいからだと思った。違う？」

「……違わない」

「獣人族は人族よりも安産らしいね。もしかしたら隠れて産めると考えたのかな」

「もしかしたらと、望んでいたことは確かだ。見付かっても、獣人族の子なら命永らえるのではないかと期待した」

母親だな、と思う。

彼女を見て、シウは自分を産んでくれた母について考えた。子供みたいに小さな女性だったという。まだ若かったようだ。それなのに恐ろしい山へ、夫と共に逃げ込んだ。なんて強く、勇気があるのだろう。しかし、山中でシウを産み落とし、体力のないところを魔獣に襲われた。

同じだと思った。

ここでアントレーネを助けることが、シウにできるせめてもの恩返しではないかとも考えた。

「正直、やけになったこともある。捕虜《ほりよ》生活の後に奴隷商へ渡されて厳しい旅路も続いた。なのに、これだけ動いても下りないんだ。生きたいんだろうと思った。あたしがとっくに捨ててもいいと思った命を、この子たちは諦めていない」

だったら生きなきゃならない。アントレーネはそう言うと、顔を上げた。

「でも、産んでいいのかい？　獣人族は、特にあたしらのような大型種は多胎がほとんどだよ？　まあ、育つのは一人か二人になっちゃうけどさ」

多胎のせいで未熟児に生まれるからだろうか。どういう意味なのかシウには分からなかったが、即座に返した。

「死なせない。絶対に」

「……ほんとに？　いいの？」

「そのつもりであなたを買い取った。あなたの子供を奴隷にするつもりもない」

「そう、そうなんだ」

アントレーネは呆けたように呟《つぶや》くと、突然ぽろぽろと涙を零《こぼ》した。それを見て、シウより先に驚いたのはブランカだった。慌てて駆け寄り、シウとアントレーネを交互に見上げる。アントレーネの感情に気付く成長ぶりと、同時にどうしていいか分からずにオロオロする子供らしさが愛《いと》おしい。

シウが「慰《なぐさ》めてあげて」と願いを込めて視線で訴えると、ブランカはベッドに飛び乗った。アントレーネの背中側に回り、体をぺたりと貼り付ける。

「え？」

顔を上げて戸惑《とまど》うアントレーネに、ブランカは背中側から顔をちょこんと出した。

「ぎゃぅん」

「きゅぃ」

クロもやってくる。クロはアントレーネの膝に乗り、そっと身を寄せた。ブランカは力なく垂れたアントレーネの腕を舐《な》める。二頭なりの慰め方だ。

でんっと目の前に座ったのはフェレスで、何故か偉そうに頷いていてみせる。それぞれに視線を向けていたアントレーネは、ふっと力が抜けたかのように笑った。

「ふふ」

アントレーネは泣き笑いのまま、シウを見つめた。

「まだ子供、なんだよね？　あんたはどこから見ても人族だ。でも、なんだか、村の長みたいに感じる」

「そうなの？　だけど、僕は本当に十四歳だよ」

彼女は頷いた。そして、こう言った。

「全部、話す。聞いてくれるかい？」

アントレーネは奴隷になった経緯と、赤子に関係することを話し始めた。

◇◆◇◆◇

ティーガ国の戦士だったアントレーネは、デサストレとの境界線争いに駆り出されていた。よくある些細《ささい》な揉《も》め事《ごと》が発端だ。ちょっと戦って、そこそこの損害で双方が引き上げる。そんないつもの流れになるはずが、部下のミスにより敵に捕まった。

アントレーネは部隊長で、通常なら真っ先に捕虜交換の対象となる。敵国の捕虜がいない場合でも、身代金を支払えば国に戻れるパターンだ。ところが何故か、アントレーネだけ捕虜交換に応じてもらえなかった。嵌《は》められたのだ。戦場で活躍しすぎる彼女を疎ましく思う者がいるのは知っていた。でもまさか敵国に売るとは思いもしなかった。

しかし、デサストレの軍部も彼女を持て余した。いつまでも捕虜として置いておくわけにはいかない。アントレーネに恨みのあったデサストレ側は当初、黒の森への特攻隊に「人の盾」として向かわせようと考えていた。そこに、奴隷商人がウルティムスを経由して取り引きを持ちかけてきた。アントレーネの強さを知るデサストレは、反撃される可能性と金を天秤《てんびん》に掛け、後者を選んだ。

「あたしのお腹の子は、たぶん、交ざってる」

「言《い》い辛《づら》いことなら言わなくてもいいんだよ？」

「いや。あんたに、シウ様に、聞いてもらいたいんだ」

溜息《ためいき》を吐《つ》き、アントレーネは続けた。

「あたしら獣人族には発情期がある。その時期は妊娠しやすくなってね。とはいえ、戦士として前線に出てるんだ、妊娠したら困る。だから避妊薬を飲むのさ。けど、発情自体はどうしても来る。その場合は仲間同士で対処するんだ」

彼女は拳《こぶし》をグッと握った。シウはその後の流れを予想して目を伏せた。

「後方支援の奴もグルだったんだろうね。今、思うと、渡されたのは偽薬だ。嫌がらせのつもりかね。妊娠したら前線から外されるんだよ。そこまでして、あたしを追い出したかったらしい」

泣き笑いのような顔で、しかしアントレーネは前を向いて話した。

「相手は気の合う奴だった。だから、孕《はら》んだのなら産んだっていいんだ。騙されたのは腹が立つけどね。でも子供ができたなら嬉しいよ。知ってるかい？　獣人族は子供をとても大事にする。村の誰もが親なのさ。みんなで育てるんだよ」

　アントレーネの生まれ育った村がどんなに良いところか、シウは想像できた。

「……その発情期に、あたしは捕虜になった。もう十四歳なら分かるだろ？」

　シウは小さく頷いた。

「デサストレの子まで孕んだ可能性があるんだ。人族のあんたには分からないかもしれないね。獣人族は発情期間中に何度でも排卵する。だから、人族の奴等《やつら》に『獣と一緒』だなんて言われるんだね。ははっ」

　シウはゆっくり息を吐き出し、アントレーネと目を合わせた。

「他の誰があなたを貶《おとし》めたとしても、あなただけは自分を愛さなくてはいけない。あなたという存在を尊敬すべきだし、大事にしなければならないんだ」

「シウ、様？」

「自分たちの種族を貶める発言を、自分で口にしてはいけない」

「っ、人族が言うからだ。いつもそう言って、あたしらをバカにする」

「だからといって、諦めたような顔で口にするものじゃない。あとね、僕は動物たちのことだって蔑んでいいとは思っていないんだ」

「え？」

第三章

新しい仲間

「大きな枠にしてしまえば同じ世界の生き物同士だもの。多胎がなんだっていうんだ。同じ動物なのに、偉いも何もない」

ぽかんとするアントレーネに、シウは視線を外さずジッと見つめた。

「あなたが子供を産むなら僕は全力で応援する。その子を、望んだわけではないから育てたくないと言うのなら、その意志も尊重する。でも、産んだのなら、子供たちには良い人生を歩んでほしい」

「分かってる。あたしも、これだけ生きたいと頑張っている命をなくしたくない。愛してやれるか自信はないけど産んでやりたいとは思っているんだ。子供は、大事だからね」

「うん。子は宝だよね」

アントレーネがふふっと笑った。

「あんた、若いのに変わってるね。長とおんなじ顔だ。同じことを言ってる」

ブランカがアントレーネの膝の上に頭を置く。チラッと見上げて「もう悲しくない？」と聞いているかのようだ。クロもアントレーネの膝の上から様子を見ている。

フェレスは相変わらずだ。何やら大仰に頷いている。おそらく何も考えていない。

シウが微笑《ほほえ》むと、アントレーネも笑顔になった。

「じゃあ、頑張って産むよ。それまでよろしく、あー、お願いします」

「はい。任されました」

アントレーネは全て話したことで吹っ切れたのか、スッキリとした顔になった。

その後、スサが昼食を届けてくれたので一旦任せ、自室でロトスを交えて食事を済ませた。食べ終えると、シウだけアントレーネの部屋に戻る。

スサがまだいたので、今後についての話し合いをしたくて残ってもらった。

「アントレーネは安静にするとして、その後の話をしようか」

「えぇ？　あたしにしばらくジッとしてろってこと？　護衛仕事ならできるよ？」

「いや、妊娠後期だからね？」

シウの言葉に、スサが驚く。

「まあ！　本当ですか。とても見えませんね」

鍛えているからか種族の特性か。スサの言う通り、服の上からでは膨らみが分からない。

シウも鑑定魔法の結果を知らなければ妊娠には気付かなかっただろう。

「安定期だとしても、今のラトリシアは厳寒期だ。護衛仕事は無理じゃないかな」

寒さに弱そうなアントレーネには無理だ。彼女はハッとし、肩を落とした。

「それに護衛が欲しかったわけじゃないんだ」

「でも、あたしは白金貨十枚分の仕事をしないと！」

「うーん。グララケルタで元を取ったんだよね。むしろ儲《もう》けたぐらいでさ」

「それだ。あの時はビックリして何も言えなかったけど、金額がおかしかったよ」

「シウ様、オークションでグララケルタを出品したのですか」

「うん」

スサには笑顔で答え、アントレーネには視線で「内緒で」と睨む。彼女はシウの考えを違わず受け取った。ぎゅっと口を閉じる。

「まあ、だからね、しばらくは家の中にいて。どうしても何かしたいなら、屋敷内の仕事を手伝ってもらおうかな。スサ、頼める？」

「構いませんよ。ですけど、ゆっくりお休みされたらよろしいのに」

「スサさん、あたしは奴隷だ。働かなきゃいけない」

「そうは仰いますけど、シウ様が拾ってきた子たちはみんな自由に過ごしておりますよ。あ、リュカ君は薬師のお勉強で外に出ておりますね」

「拾ってきた子たち？」

アントレーネの疑問に答えたのはスサだ。シウが今まで拾ってきた生き物について、楽しげに語る。アントレーネも引き込まれ、うんうんと頷く。二人の様子を見てシウは安心した。後は任せることにし、シウはまた自室に戻った。


部屋では全員がお昼寝中だった。お腹を上にして寝る姿は平和そのものだ。シウが眺めていると、ロトスが寝言で「パンケーキ」と口にした。

おやつはパンケーキにしよう。早速、厨房に行って作る。シンプルに生クリームとメープルシロップだけのパンケーキだ。

それを持ち、まずはアントレーネの部屋に行く。

「スサもここで食べていくよね？　持ってきたんだ」

「わぁ、今日はパンケーキなのですね！」

アントレーネは不思議そうな顔だ。初めて見るものらしい。

「これはパンケーキ、お菓子だよ。食べるよね？」

「あたしが、お菓子を？」

「そうだよ。あ、甘いのは嫌い？　甘すぎないと思うよ。ほどほどにしてるから」

メイドたちが太ってもいけない。健康を考え、シウの作るお菓子は甘さが控え目だ。

「……食べる」

「良かった。スサ、あとはお願い。僕はフェレスたちと食べるよ」

「承知いたしました。アントレーネさん、一緒に食べましょう？　シウ様のお菓子はとっても美味しいんですよ」

戸惑うアントレーネに、スサはお茶のお代わりを淹《い》れ始めた。スサは細やかな気配りの出来る女性だ。思いやりもある。アントレーネもスサに慣れた様子だ。女性ならではの気付きもあるので少しの間任せようとシウは思った。

ちなみに、パンケーキを見たロトスは目を丸くして驚いた。

「なんで、なんで？　おれが、パンケーキたべたい、おもったの、わかった？」

第三章

新しい仲間

（超能力かよ！）

驚きつつも、フォークを手に食べる。ただ、同時に喋るし念話もするので、注意力が散漫になった。テーブルや床にポロポロ零す。

釣られたのか、ブランカも興奮して早食いになる。クロは上品だ。一切落とさない。フェレスも上品そうに見える。見えるだけで、実際には彼も早食いだ。フェレスは見た目を取《と》り繕《つくろ》うのが上手《うま》い。

シウもパンケーキに舌鼓を打つ。シウとロトスの分には小豆餡《あずきあん》を添えた。和風パンケーキのつもりだ。どら焼きを作ってもいいかもしれない。すると。

「なーなー、こんど、いちごだいふく、くいたい」

その提案に、シウはすぐさま「いいよ」と返した。ところが、ロトスは疑わしそうな表情だ。

「シウ、しろあん、だぞ？」

「えっ、白餡？」

（やっぱりな。そうだと思ったぜ。俺は白餡派なんだ）

ふふんと笑う。シウは白餡について思い出そうと、目を瞑《つむ》った。確か、白いんげん豆や白金時豆《しろきんときまめ》が原料だったろうか。白小豆といった名前も見た気がする。

「使った覚えがないなあ。白系の豆か。見たことあったかな？」

「えー。おれ、いちごだいふくは、ぜったいしろあん」

ぷくりと膨れるロトスに苦笑する。シウは彼の珍しいおねだりを叶《かな》えたくなった。

「分かった。今度、市場で聞いてみるよ。探し出すね」

「やったー」

ロトスは「わーい」と喜び、人型のままグルグルと走り回った。


夕方、一品作りのために厨房で作業をしていると、ロランドが顔を覗《のぞ》かせた。わざわざ来たのだ、急ぎだろうと手を止める。

「王宮からの手紙ですか」

「先日、行かれたばかりですよね」

また「お菓子が欲しい」というシュヴィークザームからの呼び出しかと、心配そうな顔だ。シウもなんだろうねと首を傾げて中を見た。

「あっ、別件です。すみません、そう言えばシュヴィに頼まれていたんだった。実は今度、プリメーラに行く予定なんです。その通行手形とか諸々ですね」

「プリメーラといいますと、もしや？」

「地下迷宮だね。『サタフェスの悲劇』の跡地と言われているところだ」

「シウ様。もしや、危険な仕事を引き受けてしまわれたのでしょうか。だから奴隷を買われたと？」

不安な瞳に見つめられ、シウは慌てて首を振った。

第三章
新しい仲間

「違う違う。全く関係ないです。プリメーラにも入る予定はないんだ。ただ、建前が必要だった。見学に行きたいと言っておけば、通行証も出るだろうから」

「さようでございますか」

「えっと、ここだけの話にしてもらえますか？」

「はい。不肖ロランド、誰に拷問《ごうもん》されようとも大事な秘密は決して漏らしません」

「いや、拷問されてまで我慢するのは止めて！」

ロランドが残念そうな顔になる。シウは小声で事情を説明した。

「シュヴィ、ええと、聖獣様が隠れ家を所望されたので探してくるだけです」

大事な部分を飛ばした上に嘘とも本当とも言えない事情だが、ロランドは納得したようだ。ただ、複雑そうではある。

「隠れ家、でございますか。聖獣の王の？　とんでもない秘密事項ではありませんか」

「ええ？」

「おひとりになりたいとお考えなのでしょう？　何か恐ろしい事態が起こっているのでしょうか。もしくは今後起こるかもしれないと。であれば、まずはいかにして素早く若様を本国にお連れできるかが――」

「待って。そういう真面目《まじめ》な話じゃないんだ。あー、そうだ、フェレスたちの巣と同じです。あちこちに居心地《いごこち》の良い場所を作っているでしょう？　シュヴィもそうしたいけれど、立場上難しい。だから、こっそり気を抜ける場所が欲しくなったって感じです」

「そうなのですか？」

納得いかない様子ではあったが、ロランドは「ここだけの話」として胸に納めると約束してくれた。

◇◆◇◆◇

火の日は、ブランカたちの調教が始まる日なので学校は休めない。一応、アントレーネにはシウがシーカーの学生だと話していた。スサにアントレーネの世話を頼んでいるとはいえ、引き取ってすぐに留守をするのは申し訳ない。ロトスを留守番させている負い目も重なり、シウは後ろ髪を引かれる思いで屋敷を出た。

まずは、約束をしていたスラヴェナの執務室を訪ねる。シモネッタが笑顔で迎え入れてくれた。スラヴェナもだ。

「いらっしゃい。さあさ、子供たち、お顔を見せてくれるかしら？」

朝からテンションの高い彼女にブランカが引いている。クロは静かだ。諦念だろうか。

「スラヴェナ先生、よろしくお願いします」

「ええ。お昼は迎えにいらっしゃい。あなたの顔を見ると安心するでしょう」

「はい」

「さあ、もう教室に向かいなさい。長居は良くないわ」

保育園のようなものだろうか。親がいつまでも残っていると子供は離れがたくなるという。シウはクロとブランカに笑顔で手を振り、部屋を出た。

クロは自分が何故預けられたのかを分かっているから、寂しくとも諦めが見てとれる。しかし、ブランカは「置いてかないで」と大騒ぎだ。普段なら留守番を頼んでもこれほど騒がない。彼女も分かっているのだ。これから彼女の苦手な「お勉強」が始まることを理解しているから嫌がっている。

この別れに後ろ髪は引かれなかったが、再会時にどうなるのか想像すると苦笑しかない。フェレスを見ると、特に変わりなくいつも通りだ。

「心配じゃない？」

「にゃ？」

なんで、と返ってくる。スラヴェナを警戒する気持ちはないようだ。もし異変を感じているのだとしたら、フェレスも成獣前だったのに獣舎に預けていたよね」

「そっか、フェレスも成獣前だったのに獣舎に預けていたよね」

ロワルの魔法学校では授業中、獣舎に預ける決まりだった。シウが教室で学んでいる間、フェレスも他の騎獣《きじゅう》たちから薫陶《くんとう》を受けていた。調教魔法を持つ教師からも学ぶことは多かった。その経験は彼の成長に役立った。

クロやブランカにもそうした経験が必要だ。彼等のためにもなる。分かってはいるが、感覚転移で確認してしまうことだけは止められないのだろう。子離れができていない。訓練が必要なのはシウの方だ。

昼休みに顔を出すと、ブランカは何があったのかどれだけ大変だったのかを「ぎゃぅぎゃぅ」と鳴いて教えてくれた。ただ、一通り愚痴《ぐち》を零すと落ち着く。その隙にシウは午後の授業に向かった。

午後の授業が終わって迎えに行くと、ブランカはおとなしくなっていた。今度は報告してくれない。シウがクロを見ると、代わりに調教内容を教えてくれる。

まずは、がっついて物を食べるなといった基本から始まり、目上の獣がいたら姿勢よく従順な態度を示すといった騎獣同士のマナーにも及んだようだ。

厳しくビシバシ教えると言った割には、言葉のみの躾《しつけ》に終始した。実は騎獣でも馬と同じように鞭《むち》を用いた調教をする人もいる。もちろん、鞭で打つといっても「ちょっとピリッとする」程度だ。きかん気が強い場合のみ、使うらしい。騎獣屋カッサでもそうした話を聞いていたため、シウはドキドキしていた。

スラヴェナの手法は違った。言葉のみで誘導したのだ。たとえば、スラヴェナが厳しくすればシモネッタが慰めるといった形だ。飴《あめ》と鞭で二頭にマナーを教えた。

スラヴェナ本人からは、

「基礎は悪くないわ。気質も良いし、物覚えも良い。そこまで時間はかからないわね」

と、報告を受けた。気になる点はあるけれど、それは些細なことだとも言う。

気になる部分とはブランカの甘噛《あまが》みについてだった。実際、スラヴェナの前でブランカはシウを噛んでしまった。本人は甘えているだけだが、マナー的には良くないとされる。人前でさせないためにも普段から注意した方がいいそうだ。

他にも、自分の体の大きさを認識させる必要があると言われた。これはブランカに限らず、クロにも言える。小型希少獣《きしょうじゅう》には小型なりの働きが出来ると、発破を掛けられたようだ。

スラヴェナは「あとは騎獣のマナーだけでなく、人間のマナーも覚えることね。それだけよ」と笑う。あまりに平然と気軽に言うので、シウは肩の力が抜けた。それから頭を下げてお礼を口にする。もちろん、調教への対価は支払うが、それとは別にお菓子を渡す。シモネッタから付け届けだ。シウが自作したリンゴ煮のタルトケーキは大層喜ばれた。スラヴェナの好みも聞けたので、折を見て贈るつもりだ。


学校からの帰り、シウは薬師ギルドに顔を出した。相談があったからだ。

「ギルド長に面会の約束を取り付けたいのですが」

「あら、もしかしてシウ＝アクィラ様ではありませんか」

シウが「はい、そうです」と頷くと、受付の女性が若手に声を掛けた。

「ギルド長にシウ様がいらしたと伝えてちょうだい」

シウの相談内容は知らないはずだが、ギルド側にも用があったらしい。さほど待たずに

第三章

新しい仲間

応接室へ通された。

「本日はどのようなご用件でしょうか。お急ぎでなければ例の話をしたいのですが」

先にギルド長の話を聞く。彼の用とは、薬の補助の件への礼だった。上流階級の人々に補助をお願いする案が軌道に乗ったというものだ。シウはすでに面識のある薬師から聞いていた。それに案を出しただけだ。わざわざ礼を言われることではないと手を振った。

「ですが、おかげさまで庶民の子や孤児たちに薬用喉飴《のどあめ》を無償で配れました。この寄付制度は他にも利用が可能ではないかと話が出ております。国も乗り気です。担当官からは何度もお褒めに預かりました。手前どもの案ではないので大変困りましたのですが」

シウが自分の名前は出さないでほしいと頼んだせいで、人の好いギルド長はあたふたしたのだろう。シウが謝ると、ギルド長は「いえいえ」と困り顔だ。

「この判子の案も、業者が喜びましてね。なんと、大店《おおだな》から注文が殺到しているようです。自分たちの商品を区別させるためにも便利だとか。なんでも最近は紙が安くなっているそうで。良い時代になったものです」

紙は、シウが特許を取ったアルンド紙のことだろう。どこにでも生えている、育つのが早い葦科《あしか》の植物で作れる低質紙だ。配合を変えて精製も丁寧にすれば中質紙にもなる、とは、説明するのも野暮ったいので、シウは黙って頷いた。

「寄付制度を取り入れた喉飴の件で、話を耳にした貴族様が、そんなに大変ならばと養護施設に更なる寄付をしてくださったそうです。素晴らしいではありませんか」

橋渡しをした薬師ギルドはその光景に感動したようだ。シウとも感動を分かち合おうとしてか、何度も同じ話を繰り返す。途中で秘書が助けてくれたため、シウは急いで本題を切り出した。

「実はですね。一冬草《ひとふゆそう》を定期的に採取できる穴場を発見しまして――」

「な、な、なんですと？」

「穴場なので教えるわけにはいかないのですが」

「も、もちろんです。絶対に秘して、誰にも、わたしにさえ話してはいけませんぞ！」

「あ、はい」

「そ、そ、それで、まさか、それを、お売りいただける、と？」

「はい」

ギルド長は固まった。秘書が揺さぶっても呆然としたままだ。

「シウ＝アクィラ様、わたくし、秘書のカルアと申します。大変失礼しました。このようなお話は初めてで驚いております。ああ、ギルド長はしばらく動けませんね」

「珍しい薬草ですもんね」

「そんな簡単な言葉で表せるようなことではありません」

「確かに流通量は少ないと聞きますけど、本にはよく出てきますよね。薬草店で『一冬草あります』と看板を立てているところもありますし」

「看板は冗談ですよ？」

第三章

新しい仲間

「えっ？」

「冗談と分かるぐらい珍しいのだと皆が知っているのです。『一冬草がありますす』の看板には『高価な薬草も取り扱っていますよ』という意味があります」

「知らなかった……」

「魔法学校で教わりませんか？　中等学校でも習うはずです。最終学年で実習を受けますよね」

「飛び級したんです。それに、薬草学にそういった雑学的な情報はなかったような」

「ああ、なるほど。初年度で飛び級されたのでしょうか。それなら実店舗での実習を受けていないのも分かります」

彼女は溜息を吐いて力なく笑った。そこでギルド長が現実世界に戻ってきた。

「あのう、本当に売っていただけるのですか？」

「はい。今後、定期的に供給できる目安もあります。あちこちにばらまく予定です」

「ん？」

「一冬草が広まると、上級薬がもう少し買いやすくなると思いませんか」

ギルド長と秘書が顔を見合わせる。

「上級薬の価格が下がればいいなとの魂胆です」

「しかし、ギルドの会員がなんと言いますか。価格が下がれば売り上げにも関係するでしょう」

「そこで一冬草です。数があれば自ずと価格は下がります。そもそも高価になるのは素材が高いせいです。高いのは少ないからだ」

「まさか、ギルド会員に行き渡るほどの供給力が？」

「最初は、各自が買える程度に切り分けて、となりますけど」

将来的には安定供給のために栽培方法を教えたい。その頃にはデータも蓄積されているだろうから可能になる。

「切り分けて……ああ、そういう考えも……」

ギルド長は呟きながら思案し、やがてキリッとした顔で宣言した。

「分かりました。このネストリ＝ミュールハウゼンがしかと承りました。早急に対応したいと思います」

「えっ」

「一大計画となります。残りの人生を懸けて頑張らせていただきます！」

「いえ、あの、そこまでは」

確かに大事かもしれないが、そこまでではない。シウはそう思ったけれど、ギルド長はやる気だ。しかし、現物も見ずに決めるものではない。

シウは魔法袋からという体で、真空パックにしていた一冬草を取り出した。

「これが見本です」

ギルド長の手が震えていた。受けとろうともしない。シウは苦笑した。

「たかが一枚です。なくしても気に病む必要はありません。まだ大量にあります」

「大量に、はい」

「これ、封を開けると途端に効能が落ちます。そういう薬草です。採取したそばから鮮度が落ちるんですよね。だから速攻で真空パックにします。取り扱いには注意です」

「承知いたしました。こちら、如何《いか》ほどでお売りいただけるのでしょうか」

「それは見本です。現物がないと説明できませんからね。次の納品で価格を決めましょう。会員への売価を下げたいので売値も安くします。買い占めさせないようにだけ、頑張ってください」

「わ、分かりました」

上級薬が一般的になるまでは長い道のりだ。しかし、庶民が必死に頑張れば手に入る額にまで、落とせる未来は見えてきた。シウも最上級薬を使いやすくなる。全員が得をする形になればいい。シウは足取りも軽く薬師ギルドを後にした。残されたギルド長がどんな顔をしていたのかは知らないままに。

◇◆◇◆◇

水の日もクロとブランカをスラヴェナに預けた。その間にシウは生産の授業を受ける。といっても、相変わらず好きに作業した。そこにレグロの見回りだ。

「今度は何を作ってるんだ？」

「匂いの、擬装用魔道具です」

「匂い？」

「そうです。臭覚の鋭い人向けに緩和？　勘違いさせる感じかな」

「前に《強力消臭飴》とやらを作ってなかったか？」

「あれ、先生に話しましたっけ？」

「嫁が、普通の方のを買ってきたんだ。俺に使えだと」

「ああ」

「そんなに俺の足の匂いは酷《ひど》いのかと落ち込んだもんだ」

「ええと」

「だが、良かった。あまりに良いもんだから、俺も《強力消臭飴》を買った」

「あの、根本から治した方がいいんじゃないでしょうか」

「薬師にも言われた。分かってる。毎日ちゃんと足を洗うようになったし薬も塗っているが、そうそう簡単に治るもんじゃねぇ」

どうやら水虫だったようだ。シウはレグロの奥さんに同情を覚えた。今まで大変だったろう。

「今回作りたいのは偽装用なんです。実際の匂いに効くわけじゃない」

ふうん、と興味なさげな返事だ。しかし、彼の視線はシウの手元に釘付《くぎづ》けだ。そして魔術式を見て首を傾げた。

「精神魔法、か？」

「錯覚させるのなら精神魔法かなと」

「ふむ」

獣人族の匂いを再現できない以上、精神魔法による「錯覚」しか思いつかなかった。

本当は再現もしてみたいが、それはまた今度だ。取り急ぎ、作ってしまいたい。シウは考えた魔術式を指輪やピンチに付与した。試作品は多い方がいい。獣人族ほど鼻の利く人がクラスにいなかったため、屋敷に戻ってからアントレーネに頼もうと考えた。

昼になり、クロとブランカを迎えに行く。弾丸のごとく飛び出してくるブランカの姿はない。代わりに、くねくねと変な歩き方でやってきた。そして「ぎゃおん」と鳴く。「にゃおん」と鳴いたつもりらしい。シウは笑顔になった。

「頑張ったんだね」

「ぎゃぅ！」

クロを見ると、こちらはカクカクとした歩き方だ。彼は彼であれこれと叩《たた》き込《こ》まれたようだ。

「きゅぃ……」

「大丈夫？」

「きゅぃきゅぃ。きゅぃぃぃぃ」

だいじょうぶ、でもつかれちゃった、と珍しくも子供みたいな返事だ。素直で可愛《かわい》い。

「よしよし。大変だったんだね。お疲れ様」

「きゅぃ」

今度も「えへへ」と素直に喜ぶ。スラヴェナはクロの奥底にある子供らしさを引き出してくれたようだ。

シウはスラヴェナに感謝の気持ちを込めて頭を下げると、まだ不思議な歩き方の二頭を連れて出た。ちなみに、フェレスも真似し始めたので帰路は面白い行進となった。


昼食を済ませると、シウは早速アントレーネの部屋を訪ねた。

「体調はどう?」

「かなり、良い。今日は医者が来てくれた」

「あ、そうか。忘れてた。大丈夫だった?」

「ああ。それに、獣人族の出産に立ち会った経験のある女が一緒だった」

表情や口ぶりから、不快な思いはしていないと分かる。とはいえ、シウは念押しした。

「それは安心だ。一応、何か気になることがあれば即教えてね。ロランドさんやスサがいるから問題ないとは思うけど、人族には分からないことも多い」

「ありがとう。大丈夫だ。サビーネ殿が全部、手配をしてくれた。あたしはただ、じっとしていれば良かった。スサ殿もずっと付き添ってくれたんだ。何の心配もない」

スサが今いないのは、昼食の片付けのためらしい。それ以外はほとんど一緒だったという。

「だが、本来の仕事もあるだろう？　こっちはもういいと言っているのに聞いてくれないんだ」

「そのうち誰かと交代するよ。今はアントレーネが心配なんだ。環境がめまぐるしく変わったでしょう？　心も体も大変だと、スサだけじゃなく屋敷の皆も分かっている。そのうち落ち着いたら仕事を頼まれるかもね。今のうちだけだから存分に甘えておこう」

「そ、そうか」

アントレーネは戸惑いながらも納得したようだ。シウは話を変えようと、そもそもの本題を切り出した。魔道具がちゃんと設計通りに発動しているのか、確かめてもらう。

魔道具を身に着け、アントレーネに近付く。

「えっ。獣人族、狼族《おおかみぞく》の匂いが、する」

「やった！」

シウはガッツポーズだ。すぐに次のパターンに変えた。

「む、これは犬族か」

シウが出会ったことのない獣人族のパターンでも確認してもらったが、効果はあるようだ。ただ、アントレーネも知らない種族では通じなかった。偽装だと分かるらしい。

「スサ殿にも聞いたが、シウ様はすごい。何でもサラッとこなす」

「違うよ。思いついことを即やらないとソワソワしちゃうだけで、せっかちなだけ」

話をしているとスサが戻ってきた。

「あ、シウ様。おかえりなさい。そうだわ、ちょうど相談したかったのです」

シウは「何？」と首を傾げた。スサが少し言《い》い淀《よど》む。

「その、リュカ君のことで」

語尾が小さくなった。彼女はチラリとアントレーネに視線を向けた。そこでようやく、スサの相談事に気付く。

リュカは獣人族と人族の血を引いている。ラトリシアでは種族の違う者同士から生まれた子を忌《い》み嫌《きら》う因習があった。獣人族もだ。おそらく、ハイエルフの血族至上主義が影響したのではないかと思っている。シウの推測だ。実際、他の地域に住む獣人族は他種族との間に生まれた子も大事にしている。

ブラード家はシュタイバーン国出身の使用人がほとんどだ。スサにもリュカに対する差別感情はない。ただ、心配している。アントレーネは医者から「問題ない」とお墨付きを出された。これからどんどん外に出るだろう。いきなり顔を合わせて何かあったらと、不安になったのだ。

シウは頷き、怪訝《けげん》そうな顔のアントレーネに質問した。

「アントレーネは、獣人族と人族の結婚についてどう思う？」

第三章

新しい仲間

「どうとは？」

不思議議そうだ。もっと恐ろしい話を聞かされると思ったのか、肩透かしにあったかのように力を抜く。この態度でおおよそが分かるというものだ。シウはラトリシアの事情を話して聞かせた。アントレーネは我が事のように怒った。

「なんだと？　そんなことで子供を虐《しいた》げるのか、おかしいだろ！」

アントレーネの出身地では子供を村全体で守って大事にするという。そんな彼女にとって、蔑ろにされる子供たちの話は耐えられなかった。スサはホッとしながらも、怒り心頭のアントレーネを宥《なだ》めた。

シウはその横で、この話をした理由についても語った。リュカが苦労していたこと、最後の家族を失い、ブラード家が引き取ったこともだ。

「ああ、だからか。スサ殿、あんたはとても良い人だ。その子の気持ちを考えたんだね。あたしにも気遣ってくれた。ありがとね」

「いいえ。試すような真似をして、ごめんなさい」

「いや。この国が悪いんだ。あたしも、怒って悪かった。あんたたちは違うのにな」

アントレーネは笑顔で続けた。

「できたら、その子を紹介してほしい。あたしもこのお屋敷で世話になるんだ。先輩方への挨拶もしておきたい。その、子供を産むまでは、ろくな働きもできないが」

シウもスサも急いで「そこは気にするな」とそれぞれの言葉で告げた。

そして、アントレーネの「挨拶」の件でシウは思い出した。そろそろロトスの紹介をしておきたい。彼の人型への変化は安定している。もう問題ない。

問題があるとすれば人間の子供を拾ってきて隠し育てているシウだ。実際には聖獣だが、そこは絶対に知られてはならない。だから適当に子狐《こぎつね》だなんだと話していた。皆に紹介する際は「人間の子供」になる。

「どうしました、シウ様？」

「どうしたんだ、シウ様。何かあったのか？」

「ううん。ちょっとね。えっと、部屋に戻るよ。考える事ができちゃった」

「まあ、いつもの閃《ひらめ》きでしょうか？　頑張ってくださいね！」

シウに突然スイッチが入る状態を、スサはよく見ている。笑顔で見送ってくれた。そして、アントレーネに向かって「シウ様も若様と同じで、よく名案が浮かぶんですよ」と話している。フォローは助かるけれど、カスパルと同じにされては恥ずかしい。シウは複雑な表情のまま、部屋に戻った。


皆への紹介についてロトスに相談すると、もう少し見送りたいと返ってきた。もしも屋敷の人に迷惑を掛ける事態になったらと、尻込みしているようだった。

「じゃあ、シュヴィとの顔合わせの後にしようか」

シュヴィークザームと会うのは「避難場所」を選定してからと打ち合わせていた。

「うん。それが、いい」

ホッとした顔だ。実は、シュヴィークザームとの顔合わせについても彼は気にしていた。王城で会うにはリスクがあって、外で会おうにもシュヴィークザームは聖獣の王だ。おいそれと出歩けない。そのため、シウが画策している。ロトスは自分のせいで、シウやシュヴィークザームの手を煩わせていると思っているのだ。

「子供は気にしないの。僕に任せて」

「こども、って。シウもこどもだろ～」

「前世はおじいだったし、転生後の今だってロトスより年上だよね？」

「そっか。じゃあ、いいかなぁ」

笑顔になる。そして何か思い付いたのか目を輝かせた。

「おじーちゃーん！」

パッと抱き着いてくる。シウは慌てて抱き留めた。

「なんで、お爺《じい》ちゃん呼びなの。そこはお兄さんでいいよね？」

「あはは！」

きゃっきゃと笑い、逃げていく。照れたのか、ロトスの耳が赤かった。その後ろをブランカが追いかける。遊びが始まったと思ったようだ。そのうち、追いかけっこになるのだろう。クロが様子を見ている。騒がしくなりすぎると止めるつもりだ。

フェレスはやっぱりゴロゴロしている。興が乗れば参戦するだろうが、今は寝ていたいのだろう。いつもの平和な風景に、シウは微笑んだ。

ロトスを狭い場所で遊ばせていることに心が痛まないわけではない。いっそ、どこかに本格的な隠れ家を作って自由に過ごした方がいいのではないかと、一度ならず考えた。

そうしなかったのは今後を見据えてだ。隠れ家に住み続けるということは人間関係が狭くなることと同義だ。ロトスを、シウのような「引きこもり」にしてはいけない。他者との繋《つな》がりがあってこそ、人間的な幸せがあるのだと思う。勝手な押しつけかもしれない。シウの自己満足だろう。けれど、シウの前世のような「孤独」にはなってほしくない。

ましてや、ロトスは元気な若者だ。彼は外に出てこそ本来の明るさを取り戻す。今はまだ無理が見えた。心の底から笑えるためにも、シウは彼に外の世界との繋がりを作りたいと思った。

◇◆◇◆◇

木の日は授業がない。シウは早朝から《転移》し、各地の市場を見て回った。

第一目的は、ロトスのために白いんげん豆や白金時豆、白小豆を探すことだ。幸いにも、シャイターン国の市場で見付けることができた。元々シャイターンには小豆も大豆も質の良いものが揃っていたため、もしやと思えば大当たりだった。

ついでに、多くの豆類があったので買えるだけ買う。しかも念願の黒枝豆が置いてあった。前世で黒枝豆を一度食べて以来、また食べたいと思っていたのだ。当時は消化器が弱っていたため「次」がなかった。シウは大興奮し、買い占める勢いで購入した。

その勢いのまま港市場も巡った。蟹類《かにるい》が豊漁らしく、味見したところ上品で美味しい。これもギリギリ問題ないという量を仕入れた。カルト港には小ぶりながらも牡蠣《かき》があった。フラッハやヴァルムでは見掛けなかったものだ。他の港では土地柄か、食べる習慣がないのかもしれない。小ぶりな牡蠣も良いが、それならハルプクライスブフトの牡蠣も良い。大きいながらも味が濃厚で美味しいのだ。顔見知りの店で買い漁る。

冬の魚介類を買い集めるうちに、シウは「この時期ならではのホタテも食べたい」と考えた。今日は市場巡りの日だ。早速《転移》した。久しぶりのウンエントリヒ港に着き、ついでだからと馴染《なじ》みの店に寄る。香辛料を取り扱うホスエとも顔を合わせ、ターメリックの販路拡大について語り合う。充実した市場巡りであった。

ただ、シウがあちこち回ったせいで帰り着いたのが昼を大幅に過ぎた頃だ。留守番のフェレスが拗《す》ねている。意外なことに、幼獣組は平然としていた。

「いつもと逆転してない？」

最近のフェレスは留守番も平気で、お利口だった。何かあったのだろうかと、シウは彼に「ごめんね？」と謝った。ところが。

「にゃん！」

怒っているわけでもなさそうだ。尻尾《しっぽ》でポンと叩くが、力は入っていない。どうやら拗ねたフリをしていたようだ。新たな甘え方である。

「いつの間にそんな技を覚えたの？　性悪猫だね～」

ついつい、可愛くて撫でていると、ロトスが白い目になった。シウは慌てて「白餡の素材を見付けたよ！」と話を逸《そ》らした。


遅い昼食を済ませると、シウは白餡作りに取り掛かった。そこにアントレーネがやってくる。廊下を散歩中に厨房が気になったらしい。興味津々なので椅子を用意した。

「料理が上手なんだな。シウ様はなんでもできるのか」

「山奥育ちだからね。なんでもできないとダメな場所だったんだよ」

「そうなのか。あたしも山岳地帯で暮らしていたが、料理はからきしだ」

「食に対する興味の違いじゃない？　僕は食い意地が張っているからね」

「ふふ。シウ様の謙遜をそのまま信じちゃいけないと、スサ殿から聞いているぞ」

「えぇー」

話しながらも手は動く。魔法を使っているから調理の進み具合は早い。

「うーん。もう少し練らないとダメかな。甘さはこれでいいよね」

ぶつぶつ呟いていると、アントレーネが囁《ささや》くように口を開いた。

「スサ殿にリュカと会わせてもらった」

「あ、そうなんだ」

+第三章+

新しい仲間

「ソロルという人族の青年も一緒だった。二人とも、シウ様に感謝していたぞ」

「大袈裟《おおげさ》だよ」

「とても良い子で、あたしは大好きになった。あたしのお腹に子供がいると聞いて、喜んでくれた。育てるのを手伝ってくれるそうだ」

シウは手を止め、アントレーネを見た。彼女は柔らかい笑顔で調理台を眺めている。

「あんな子に、育ってほしいな」

「うん」

「ソロル殿も、良い青年だった。この屋敷の人はみんな良い人ばかりだ」

「そうだね」

「やけになって、捨てなくてよかったよ」

ありがとね、と更に小声で続く。命を大事にしようという決意が見えた。アントレーネの顔が輝いている。

女性を美しいと思うのはこういう時だ。シウの母もこんな顔をしていたのではないだろうか。体は小さくとも心は大きかった。強い人だった。シウはアントレーネの姿の向こうにある母を、偲《しの》んだ。


シウ作のいちご大福はロトスの心に適ったようだ。食べながら褒めそやす。白餡派だという彼に合わせてシウも口にしたが、想像以上に美味しかった。食わず嫌いのつもりはなくとも、考えが凝り固まったままでは新しい味と出会えない。

「創作料理に挑戦するのもいいかな」

シウはこれまでテレビで見てきたような料理しか作ってこなかった。今後は積極的に挑戦していこう。そこでふと、ロトスを見る。

「ロトスは魚が苦手だったよね？」

「にたのが、だめ」

「ヒラメを煮たら美味しいんだけどなあ。あ、フリッターならどう？」

「あげるやつ？　なら、たべる！」

「タラもソテーだったら食べられるんじゃないのかな」

「わかんない。しろいのはだいたい、にがて」

白身魚が苦手らしい。よく聞けば、貝類は好きなようだ。牡蠣やホタテがあると知るや、あれもこれもと食べたいメニューを口にする。

「あ、でもそれはまた今度ね。今日は蟹にするんだ」

（うそ、ホント？　やったぁ！）

ロトスは蟹が大好きらしい。喜んで、くるくる回る。

仕入れてきた蟹は、味見したところ見た目も味もズワイガニや毛ガニにそっくりだった。

厨房にはすでに置いてきた。料理長が目を爛々《らんらん》とさせていたので夕食に出てくるはずだ。

魔獣の蟹、アトルムパグールスやペルグランデカンケルも空間庫にはまだ大量にある。

ただ、魔獣の肉は大物になればなるほど魔素が濃い。子供や老人、魔力量の少ない人間にとっては摂取量にもよるが毒になりかねない。聖獣とはいえ、ロトスはまだ幼獣だ。早いだろうと思って出すのは控える。こんなに蟹が好きなのだから、教えるのも可哀想《かわいそう》だ。

ただ、気付いている可能性もあった。特にフェレスやブランカは食いしん坊だ。過去に食べた「美味しいごはん」についてよく語る。それに、シウが魔法袋の中に大量の素材を溜め込んでいると、ロトスは薄々気付いているだろう。「まだ持っている」との考えに至るのは普通だ。

とはいえ、ロトスは根が素直で善だ。多くを望もうともしない。

「ロトスがもう少し大きくなったら、もっといろいろ食べようね。そうだ、唐揚げならそろそろ大丈夫じゃないかな。白身魚のフリッターも作るね」

「やったー」

可愛いフリルのついた幼児服でバレエダンサーの真似をする。新しく回る方法を編み出したと騒いでいたが、これだろうか。シウは笑った。

夕食は料理長の渾身《こんしん》の出来らしい。自慢げに説明された。上品な味を活かすために茹《ゆ》で蟹と焼き蟹、それからカスパルのお気に入りだというカニ玉が出される。

子供の分は料理人らが解してくれている。食べやすさ重視だ。反対に大人用は食べやすく殻《から》を切ってあるものの、そのままだ。野趣溢《あふ》れる見た目ではあるが、美味しさを重視している。

基本的に皿の上には食べられるものしか載せない。が、カスパルはマナーにうるさくない。彼は「美味しくなるなら、その方が良いに決まってる」との柔軟な考えだ。だからこそ、料理長の新たな素材への挑戦や、美味しさを追求した素朴《そぼく》な見た目の料理も受け入れる。シウの一品に手を伸ばすのも、カスパルが大らかだからだ。

ともあれ、シウたちは美味しい蟹料理に舌鼓を打った。

「二杯酢はロトスには早かったね」

「すっぱいの、にがてー」

「三杯酢にする？　それとも辛子味噌《みそ》か。砂糖と味醂《みりん》を混ぜて角もとってあるよ」

「うーん、いい。おれ、そのままゆでたの、たべる！」

途中で焼き蟹にはバター醤油《しょうゆ》だと言い出し、用意してあげた。シウはさっぱり味が好みだったのに意外とバター醤油も美味しい。驚いた。何事も挑戦だ。

ロトスは次にカニ玉に手を伸ばした。餡が熱いと、はふはふ言いながら食べ続ける。口の周りがベタベタになった。

同じく、いや、それ以上にベタベタなのがブランカやフェレスだ。普段は綺麗に食べるクロでさえ嘴《くちばし》が餡に塗《まみ》れている。毛の長いフェレスは顔全体が毛束《けたば》になるほどだ。ブランカは言わずもがな。

「もうちょっと気を付けて食べようね？」

第三章

新しい仲間

に浄化魔法を掛けた。


「にゃ！」

「ぎゃう！」

「きゅぃ……」


クロはしょんぼりし、ブランカとフェレスの返事は良い。それぞれに笑い、シウは全員に浄化魔法を掛けた。


食後にアントレーネの部屋を訪ねると、彼女も食事を終えたところらしい。スサとリュカも一緒だ。三人で話をしながら食べていたのか、楽しそうな空気が流れている。

「シウ、蟹ね、すごく美味しかった！　ありがとう」

リュカが耳をピコピコ動かし、お礼を口にする。

「どういたしまして。作ったのは厨房の人たちだよ」

「うん。あとでごちそうさまを言うね」

すっかり大きくなったリュカがスサを手伝い、片付けていく。それを微笑ましそうな目でアントレーネが見つめる。

スサとリュカが部屋を出ると、アントレーネはシウに椅子を勧めた。

「シウ様、あたしのお腹、三人いるみたいなんだ」

「うん」

「育てるのにお金がかかる。けど、あの、よろしくお願いします」

「分かりました」

「あたしはずっと戦士として働いていたから、子育ての経験がないんだ。細かい作業も苦手でさ。だから、迷惑かけると思うんだ」

「乳母《うば》を雇えばいいよ。アントレーネはできる仕事をしたらいい。僕と同じ冒険者稼業に就くのもアリじゃないかな」

「もし可能なら、そうしたい。やっぱり、主であるシウ様と一緒に働きたいんだ。いや、あたしがそういう生き方を望んでる。だからって、子供を養護施設に預けるとか里子に出すってのは違うと思うんだ。だから、シウ様の言葉に甘えさせてもらいたい」

ずっと考えていたのだろう。今だけでなく、これからのこともだ。

アントレーネは自分の能力を客観的に見られる人だ。その彼女が子育てに向いていないと判断した。そしてどうすればいいのかを考えた。アントレーネは周囲から差し伸べられた手を取った。それでいい。母親が必ずしも子育ての優等生になれるとは限らない。

シウは頼ってくれたアントレーネに安心した。

「じゃあ、今のうちから予定を立てよう。家政ギルドに話を通しておくね」

「ありがとう」

「僕と一緒に働いてくれるという気持ちは有り難いけれど、少し問題があるんだ。隠しておきたい秘密や隠さないといけない情報が多いというか。知れば、アントレーネにとっても困った事態になる。だから誓約してもらうかも――」

「誓うよ。サヴァネル神に誓うとも。当たり前だ。それにあたしはシウ様の奴隷だよ。決してシウ様の不利益になることはしない。しないためにも、必要なことさね」

「あ、うん。ありがとう。まずは、子供を産んでからだね」

「もちろんさ。元気な良い子を産むよ。それまではタダ飯食らいになっちまうが、なるべく早く恩を返す。待っていてくれ」

「そんなに張り切らなくてもいいってば。気楽にね。あと、大事なことを言い忘れていた。アントレーネがどうしてもやりたい、やり残したことがあるというなら言ってほしい」

一人で悩まずに、まずはシウに相談してほしかった。もしも復讐《ふくしゅう》したいと考えているのなら、シウは協力するに吝《やぶさ》かでない。それが伝わったのかどうか。アントレーネが動きを止める。それから自分の中にある考えを絞り出すようにゆっくり答えた。

「今はまだ、生きていくことで精一杯だよ。生きていれば良いことがあるんだろうさ。よく聞く話だ。あたしは、それが本当なのかを知りたい。今はそれだけだね」

アントレーネはシウに真っ直ぐな視線を向け、柔らかく微笑んだ。

第四章

隠れ家を探そう

The Wizard and His Delightful Friends

Chapter IV

戦術戦士の授業にはフェレスも参加する。幼獣《ようじゅう》二頭は調教があるため不在だ。見学者がいないまま、レイナルド発案の訓練が始まった。

いつもの「シウが虐《いじ》められていても耐える」訓練である。レイナルドがどれほど演技派であろうとも、さすがのフェレスも「シウが痛みを感じていない」ことは分かっている。以前ほど腹を立ててはいない。しかも最近は、レイナルドに合わせてノリノリだ。それだけ余裕が出てきたのだろうが、シウは内心で演技好きの一人と一頭に呆《あき》れている。

この日は、レイナルドが威圧を強めると言い出した。慣れたフェレスだけでなく、生徒の皆にも必要な訓練らしい。レイナルドは専用の魔道具を手にした。

「あ、しまった。結界の魔道具を忘れてきた。シウ、頼む」

「はい。ええと、その威圧用魔道具は精神魔法系の術式、かな」

「そうだ。いけるか？」

「闇属性を追加で付与すれば大丈夫かと。……はい、できました」

その場で結界を張る。無詠唱《むえいしょう》だ。この頃は、魔道具をセットしてみせるといった取《と》り繕《つくろ》う真似《まね》すらしていない。クラスメイトたちとは仲も良く、レイナルドの統率力に安心もしている。そんな自重を忘れたシウに、レイナルドが笑う。

「相変わらず、べらぼうな魔法だぜ」

「どうも」

「これで、魔力量が少ないってんだから、シーカーの生徒はすごいよな」

と、シーカーに勤める教師が言う。シウが思ったような反応を示さなかったからか、レイナルドが「相手してくれよ」と拗《す》ねる。彼を慰《なぐさ》めたのはクラリーサだ。

「そのシーカーの生徒を教える先生はすごいですわ。さ、始めましょう？」

「あ、ああ」

たぶん、慰めているはずである。

クラリーサは統率力のあるレイナルドでさえも、動かせられる人になりつつあった。

「よし、始めるぞ」

威圧魔法には幾通りかの方法がある。精神魔法が一般的だ。次に多いのが闇属性魔法を使ってステータスを低下させ、更に空気を重くするやり方だ。他には種族特性もあった。闘気に近いだろうか。たとえば魔獣のトイフェルアッフェには《強者の威圧》というスキルが備わっていた。

そうでなくとも大きなレベル差のある相手が目の前にいると、誰だって恐《おそ》れるものだ。そこに、魔法を使って精神的重しを重ねることで強化する。

戦闘中、相手を怯《ひる》ませるために使えば優位になるだろう。ちょっとした隙が勝ち負けに繋《つな》がる。逆に、威圧を掛けられても対処できるようにしておかねばならない。

クラリーサは精神魔法のレベルが高く、抵抗しやすい。貴族の間では精神魔法を持っていると羨ましがられるのだとか。

「おお、耐えるじゃないか。やっぱりクラリーサが一番だな」

「いいえ、先生。シウ殿がいらっしゃいますわ」

「あれは別だ。気にするな」

「まあ、そうですわね」

結界内は精神魔法と闇属性魔法を使った威圧魔法が発動中だが、シウには全く通じない。フェレスも耐えていた。ある程度までなら平気そうだ。これまでに何度も大型魔獣との接戦を経験している。慣れれば、たとえ威圧を受けて不快に感じても耐えられるものだ。

「フェレスは人間からの威圧の方が訓練になるんじゃないかな」

「そうか。けど、これも人間用の威圧だぞ」

人間同士用に作られた魔道具らしい。シウはクラリーサに向いた。

「クラリーサさん、良かったら相手をしてくれないかな」

「ええ。わたくしで良ければお相手しましょう」

クラリーサは魔道具に抵抗できていたため訓練にならなかった。手持ち無沙汰の彼女はシウの提案に乗った。見える範囲にいるためか、クラリーサの侍女《じじょ》や騎士らは威圧の訓練に残った。


シウがやっても威圧は通じない。フェレスとの間に相棒としての繋がりがあるからだろうか。ともあれ、クラリーサならば他人だ。彼女に精神魔法を掛けてもらう。

直前に、フェレスには「くれぐれもやり返さないように」と言い含めてある。

第四章

隠れ家を探そう

「では、参ります――」

クラリーサが詠唱する。最大限の力でやっていいと言ってあるから、彼女は目一杯に魔法を放った。はずだ。シウには威圧が利かないため分からない。

フェレスはと言えば、ちょっと嫌そうな顔はしているけれど、それだけだった。

「あれ？」

「あら……」

「にゃ」

三者三様に戸惑《とまど》う。

「もう一度強めにお願いします」

「わ、分かりましたわ」

「にゃ」

魔力を込め、クラリーサがまた詠唱した。フェレスの様子から、少し強くなったのは分かる。しかし、平気そうだ。

「慣れている人が相手だからダメなのかな」

「どうでしょうか。威厳が足りないのは分かりますわ」

「うーん。あ、精神魔法のレベル上げは普段からされてます？」

「耐える訓練でしたら。そうね、レベル上げと言えるような訓練はしておりません」

「あれ、でも、持っていると羨ましがられるんだよね？」

「ええ。とはいえ、普段使うようなスキルではありませんもの。上位貴族の方々からの視線に耐えられる、といった特典ぐらいかしら。公の場で堂々としていられるそうです。そうした意味で羨ましがられるの」

「そう言えば、陛下に謁見《えっけん》する機会はあるんですか？」

「上位貴族の子息子女は成人の年にまとめて王城に集められますの。陛下から有り難いお言葉を賜《たまわ》るのですよ」

「ああ、なるほど」

「わたくしも皆と同様に内心では緊張しておりましたけれど、立派に振る舞えていたと褒めていただきましたわ」

と、胸を張る。嬉《うれ》しさを隠さない彼女は可愛《かわい》らしかった。

「けれど、それだけですわね。以前、独学でシウ殿に掛けてみましたけれど、全く役に立ちませんでしたもの。成長しておりませんわ」

「あれから幻惑は使っていないのですか」

「兄上が幻惑など、はしたないと申しまして……」

意味が分からず、シウは首を傾《かし》げた。

「兄上は、どこかでよこしまなお話を聞いたのでしょう。わたくし、そんな勘違いをさせてしまうのなら勉強は止めた方が良いと思い、控えましたの」

「そうですか」

やはりシウには分からなかった。貴族の、とりわけ淑女が精神魔法を使うのは良くないのだろう。とはいえ、せっかくの精神魔法スキルだ。威圧対策を学ぶためにも使えた方が良い。シウの意見に、クラリーサは「確かにそうですわね」と納得した。

「パーティーで殿方に上から意見を言われることがありますの。全く身にもならないような知識を披露されるのです。これまでは『耐えて』いましたけれど、次は『耐えさせる』のも良いですわね！」

「あ、うん」

「もう一度フェレスちゃんに威圧を掛けてみます。ふふふ。今度は泣いてしまうかもしれませんわよ？」

とは、フェレスに向かってだ。フェレスはきょとんとしながらも、

「にゃにゃにゃにゃにゃ」

なんかわかんないけどがんばって、とクラリーサを応援した。


授業を終えると、昼には少し早いがクロとブランカを引き取って食堂に向かう。

いつもの場所で生徒同士の講習会が行われており、シウは近くにあった定位置に座った。後に続く形でプルウィアもやってきた。

「ねぇ、聞いた？」

上機嫌で顔を寄せる。プルウィアはシウの答えを待たずに、満面の笑みで続けた。

「ベニグド＝ニーバリが季節外れの卒業よ」

「え？」

「年末にティベリオ会長が卒業したでしょう？　それはもう盛大なお見送りだったじゃない？」

「僕、いなかったからね？」

「ああ、そうだった。忘れてたわ！　薄情ねぇ、彼の友達でしょう？」

とは言うが、シウにも予定がある。卒業式のために残る、という考えはなかった。ただ、自分の都合を優先する辺り、薄情なのかもしれない。

「まあいいわ。彼、同年代のライバルに先を越されて苛立《いらだ》っていたらしいの。それで、足りない単位をどうにかして、最後には戦略指揮科の最優秀評価をもらって卒業したというわけ」

「最優秀？」

「それね」

人差し指をシウの目の前に向ける。

「普通は秀が一番上なの。ところがニルソン先生ときたら、勝手に最優秀ってランクを作ったのよ。すごくない？　そもそも単位をどう調整したのかしら」

裏があると噂《うわさ》が広まっているようだ。

「生徒会長にはなれなくて、他にどうしても『名』が欲しかったから画策したのよね。その執念がすごいわ。でも、いいわ。だって面倒な相手がいなくなったもの」

「そうだね」

「なぁに。シウが一番迷惑を被っていたのに」

空恐ろしさはあったが、シウは直接の被害を受けていない。プルウィアのように「いなくなって清々した」とまでは思わなかった。それに。

「ただねぇ、カロリーナ＝エメリヒは残っているのよ」

彼女には迷惑を被った。笑顔で人を罠《わな》にかけることのできる怖い女性だ。シウとしては関《かか》わり合《あ》いになりたくない。

「とにかく、今日は祝杯なの」

「学校でお酒はダメだよ？」

「分かってるわよ！」

その頃にはクレールやディーノたちもやってきた。彼等も「なあ、知ってるか？」と話し始める。勉強していた生徒も手が止まり、そこからは噂話《うわさばなし》に転じた。

◇◆◇◆◇

午後、シウは新魔術式開発研究の教室に早めに入った。すると、先に来ていたアロンドラがそろそろと挙動不審に近付いてくる。

「授業に追いつけません。補講ばかりです」

愚痴《ぐち》だった。シウも気持ちは分かる。ヴァルネリの授業はフルマラソンのようだ。付いていくには「膨大な魔術式の基本知識」という名の体力がいる。

補講も気が抜けない。とにかく全神経を集中させないと無理だ。

これに耐えられず、脱落していく生徒もいるようだった。最近見掛けないと思っていたら、ファビアンに「彼は退科《たいか》したよ」と教えられることもあった。ただ、試験や論文の結果が悪くて退科、となるわけではない。ヴァルネリ自身は厳しい発言もあるが、ラステアやマリエルは親身になってくれる。補講もその一環だ。授業が終わってから質問に行くと教えてもくれる。

とはいえ、大変な授業であることに変わりない。

「これも一種の威圧と言えるのかな」

耐えなければならないところが特に。思わず呟《つぶや》いたシウに、アロンドラが「え？」と聞き返す。シウは首を振った。

「ううん。なんでもない。そうだ、これ見る？　この間、手に入れたんだ」

他に自慢相手がいないため、ちょうどいいとばかりに魔法袋から本を取り出す。

「表紙が、ああ、破れていますね。でも、あら」

「見て見て。言語の比較表なんだ」

「まあ！」

✦第四章✦

隠れ家を探そう

「奥付を見たら『世界の文字の対比表』って書いてあったんだ。すごくない？」

「ええ。とても貴重な、稀覯本《きこうぼん》だわ。素敵……」

彼女なら分かってくれると思っていた。シウは笑顔だ。これがカスパルだと、魔道具や術式関係でないと相手をしてくれない。「ふうん、良かったね？」で終わりだ。アロンソやウスターシュといった本好き仲間も「え、すごい、ね？」と淡白な返事だった。

ファビアンなら少しは驚いてくれるだろうか。シウが考えていると、当のファビアンが教室に入ってきた。シウとアロンドラの組み合わせに、ほんの少し驚いた様子だ。

「やあ、アロンドラさんだったね。授業はどうかな？」

「ご、ごきげんよう。授業は、まだ、その、補講が精一杯で」

しどろもどろで離れていこうとするアロンドラを、シウは引き止めた。

「あ、待って。その本、ファビアンにも見せて」

「え、あ、ああ、はい、あの、どうぞ」

「うん？　それは古書かな。かなり古そうだね」

「先日手に入れたばかりで、アロンドラさんにも見てもらってたんだ。出版されたのは、オーガスタ帝国の初期だね。少数民族や他大陸の言語を比較している。辞典に近いのかな。ところどころに注釈もあるんだ。生活様式や貨幣についても書いてある」

「それはすごい！」

「でしょう？」

シウが得意げに返すと、ファビアンが笑う。

「君でもそんな顔するんだな。それだけ良い本なのだろう。ああ、だが、ボロボロじゃないか」

「そうなんだよね。一応、これ以上の崩壊を防ぐために魔法は掛けたけど」

「専門の職人に写しを頼んだ方が良いかもしれないねぇ」

「あ、やっぱり？」

「紹介してあげたいのはやまやまなんだが、僕が知っている専門家は自領にいてね」

オデル辺境伯領はその名の通り、ラトリシアにとって辺境にある。王都からは遠い。

「あ、あの、でしたら」

話を聞いていたアロンドラが小さく手を挙げた。

「わたしの、知っているところで、良ければ」

「アロンドラさん、紹介してくれるの？」

「は、はい」

「やった。ありがとう。助かるなあ」

「あの、あまり、装丁に凝《こ》るような、貴族向けは作れないと、思うのだけど」

「あ、そういうのはいいよ」

シウは貴族ではないし、豪華な装丁など必要ない。アロンドラはシウがファビアンと友人なので気にしたのかもしれない。シウが問題ないと答えたらホッとしている。人見知りの彼女が、ファビアンもいるというのに勇気を出して提案してくれたことに感謝だ。

「ありがとう。良かったら、一緒に行ってもらえる？　いつがいいか、また教えてね」

「え、ええ、はい」

「シウ。君、貴族のご令嬢にはもう少し丁寧に接しなければならないよ」

「えっ？」

「アロンドラ嬢。シウは確かに快い、素直な少年だ。その分、女性への礼儀に少々欠けている。どうだろう。良ければ僕もご一緒させてもらえないかな。アロンドラ嬢に失礼があってはいけない。僕がいれば安心だろうと思うんだ。王都の修復士にも興味があるからね。紹介してもらえたら嬉しい」

「あ、あの、は、はい。分かり、いえ、承知しました。よろしく、お願いします」

おどおどと返事をすると、アロンドラは脱兎《だっと》の如《ごと》く教室の端に向かった。

「あ、逃げた」

「シウ？　うら若き貴族令嬢が、学内とはいえ年頃の男から気軽に誘われるというのは、あまり褒められたことではないのだよ。しかも気安く接しすぎだ」

「え、でも、魔獣魔物生体研究では男女関係なく和気藹々《わきあいあい》としてるよ？」

「研究棟だろう？　あそこは別世界だ。変わってる人が多いもの」

ファビアンに言われるとは思わなかった。シウはビックリして彼を凝視《ぎょうし》してしまった。

何か言おうとしたのだろうが、ヴァルネリが来てしまった。ファビアンは首を傾げながら席に着いた。変わっている人は、自分を変わっているとは思わないようだ。

授業が終わると、アロンドラから話を聞いたのだろう、従者のユリが「職人の都合もありますので相談した上でご連絡いたします」と言いにきた。アロンドラは機械仕掛けの人形のようで、なんとか帰りの挨拶を口にしたものの、最後まで歩き方はギクシャクしたままだった。

「緊張しいの子なんだね」

とは、ランベルトだ。ジーウェンが苦笑する。

「あの子、知ってるよ。同じ伯爵家《はくしやくけ》の子として集まったパーティーで見たことがある。なんでも本好きの、ちょっと変わった子なんだよね？」

おおむね、合っている。ただ、ここで頷《うなず》くのは可哀想《かわいそう》だ。シウは黙って話を聞いた。

「貴族のご令嬢が読書を嗜《たしな》むなんて珍しいね。ドレスや宝石の話しか聞いたことがないよ」

「お洒落《しやれ》なレストランの話題と、お茶会もだろう？」

「あとは、見目好《みめよ》い青年の話もだ」

「それはご婦人方だろう？　ご令嬢にはさすがにいないよ」

貴族らしい会話が続く。シウは賢く黙ったままだ。気付いたオリヴェルが、シウに話題を振った。

第四章

隠れ家を探そう

「シウは、貴族女性との付き合いはほとんどないのかな」

「ラトリシアではアマリアさんかな。シュタイバーンだと、同級生に何人かいたよ」

「そこでアマリア嬢の名が挙がるのか。さすがはシウだね」

アマリアの名前が出たことで話題が移り、立ち話が長くなりそうだと、彼等は場所を変えた。貴族サロンに向かうらしい。シウはここで別れた。

帰りに商人ギルドへ寄る。時間があれば来てほしいと連絡があったからだ。

「ごめんなさいね。コタツの件で幾《いく》つか相談があるの。商家の選定を、今回だけギルドに任せてほしいの」

「と言うと？」

「すぐ製作に取りかかれる商家を複数見繕ったわ」

そこで、シェイラが眉を顰《ひそ》めた。

「実は、資材を隠し持っていた商家がいたの。薪《まき》として資材を吐き出すようにというギルドの緊急依頼を無視してね。本当は罰則も有り得るのだけど、コタツ製作に流用することで不問に付すつもりよ。速さを優先するわ。これ以上、凍死者を増やすわけにはいかないもの」

その代わり、仕入れに近い価格で出させるそうだ。

「商家の名前を売ってしまうのが悔やまれるわ。あなたがどうしても無理だと言うのなら、要相談ね」

だからシウを呼んだらしい。しかも、その商家が待っているという。

「僕はそれでいいよ」

「本当に？　良かったわ」

「商家が来てるってことは質問かな？」

「ええ。今回、幾つかのパーツに分けて販売するでしょう？　密な連携が必要になるわ。だったら開発者もいれば話が早いと思ったの。忙しいのに申し訳ないわね」

「いいえ。厳冬期はまだ続くし、早く広まった方がいいから」

シウが会議室に顔を出すと、担当の職員の他に商家の人々も集まっていた。話し合いを中断し、開発者として紹介される。中にはシウの姿に驚く人もいた。まだ子供だからだ。しかし、ほとんどの人はシウを知っていた。商家らしい売り込みもあったが、職員がやんわり止める。彼等が仕切ってくれたおかげでスムーズに話し合いは進んだ。シウが来る意味はなかったような気がする。

「要らなくなった布地を解《ほぐ》して綿にするという考えには驚きました」

「捨てていた火鶏の毛や嘴《くちばし》を使う、という着想もですよ。おかげさまで、タダ同然で仕入れられます」

「逆に食肉業者からは喜ばれる始末でしてね」

「そのうち値を上げられるならと、早めに契約を済ませて支払うことにしましたわ」

第四章

隠れ家を探そう

「しかし、レスタンクール家は今回のことで罰則代わりに労働力も受け持つとか？　大変ですな」

「いや、もうそのへんで、どうかお許しを」

「ほほほ。阿漕《あこぎ》な真似をされるからですわ。オーブリー家も懲りましたでしょう？」

木材を放出しなかった商家の者たちはチクチク嫌味を言われている。が、それで済ませてくれているのだ。彼等も分かっているからか、頭を下げてやり過ごす。

シウは彼等のやり取りをただ眺《なが》めるだけだった。途中で何度か、代替の素材について口を挟んだものの、それだけだ。帰る頃にはすっかり気疲れしていた。

◇◆◇◆◇

土の日になり、シウは早朝に王城へ出向いた。手紙はもちろん、王領を通る際の通行手形、それからプリメーラ地下迷宮の通行許可証を持参している。

表門にはシュヴィークザームが立ち会いに来ていた。担当の近衛《このえ》騎士らも一緒だ。

「気を付けて行くのだぞ？」

「うん」

「本当は我も共に参りたいのだが――」

「あ、それは本当に止めてね。そんなことを言い出したら絶対にヴィンセント殿下が大勢引き連れてくる。本末転倒になるよ」

「分かっておるわ」

と言うが、少し残念そうな気配を感じた。最近は外に出る楽しみを覚えたような気がする。ただ、安易に動けば騒ぎが起こる。だからこその、避難場所設置だ。

「とにかく行ってくるね。向こうで許可証を確認してもらったら後は勝手に帰ってもいいそうだし、適当なところでフェレスと戻ってくるよ」

「帰りの便にも乗せてもらえるだろうに、良いのか？」

「今回の件、捻《ね》じ込《こ》んだんだよね？　関係各所に恨まれたくないし、いいよ」

「そうか」

突発的な変更は嫌がられるものだ。ましてやシウはただの冒険者である。ヴィンセントやシュヴィークザームのお墨付きをもらっているとはいえ、現場の人間は面倒事だと思うだろう。

「適当に潜って、適当にやって、適当に帰ってくる。気にしないで」

近衛騎士もいるため、プリメーラに潜るのだと説明したつもりだ。シュヴィークザームも話に乗った。

「ふむ。どんな按配《あんばい》だったか後ほど我にも教えてくれ。ではな」

「はーい」

ただ、話す内容が気楽すぎたらしい。近衛騎士らが目を剝《む》く。「信じられない」とか

第四章

隠れ家を探そう

「よく自分から志願してあんなところに行くな」と囁《ささや》き合っている。どうやら、彼等にとっては嫌な場所らしい。プリメーラだからか、厳冬期の移動だからかは不明だ。

シウは飛竜《ひりゅう》発着場まで送ってもらい、飛竜便に乗った。操者はシュヴィークザームの手前、ペコペコしていたけれど、シウとフェレスには良い顔を見せなかった。なんでこんな子供を乗せるのかと思っているのが分かる。

シュヴィークザームも知らなかったようだが、どうやら厳冬期は現地で何か問題が起こらない限りは移動しないらしい。余分な仕事を増やしてしまったのだから、顰《しか》め面《つら》になるのも当然だ。シウは操者に頭を下げ、兵を運ぶためだけの簡素な椅子に座った。

飛竜はゆっくりと飛び上がり、白と灰色の世界を進んだ。

道中、操者の荒っぽい操作に飛竜が可哀想になり、シウは安全帯を外して操者席に近付いた。男はギョッとしたものの、シウの差し入れを見てゴクリと喉を鳴らす。見せたのは温かい芋餅《いももち》だ。意地を張るよりも湯気の立った芋餅に軍配が上がった。

もちろん、シウの横でフェレスがはふはふ美味《おい》しそうに食べていたのも評価の一つだったろう。結果として、その後の飛竜はとても滑《なめ》らかに飛んだ。

シウも芋餅を食べながら眼下をゆったりと眺めた。エルシア大河を過ぎれば、元は草原だったであろう雪原が辺り一面に見える。

王族専用の畑や牧場もあるらしいが、雪が積もっていて境目が不明だ。エルシア大河に近い場所には建物や囲いが見えた。その付近にあるのだろう。

もう少し進むと小さな城が見えた。取り囲むように建物が並ぶ。村程度の規模だ。王領を管理する人々が住んでいるようだ。

そのうちに小さな森や林が点々とし始めた。人の気配は全くしない。

やがて眼前に大きな山脈が見えてくる。遠く、遙《はる》か向こうにある高い山並みは霞《かす》んでいる。どこまでも延々と続いているようだった。

手前の、低い山々の合間を縫って飛竜が降り立ったのが「サタフェス」だ。最悪の悲劇と言われた魔獣スタンピードの発生地点に近く、直後は荒れていたところを元に戻そうとしたらしい。修復しようとした形跡が見える。結局は難しくて諦めたのだろう。修復するより、新たに都市を造った方がマシなぐらい、滅茶苦茶《めちゃくちゃ》になったのだ。

今のサタフェスは、プリメーラ地下迷宮へ潜るための前線基地だ。小さな街のようになっている。一般市民はほとんどおらず、街を管理する人間や冒険者が過ごす。兵士の宿舎もあった。彼等は交代しながら一年中ここで見張っている。

シウは仲良くなった操者に追加の芋餅を渡した。だからだろうか、飛竜発着場にいた暇な役人に話を付け、案内役をしてもらえることになった。

「帰りも送ってやるからな」

「ありがとう。だけど、いつになるか分からないんだ」

「そうかそうか。分かったよ」

第四章

隠れ家を探そう

最初の時とは打って変わった、にこやかな表情だった。

案内をしてくれた人は、真面目《まじめ》に街での過ごし方や冒険者が泊まれる場所について教えてくれた。最後は地下迷宮の入り口だ。愛想が良すぎて驚いたが、考えれば彼にもヴィンセント直々の通行許可証を見せていた。

後になって気付いたが、それとなく関係性を聞かれていたようだ。シウは自他共に認める鈍感な人間で、案内中には分からなかった。

ともあれ、地下迷宮だ。せっかく通行証をもらったので中に入る。

入り口には兵士が常駐しており、監視は怠りない。ただし、通行許可証を持っていれば素通りだ。見た目にも子供で、しかも騎獣《きじゅう》を連れているというのに、シウも通行証を確認されただけで通れた。

迷宮と名前が付いているけれど活発には活動していない。緊迫感がないのだろう。兵士らは訓練がてら中に入る組と、スタンピードに備えて外で警戒する組に分かれているようだった。

こうしてみると、オスカリウス領の地下迷宮は上手《うま》く商業ベースに乗せている。元々あった地下迷宮のノウハウを活かし、二つ目の地下迷宮も商業化した手腕は素晴らしい。領主自ら、危険域まで活発化していた地下迷宮を踏破したことも良かったのだろう。キリクの領主らしからぬ豪放磊落《ごうほうらいらく》さは、オスカリウス領に合っている。

シウはプリメーラ地下迷宮に潜りながら、オスカリウス領の迷宮とつい比較した。こちらは全く管理されていない。逆に言えば、これが普通の地下迷宮なのだ。

アクリダもアルウスも、どちらの地下迷宮も整備されていた。特に浅い階層は歩きやすかった。転移石の場所を示す案内板まであるのだ。情報は常にギルドで売り買いされ、最低限知っておくべき基本を貼り出している。

プリメーラは起伏はあるし、土塊《つちくれ》もそのまま、壁は触れたらもろもろと剝がれ落ちそうだ。淀《よど》んだ空気も気持ち悪い。かろうじて、どこかに空気が流れているといった感じだろうか。管理された地下迷宮は空気もマシになるそうだ。比較してよく分かった。

プリメーラは人の出入りが少ないからだろうか。それとも古い地下迷宮だからか。迷宮には寿命があるという話は本に書いてあった。あれこれ考えながら、シウは魔獣の出てこない迷宮をスタスタと進んだ。


地下迷宮の中にはサタフェスの街の一部が眠っている。迷宮であり、遺跡でもあった。そのため、遺跡専門の研究者も入る。といっても迷宮だ。浅い場所では姿の見えない魔獣も深層には出てくる。戦える研究者など滅多《めった》におらず、必然的に護衛を連れていく。しかし、護衛側からすれば素人《しろうと》を連れての深層階行きだ。危険すぎるとして許可が下りづらい。ただし、その研究者が「遺跡探索者」なら認めてもらえる。下級であろうと冒険者の資格があるのだ、問題ない。冒険者で遺跡探索の資格を持つ者が護衛に就けば尚《なお》良い。彼等は

第四章

隠れ家を探そう

冬になると遺跡に籠もる。外で護衛仕事をするよりも寒くないからだ。

シウが遺跡探索者に出会ったのは地下三十階層になってからだった。

「こんにちは。もしかして、遺跡発掘調査隊の方ですか？」

「そうだが……。うん？」

警戒していた護衛たちが、シウの胸元で揺れる通行許可証を見て力を抜いた。

「王族の許可証か。上で何か問題でも？」

「いえ、ありません。僕はシーカーの古代遺跡研究科に所属しています。その話をしたところ、友人が伝手《つて》を使って許可証を用意してくれました」

「ほう。お前さん、古代遺跡研究科なのか！」

「はい」

わざわざ彼等に声を掛けたのにはもちろん訳がある。他にも冒険者や兵士と擦れ違ってきたのだ。彼等とは会釈《えしゃく》だけの挨拶しかしていない。

実はこの遺跡発掘調査隊の中に見覚えのある名前があった。鑑定魔法で判明した。

「わしはビルゴット＝ダラウだ。お前さんが学んでいる科の元教授だぞ」

アルベリクやフロランから何度も聞いた名前だった。シウは微笑《ほほえ》んだ。

「やはりそうですか。お噂は聞いています。特にアルベリク先生が『今もどこかの遺跡に潜っているはずだよ』と羨ましそうに話していました」

「ほっほっほっ！　そうかそうか」

ビルゴットは機嫌良く笑った。そして、調査の手を止めるとシウを案内し始めた。

「ほれみろ。これがサタフェスの王城端にあったルヴィニ離宮だ。土に塗《まみ》れて汚れておるが、よーく、見ていろよ?」

助手の魔法使いが水を出す。高圧洗浄だ。汚れが徐々に落ちていく。ビルゴットは雑巾と刷毛《はけ》を手に、ずぶぬれで擦った。やがて、元は金色だったと思われる装飾が見えてきた。

「変色してるけど、金ですね。それに紅玉もある」

「その通り。当時のサタフェス王はロワイエ大陸の中でも有数の金持ちだった。愛妾《あいしょう》のためだけに、こんな豪華絢爛《ごうかけんらん》な離宮を建てたというわけだ」

「すごいですね」

「そうそう、物語本で有名なスミナ王女だが、あれは本妻の子でな。本妻が早くに亡くなると、愛妾が実権を持ってしまったがために、随分といびられたらしい」

「そうなんですか?」

「書いておらんかったか? まあ、いびられたおかげで魔獣スタンピードに巻き込まれずに済んだというわけだ。人間、何があるか分からんものよ」

「物語本ではそのあたりは違う話になっていましたね」

「そうだったかな。おい、バルト、あれはここで見付けた書だったか?」

「そうですよ。史実や有名な物語とも全く違うため『しばらく外に出せんな』と仰《おっしゃ》ったのはビルゴット先生ですがね」

「おー、そうだったか。思い出した！　まあいい。それでな――」

大して気にもとめず、ビルゴットは話を続けた。研究者にありがちな、マイペースな人のようだった。


昼食に誘われ、なんだかんだと話が盛り上がる。その流れもあって、シウは夕方まで遺跡発掘調査隊のメンバーと過ごした。別れたのは、彼等が泊まり込みで発掘を続けていると聞いたからだ。シウは先に帰る。

ということにして、誰の視線もなくなったところで《転移》した。

転移した場所は迷宮を囲むように連なる森の中だ。迷宮近くの宿に泊まるつもりは端からなかった。

案内人には最初に「迷宮で泊まって探索する」と話してあった。「子供が一人でなんて」と驚かれるも、シウにはフェレスという騎獣がいる。何より、ヴィンセント直々のサイン入り通行許可証が効力を発揮《はっき》した。おかげで詮索もされない。

ちなみに、迷宮自体には特に面白みを感じなかった。魔獣がとにかく少ない。遺跡として考えても、サタフェス王国の時代を研究しているのなら意味はあるが、そうでなければ時代的には中途半端だ。シウはもうプリメーラに入ることはないだろう。

とにかく、さっさとテント泊の準備を始める。とりあえず誰もいない場所に転移しただけだ。泊まるのに向いた土地ではない。シウとフェレスは周辺を警戒しながら、誰も入ってこないような良い場所を選んだ。

「フェレス、今日は久しぶりに二人っきりだね」

「にゃ、にゃにゃにゃにゃ！」

今頃気付いたフェレスが大はしゃぎする。シウと一緒、嬉しいなと即興の歌で喜びを表す。シウはフェレスを撫《な》で、テントを張るために魔法で整地した。

◇◆◇◆◇

ゆっくり休んだ翌朝、シウたちはオプスクーリタースシルワと呼ばれる大山脈の探索を始めた。《転移》を繰り返し、良い場所がないかと探し回る。《感覚転移》も複数に分けて使う。同時に複数使う練習としてはちょうどいい。

場所の選定は簡単にとはいかなかった。どこも一長一短だ。人の手が入っていない森は鬱蒼《うっそう》としている。ハッキリ言えば景色が良くなかった。他にも地形が険しい、水がないなどの気になる部分が出てくる。

シュヴィークザームの隠れ家を作るのだから妥協はしたくなかった。それに転移石が使えない事態が起こった場合を想定し、一度に飛ぶことのできる距離がいい。様々な条件に適う場所の選定だ。時間がかかるのも当然である。

とはいえ、プリメーラの近くでは見当たらない。シウはオプスクーリタースシルワの中

第四章

隠れ家を探そう

央に向かった。そこには山脈の中で一番高いヴァニタス山がある。シュヴィークザームなら「一番高い山」に興味を示すだろう。少し遠くても飛べるのではないかと考えた。

残念ながら、ヴァニタスには魔獣が多かった。景色もイマイチだ。

やけになってきたシウは、オプスクーリタースシルワの南部にまで足を運んだ。山並みが穏やかになり、森の混沌《こんとん》もマシになっている。

この浅い部分に、エルフの村があった。普通の人なら入りたくないような場所だ。エルフならかろうじて暮らせる森なのだろう。ラトリシアに住むエルフはハイエルフの息が掛かっている。シウは姿を見られないよう、大回りで村を避けて通った。

あちこち見て回った上で、シウは脳内に俯瞰地図《ふかんちず》を描いてみた。よくよく見ても、素敵スポットが見当たらない。では、大前提の「王都から近い」を外してみてはどうか。

プリメーラの西、大山脈の端にヴルカーンという名の遺跡がある。もしくは反対の、東の端にもエーデ遺跡があった。どちらも付近の街は賑《にぎ》わっている。たとえば、シュヴィークザームが本格的に隠れ家へ引きこもるとしたら、物資の購入も考えなければならない。本獣が買い出しをするのなら街に近い方が便利だ。

王都に近い場所という制約を外せば、探す範囲は広がる。むしろ、兵士ばかりのプリメーラ側より隠れ家には合うかもしれない。

では、ヴルカーンとエーデならどちらがより良いか。街の様子を《感覚転移》で視《み》て、地図を確認し、比較的安全そうなシベリウス領のヴルカーンを第一候補にする。それに、ヴルカーンはエーデよりも王都までの距離が近かった。

　飛ぶには遠いが、やってやれないことはない。フェレスのように飛び続けるのは厳しいだろうから、休憩地点の予想を立てる。シウは思案し、やはりヴルカーンの方が向いていると結論付けた。

「よし。候補が決まった。今度はここで探そう」

「にゃ！」

「フェレスも探してくれる？」

「にゃん」

　いってくるー、と飛んでいく。一人と一頭だけのテント泊に、一日べったり遊び回ったことで——フェレスにとっては遊びだから——ご機嫌だった。

　辺りに大型魔獣の気配はない。中型ですら数は少なかった。

　フェレスを見送ったあと、シウは朝以来の連絡をロトスに取る。通信魔法で留守番組の様子を確認し、なんとかやれているとの返事にホッとした。


　しばらくして良い場所が見付かった。フェレスが見付けてきたのだ。

「フェレス、お手柄だね」

「にゃぁぁん！」

　偉いと褒めれば、その場でゴロリと寝転ぶ。うにゃうにゃするフェレスに笑いながら、

✦第四章✦

隠れ家を探そう

シウは崖からの景色を眺めた。

そこは、森の中にある頑丈《がんじょう》な岩場の先にあった。そこそこの高地にあるため、山並みを上から眺められる。かといって、一番高い場所でもない。周辺には目立つ形の山があり、木々で隠れた崖の上の小さな平地は見えづらい。念のため、幻惑魔法や結界魔法は掛けるつもりでいるが、上空からの視線は気にしなくてていいだろう。飛竜が低空飛行したとしてもバレる心配はなさそうだ。

「見晴らしがいいね」

天気が良ければ、ヴルカーンの山並みを望めそうだ。シュヴィークザームならば飛んでいける。街に買い物へ行くのも可能だ。もっとも、引きこもりの彼が率先して行くかどうかは分からない。シウは想像して笑った。

「よし。何はともあれ、急いで小屋を建てようか！」

「にゃん」

「フェレスは周辺にいる魔獣の調査をお願いね。いけそうなら狩ってもいいよ」

「にゃ！」

近辺に危険な魔獣はいないようだが、勇んだ様子のフェレスに「気を付けてね」とシウは声を掛けた。

オプスクーリタースシルワには闇の森という意味がある。昔の人はよほど、この山脈が怖かったらしい。実際に見て回ったシウからすれば、イオタ山脈と同レベルぐらいだ。名前の意味やエルフでも住まない場所と聞いて警戒していたが、杞憂《きゆう》だった。

少なくとも竜人族の里ほどではない。竜人族の里の南には誰もが恐れる黒の森があった。それでなくとも危険な魔獣が多く棲《す》む場所だ。オプスクーリタースシルワは森が深いだけである。もちろん、山に慣れた者にしか通り抜けはできないだろうが。

「にゃにゃー」

「お帰り。獲物はあった？」

「にゃ！」

自分の魔法袋から器用に爪で取り出す。フェレスが狩ってきた魔獣はルプスが多かった。寒冷地に生息する魔獣だ。ラトリシアではありふれた魔獣になる。

「あれ、グララケルタもいたんだ。アングイスも？　フェレスは蛇が好きだねえ」

脱皮した皮を集めるのが好きなフェレスは、蛇を見付けたら問答無用で狩りたくなるようだ。アングスイも蛇型の魔獣である。

「にゃにゃにゃにゃ、にゃにゃにゃ」

「狩れなかった魔獣もいた？　グランデアラネアとハーピーかな？」

周辺には岩場が続く。もう少し高い山を進めば複雑な形の崖だらけだ。そのため、ハーピーやガーゴイルはいるだろうと思っていた。

「どこまで偵察に行ってきたの。かなり離れてるよね？」

第四章

隠れ家を探そう

「にゃ」

念のためシウが《感覚転移》で探すと、かなり離れた場所にハーピーを見付けた。呆れるシウに、フェレスは知らぬフリだ。

「危ないから本当に気を付けてね」

「にゃ」

小言は簡単に。シウは小屋作りを再開した。といっても、小屋自体は以前作っていたものをリメイクするだけだ。基礎はその場で作り上げる。小屋の設置は簡単に終わった。

次は水源を確保する。探知魔法で地下水を見付け、パイプを通した。

「さすがに温泉は無理だね。火山のあるヴルカーンから引くには遠すぎる」

「にゃにゃ！」

おんせん、と喜ぶフェレスは、おそらくお風呂遊びを想像しているのだろう。シウは「また今度ね」と返した。

改めて小屋を見上げる。小屋といってもログハウスのような造りだ。台所と居間、お風呂場の他には寝室用の部屋が三つしかない。

「シュヴィークザームの部屋と比べたら小さいね。狭いって怒られるかな」

「にゃ？」

案外、喜ぶかもしれない。彼はソファとテーブルの間に狭い巣を作っていた。

シウはフェレスを連れて小屋に入った。基礎を作った際に地下も設けている。階段を下り、地下室の奥に《転移礎石《てんいそせき》》を設置した。地下室には更に強力な結界を張っている。もし地上の小屋に何かあっても、地下室に籠もっていれば安全だ。シェルターのようなものである。

本当はこの日に帰っても良かったが、プリメーラの滞在時間が短すぎると思って一泊する。途中、こっそり幼獣組の様子を覗《のぞ》きに戻ったが、しっかり留守番できていた。

翌日、シウはヴァニタスの近くに《転移》した。昨日、あちこち見て回っている最中に「シウ用の秘密基地」を作れそうな良い崖を見付けていたからだ。

崖の途中にある洞穴は、元はハーピーの巣穴だったらしい。ここに目を付けたのは、穴の真下に飛び台となりそうな足場があったからだ。騎獣の乗り入れに使える。柵を付け、出入りは横からのみにした。これだけでも魔獣の視線を遮ることができる。

中は匂いが酷《ひど》く、浄化魔法で綺麗《きれい》にした。中も外も魔法で広げたり削《そ》ぎ取《と》ったりと、整えていく。断熱材を貼り付け、板張りすれば部屋の完成だ。空気穴も作った。ある程度のところで切り上げ、奥の部屋に《転移礎石》を打ち込めばこの日の作業は終わり。

シウはプリメーラの内部に《転移》で戻った。そのまま何食わぬ顔で迷宮を出る。帰りの便があるかもしれないので飛竜発着場に向かうと、案内人に行き合った。

「ご無事だったんですね！　もしや迷宮の中で死なれてしまったのではないかと心配しておりました」

「えぇ。泊まるって言いましたよね？」

「そうですけど、殿下の関係者に何かあったらと思うと気が気ではなくて」

シウは苦笑いで頭を下げた。アクリダやアルウスよりずっと安全だったのにと思う。案内人には「遺跡を見られて良かったです」とだけ言い、別れた。


偶然にも、飛竜便の操者は来た時と同じ人だった。ちょうど王都に戻るという兵士も数人いた。ついで乗りができるのならシウの気持ちも楽だ。

帰路では兵士たちの話が聞けた。功績を上げたから臨時便に乗れたのだとか、プリメーラでの魔獣対策を教えてもらう。

王城の発着場に到着すると、シウは操者にまた芋餅を渡した。飛行中に「冷えた体が温まって、本当に美味しかったんだよ」と何度もお礼を言ってくれたからだ。褒められたら嬉しい。家族用にと多めに渡しておいた。

◇◆◇◆◇

古代遺跡研究の授業前、シウは皆にビルゴットと会った話をした。クラスメイトらが唖《あ》然《ぜん》とする中、フロランだけが大笑いだ。

「な、ん、で、プリメーラ！」

「それって、おかしいの？」

「ビルゴット先生はオーガスタ帝国の中期から後期の研究を主にやっているからね」

シウが「そうなんだ」と相槌《あいづち》を打てば、ミルトやアルバたちが「そうだったな」と頷く。

フロランはビルゴットがプリメーラにいた理由について推察した。

「たぶん、その前の遺跡で何かやらかしたんだよ。プリメーラは許可が下りにくい迷宮遺跡だ。誰もが簡単に入れる場所じゃない。逃げ込んだんだろうね」

隠れるためにちょうど良かったようだ。とはいえ、シウは首を傾げた。

「その割にはサタフェスのことに詳しかったよ」

「そりゃあ、腐っても元教師だ。興味のない時代でも覚えてはいるさ」

「あ、そっか。それはそうだね」

「冬の間はそこに引きこもるつもりかな。お金にならない遺跡だし、冬が明けたら押し掛けてこられそう」

「フロランのところに？」

「他にも出資者巡りはすると思うよ。ふふふ」

何が面白いのか、フロランはずっと笑い続ける。ビルゴットも教授という立場なのに生徒に出資を募っていたというから、不思議な二人だ。


この週のシウは、薬師ギルドに呼び出されて話し合ったり、闇ギルドへグララケルタを納品したりと忙しく過ごした。

金の日にはアロンドラの紹介で、本の修復士兼、複製職人にも会った。ファビアンも一緒だ。職人はラディムという名で、複写魔法を使わない方法で複製を作るらしい。まずは元の本の固定や保持など、劣化を防ぐ処理を施してから手作業に入る。

複写魔法の場合、そのまま写し取れるものの「のっぺり」して見える。まるで写真だ。ところが、手作業で作ったラディムの複製品なら本物そっくりの質感や味わいがある姿になる。しかも、元の本の修復まで手がけてくれるらしい。手作業のため時間はかかるが、人気の職人だという。

シウは感動し、ぜひお願いしたいと頼んだ。ファビアンも興味深そうに話を聞き、次の仕事について相談していた。

またコタツも本格的に売り出され、まずまずの出足のようだった。実演販売が功を奏したらしい。まだ大量生産とはいかないため、今はこの調子でいいと商人ギルドの職員が教えてくれた。

そんなこともありつつ、土の日になった。

シウが時間を気にせず自由に動けるのは週末しかない。シュヴィークザームは毎日通信してきては、とりとめのない話をした。シウが「問題なく終わったよ」と告げても、待ち遠しかったに違いない。そわそわした様子が通信からでも分かった。

シウが王城に赴《おもむ》き、シュヴィークザームの部屋に入るや、
「今日は一日、ここに引きこもるぞ。シウと遊ぶから誰も入らないように！」
とカレンに命じるほどだ。しかも、ミミズがのたくったような字で「入るな」と書かれた紙も用意してあった。あれを扉に貼るのかと思うと、シウはカレンでなくとも目眩《めまい》がした。

ともあれ、シュヴィークザームを隠れ家に招待する。

こちら側の《転移礎石》は寝室の隅に置いてある宝物入れにした。漫画や映画で見るような宝物箱だ。シウが入れるぐらいの大きさになる。フェレスでは難しいが、中に入って立つ分には問題ない。周辺にも荷物がごちゃごちゃしており、近付くのは困難だろう。そうでなくとも聖獣の王の宝物箱である。触れる人などいない。一番安全な場所だ。

「《転移指定石》に軽く魔力を通せば起動する。これはシュヴィにしか使えない。使用者権限を付けているからね」

「ふむ。だが《転移礎石》はともかく、ほいほいと使っていれば《転移指定石》は足りなくなるのではないか？　元は拾ったものであろう？　数に限りがあるはずだ」

古い魔道具を拾って使っているという話を、シュヴィークザームは信じたままだ。シウは慌てて言い訳を口にした。

「あ、ええと、大丈夫。そっちは解析できたんだ。だから多めに作ってあるよ。シュヴィにも《転移指定石》をまとめて渡すね」

シュヴィークザームは素直に頷いた。他にも細かな注意点を説明する。

当然だが、この部屋には誰も入れないようにしてあった。シュヴィークザーム自身、結界を張れる。シウも重ねて張った。

「じゃあ《転移指定石》に魔力を少量乗せてみて」

「分かった」

その瞬間、転移は終わった。


三百六十度、どこを見ても山ばかりの景色だ。その中にぽつんと建つ山小屋に、シュヴィークザームは大層喜んだ。無表情にも見える白い顔だが、シウにはもう彼がどんな感情を抱いたのかぐらいは分かる。彼は足取りも軽く、山小屋周辺を歩いた。

地下室に転移したため、外へ出るのに室内は通った。しかし、見ていなかったのだろう。また戻っては興味津々で見て回る。一通り確認すると、満足したらしいシュヴィークザームがソファに座った。

「落ち着いたなら、そろそろ他の子を連れてくるよ」

「うむ」

「フェレスは待ってて。シュヴィがおかしなことをしたら止める役目ね」

「にゃ」

「なんだ、それは」

「聖獣様の騎士役だよ。フェレス、騎士のお仕事を頑張ってね」

「にゃ！」

レイナルドに感化され、フェレスはごっこ遊びが好きだ。喜んで引き受けた。シュヴィークザームはムッとしたようだが、何も言わなかった。

シウは外に行きかけ、慌てて地下室に向かった。シュヴィークザームの前で転移しなくて良かったが、気を抜きすぎだ。

シュヴィークザームになら知られても構わないのだが、まだ踏ん切りがつかない。彼やロトス、キリクたちに当てにされるのは別にいいのだ。ただ、国に利用されるのは困る。線引きも難しい。シウでは上手に断れない気もした。やはり、もう少しだけ隠しておこう。シウはうっかりがないよう気を引き締めた。


ロトスたち幼獣組を連れて地下室から上がると、シュヴィークザームが立ったまま窓の外を眺めていた。フェレスが背後に控えているのは騎士ごっこの続きだろう。シウに気付いた途端、強制終了となった。

「にゃ！」

「ぎゃぅ！」

「きゅぃ」

幼獣たちも新しい場所に興味津々だ。ふんふんと匂いを嗅いだり嘴を当てたりして探検を始めた。シュヴィークザームと同じである。

「フェレス、クロとブランカを案内してあげて」

「にゃ」

クロとブランカはフェレスに任せ、シウはロトスを前に出した。背中を押したのは、彼がシウの背後に隠れていたからだ。

「シュヴィ、この子がそうだよ」

「うむ」

威厳を示そうとしているのか、どことなく偉そうだ。シウは内心で笑いながら、ソファにロトスを座らせる。人型ではソファには上れないからだ。子狐《こぎつね》の姿に戻らないのは緊張のせいだろうか。

シュヴィークザームも対面のソファに座った。

「なるほど、確かに珍しい。色が交ざっているな」

「白以外というのは、そんなに珍しい？」

「あまり聞かぬが、ないこともない。過去にもいた」

ロトスは無言だ。両手を膝に乗せ、おとなしやかにしている。転移する直前、彼はシウに「可愛いお子様を演じてやるぜ」と宣言していた。頑張っているのだろう。

「それにしても、かわゆいことだ」

「そうだね」

「まだ幼獣であろうに、そのようにしっかり座れるとは偉いものだ。シウが厳しく育てたのであろう？　どうだ、我のところへ来るか？」

ロトスは一瞬ぽかんとし、急いで首を横に振った。

「断られてしまったではないか。シウ、脅したのではないだろうな？」

「人を怖がっているんだ。話したよね」

「我は聖獣ぞ。ふむ、人型がいかぬか。では、見せてやろう」

そう言うと、久しぶりに鳥型へと変化した。

「[どうだ！　我のこの美しい姿は]」

ロトスがシウの袖をつんつんと引き、首を傾げて「わからない」と言う。

「え、聞こえるよね？　副音声でポエニクスの鳴き声も聞こえるけど」

「だって、へんなことば」

「あ、古代語か。古代語は教えてないね。それに二重に音が聞こえたら余計分からなくなるか」

シウはロトスの頭を慰めるように撫でた。話を聞いていたシュヴィークザームが人型に戻る。

「まあ、よい。あれが、我の本来の姿よ」

「かっこいい、です」

「そうか！　ふふふ、そうであろう、そうであろう」

シウがふとロトスを見れば「こいつチョロい」と日本語で口パクだ。

「やめなさい」

シウが笑って叱《しか》るフリをすれば、ロトスは声を上げて笑った。見ていたシュヴィークザームが「楽しそうだな」と拗ねた声で言う。シウは笑いを堪《こら》えて、話を振った。

「ロトスの本性も見てもらった方がいいよね？」

「うむ。変身はうまくできるのか」

「さいきんは、なんどもできるよ」

チラッとシウを見てから、ロトスはその場で子狐の姿に戻った。

「おお、かわゆい！　ほれ、見てみろ、シウ。尻尾《しっぽ》が九本あるぞ」

その後もシュヴィークザームはロトスを褒めまくった。小さい可愛いと、まるで孫を可愛がる好々爺《こうこうや》そのものだ。気持ちは分かるが、見ていて少々恥ずかしくなったシウである。

それは自分もそんな態度だったと、自覚したからだった。

◇◆◇◆◇

ひとしきり騒いで落ち着くと、シュヴィークザームはロトスから話を聞いた。

ロトスは獣姿の方が意思を伝えやすいため、シュヴィークザームに抱っこされたままだ。怖がらせないためだと言い訳していたが、ロトスを撫でていたかったのだろう。だらしなかったり、ポンコツなところもあったりするシュヴィークザームだが、こう見えて子供好きだ。

ロトスの話は小さかった当時の彼視点で進んだため、シウが途中で注釈を入れることもあった。たとえば、ウルティムスの城から逃げ出した時の様子も、場所を知らねば大変さが伝わらない。

最後に、シュヴィークザームが聞くに聞けないでいるらしい「どうしてロトスを見付けられたのか、ウルティムスに何故《なぜ》行ったのか」という疑問に答える。神様の件なら話しても問題ない。以前にもチラリと話したことがあるし、便利すぎるスキルやギフトと違って為政者たちにバレても利用されづらいからだ。

「神が、夢枕に現れたと?」

「うん。前に話したよね。神様が夢に出てくるって」

「うむ。そう言えばそうであったな」

「……忘れていたの?」

なんとなく力が抜けたシウは、苦笑いで続けた。

「神様に、可哀想な子がいるから助けてあげてほしいと頼まれたんだ。場所の映像も送られてきた。他の人には信じてもらえないと思う。話すつもりもない。シュヴィの心の中に留めておいてくれないかな」

「我は信じるぞ。嘘《うそ》でないと分かるからな」

「そうだったね。シュヴィは聖獣の王だものね」

「王でなくとも聖獣ならば分かるぞ」

「きゃん？」

ほんと？　とロトスがシュヴィークザームを見上げる。途端に彼が相好を崩した。

「かわゆいのう。そうだ『ほんと』だとも。そのうち、おぬしも嘘が見抜けるようになるだろう」

「きゃん！」

やった、と嬉しそうだ。きゅるんとした瞳や態度が、いつものロトスと大違いだ。狐だけに化けるのが上手いのだろうか。シウは呆れるよりも感心した。

「さてさて、それにしても、神に愛されておるのはシウだけではないのだな。おぬしも愛されておる。おかげで助かったのだ。我も全力でおぬしを守ろうぞ」

「きゃん……」

「よいよい、大丈夫だ。我を誰と思うておる。聖獣の王ぞ」

「きゃん！」

「うむ。おぬしは立派な成獣になることだけを考えておればいい。成獣になれば、どうとでもなる」

頼もしい言葉にロトスは本気で感動したようだ。シュヴィークザームに感謝の気持ちを告げて抱き着いた。

第四章

隠れ家を探そう

フェレスたちが戻ってきたので話は強制終了となった。シウは昼食の準備を始めた。その間、希少獣《きしょうじゅう》たちの遊び相手はシュヴィークザームだ。しかし、子ども好きのシュヴィークザームだが一緒になって遊ぶのは面倒らしい。休日の疲れたお父さんのような格好だ。

「ほーれ、羽が飛んだぞ、取ってこい」

ソファに横たわり、自分の抜けた羽を魔法で飛ばしている。簡単に引っかかるブランカが夢中になって追いかけた。同時進行で、シュヴィークザームはクロに飛び散った羽を集めさせている。ロトスやフェレスには何やら動きを指示していた。シウは料理を作りながら《感覚転移》で視ているだけなので、最初はよく分からなかった。

「そこを潜って、そうだ、左から回ってテーブルの下を行け。うむ、上手いぞ」

「にゃ！」

「きゃん」

フェレスがテーブルと家具の間に挟まった。どうやら、ロトスとの追いかけっこ中で、シュヴィークザームは小さい子の方に加勢していたようだ。

ロトスは逃げ切り、そのまま台所にやってきた。

（なあなあ、俺、あざと可愛かっただろ！）

「やっぱり演技してたんだ」

（へっへー。でも、あれだな、あの人、無表情すぎて怖いわ。鳥の姿の方がよっぽど愛《あい》

嬌《きよう》ある感じに見えるぜ）

「そうなの？　僕には分からないけど」

（全然違う。俺が獣だからかな？　だけど、逆に鳥型になってもらって安心した）

「最初は緊張してた？」

（したした。てか、王様はもうちっと表情筋を付けた方がいいぜ）

尻尾をふりふりしながら話す。そこにフェレスがやってきた。抜け出せたらしい。ロトスは慌ててまた逃げた。追いかけっこはまだ続くようだ。

午後は小屋の周りを皆で探索した。シウは薬草採取に精を出し、フェレスは魔獣狩《まじゆうが》りだ。幼獣たちはシウの周りをコロコロと走り回った。

三頭が昼寝を始めると、シウのお菓子教室開催だ。シュヴィークザームと皆のお菓子を作る。サクサクふわふわのクッキーは、食べた子たちより作ったシュヴィークザームが一番喜んだ。

夕方になり、今後について話し合った。

「何かあれば、ここで落ち合うのだな？」

「うん。僕がいなくても、シュヴィなら強いし、ここに籠もれる。ヴルカーン遺跡の方に行けば街があるから食材も仕入れられるよ」

「我は責任重大であるな」

第四章

隠れ家を探そう

「そうだよ。他に買い物のできる子はいないんだからね」

シウがいなければ生きていけないような事態は避けたい。最悪の場合、フェレスがいれば山の中でも生きていけるだろう。彼が「子分」たちを守ってくれる。とはいえ、クロやブランカは人間の中で育ってきた子だ。山の中だけでは厳しい。

ロトスに至っては精神が「前世の若者」だ。しんどいだろう。といって、彼が今の状況で街に行くのは危険だった。頼りはシュヴィークザームだ。

「買い物の仕方は分かる？」

「……分かる、と思う」

「今度、ロトスにも教えるから一緒に勉強しようか」

「うむ」

小屋には、シウが便利だと思う魔道具を置いている。その使い方も教えた。

「ふむ、まあ分かるだろう」

説明書を手に、シュヴィークザームが首を右へ左へと傾げる。その姿を見ていると、シウは申し訳ない気持ちになった。

「自分でも大袈裟《おおげさ》かもしれないとは思うんだ。けど、用心した方がいい――」

「むろんだ。ウルティムスに虐《しいた》げられたロトスの話を聞いて、のほほんとしていられるものか。過ぎるほどに安全を考えるは『親』の務めよ。当然であろうが」

「シュヴィ」

「我は、おぬしのそうした心根を好いておる。そうであるからこそ、神もおぬしに託したのではないか？」

ウルティムスで辛い思いをしたロトスだ。あの場所に二度と返したくない。彼が安全に、楽しい異世界生活を送るための対策なのだから大袈裟でもなんでもない。背中を押してくれたシュヴィークザームに、シウは頭を下げた。


そんな良い話があったあとに、シュヴィークザームが駄々をこねる。

「ここに泊まっても構わないのではないか」

「あのねえ、カレンさんが心配するよ」

「ふむ。しかし、獣姿で並んで寝ていると見惚《みと》れるぞ？」

「え、もしかして、僕を唆《そそのか》そうとしてる？」

「うむ」

シウは半眼になった。そこでロトスが助け船を出してくれた。

「おうちゃま、だめだよ、かえらなきゃ」

人型になり、うるうるした瞳でシュヴィークザームを見上げる。

「まってるひと、いるよ？」

「う、うむ。それは、確かに、そうだが」

「ぼくたち、しんぱいするといけない、だから、かえるね！」

「……分かった。そうだな。カレンも待っているだろう」

ロトスの演技に笑っていたシウだが、ここまで完璧に意見を翻《ひるがえ》させた手腕は見事だ。

ただ、シウには気になることがあった。聖獣は嘘を見抜けるという。ロトスの演技は嘘にならないのだろうか。聖獣同士ならだませるのか、まるきり嘘でもないからか。

ともあれ、ロトスのおかげでシュヴィークザームは帰ると決めた。

先に、幼獣を屋敷に送る。シウが引率していると、シウの自室に戻ったロトスがニヤリと笑った。

「どうよ、おれ」

自慢顔の彼に、シウは「ありがとう」とお礼を言った。

「助かったよ。でも『おうちゃま』は【あざと可愛い】すぎない？」

（やっぱりやりすぎた？　へへ、まあ、いいじゃん。結果良しだよ。ていうか、シウ、俺の言葉を覚えちゃったな。ヤバい、爺ちゃん萌《も》え）

「また、訳の分からないことを。とりあえず、奥の部屋に行っててね。シュヴィを送ってくる。僕も王城に寄らないとダメだから、帰りは遅くなると思う。先に寝てて」

「わかったー。だいじょぶ。しずかにしてる」

シュヴィークザームよりずっと大人の返事だ。とはいえ、今のロトスは幼獣である。シウも子供の体に精神が引っ張られ、歳相応《としそうおう》になった。彼も同じだ。

「あんまり頑張って背伸びしなくてもいいからね？　子供は子供らしく、だよ」

柔らかい髪の毛を撫でたら、ロトスが照れ臭そうに笑う。

スタン爺さんがシウにくれた言葉と同じことを口にした。ロトスの顔を見ると、シウが当時こんな顔をしていたのだと分かってしまう。それが気恥ずかしい。

シウは黙ってロトスの頭をまた撫でた。


山小屋から王城に転移で戻り、念のため部屋の様子をシュヴィークザームが確認する。

「問題ないようだ」

「うん。ところで、隠れ家にしょっちゅう遊びに行くのはダメだよ」

「分かっておる。行く前に通信で連絡を入れよう。それで良いな？」

「そうだね。あんまり頻繁《ひんぱん》だと疑われるだろうし」

部屋に不在だとバレたら、ヴィンセントあたりに尋問されそうだ。シュヴィークザームは簡単に口を割るだろう。しかし、彼の頼れるところを見たばかりだ。信じるしかない。

シウがフェレスを連れて部屋を出ると、廊下に心配そうな顔のカレンが立っていた。近衛騎士らもいて、怒濤《どとう》の質問が飛ぶ。部屋から一度も出てこないし、カレンすら入れない。引きこもりで有名とはいえ心配だったようだ。

「あ、全然、大丈夫です。巣籠《すご》もりが好きだと聞いて、秘密基地の作り方を教えていました。男の子なら大抵やりますよね？」

近衛騎士らは身に覚えがあるのか、小さく笑った。身分の高い彼等でも、幼い頃には作ったのだろう。ただ、シュヴィークザームは成獣である。しかも聖獣の王だ。そのシュヴィークザームが秘密基地を作った、というところにおかしさを感じたのかもしれない。

◇◆◇◆◇

第四章
隠れ家を探そう

雪解けの月になり、初年度生も学校に慣れてきた頃、今年の休みの知らせがミーティングルームに貼り出された。それを見たシウは、古代遺跡研究の教室にいたプルウィアに話を振った。

「芽生えの月の最初の二週が休暇になるらしいけど、去年とは日程が違う？」

「それね。生徒会が、もうこれでいいと話していたわ」

プルウィアは生徒会が性に合ったようで、今や正式なメンバーだ。本人はまだぺーぺーだと言うが、同じ委員のルイスたちによると「頭角を現している」らしい。張り切って仕事しているのだろう。想像できて、シウたちはこっそり笑ったものだ。

休みの話題が出たことで、クラスメイトの興味は「合宿」に移った。シウがプリメーラに入ったと聞き、見学に行きたくなったようだ。元教授が潜っているため、交渉次第では許可が下りるかもしれないと前向きである。

「シウも合宿に行くよね？」

「僕はロワルに里帰りするから」

「えぇー。プルウィアはやっぱり戦略指揮の合宿に行くの？」

「そうなの。夏に騎士学校や新兵教練学校で合同合宿があるのよ。その前に戦略指揮だけでまとまっておこうという話ね。でも、ニルソンのクラスと合同合宿よ？」

うんざりだわと肩を竦《すく》める。シウが「大変だね」と声を掛ければ、プルウィアはニッと笑った。

「ベニグドがいないから少しはマシかしらね」

実際、ベニグドがいないだけで楽になった生徒は多いようだ。彼は自分の手を汚さず、周りの人を使って揉《も》め事《ごと》を振《ふ》り撒《ま》いていた。指示役がいなくなれば揉め事も自然と減る。率先して手伝っていた生徒もひっそりと学校を辞めたとかで、徐々に平穏が戻ってきた。それだけではなく、シウやプルウィアたちが二年度生になったことで気楽になったのもあるだろう。学校内は平等とはいえ、初年度生は何かと下に見られるからだ。


週末になると、シウは冒険者ギルドの仕事を一度受けておいた。あまり休んでいると、シーカーでの学業優先という特例があっても昇級の際に響くかもしれない。もっとも、シウには功績ポイントが貯《た》まっている。長期で休んだとしても会員資格を失うことはない。十級のままなのも、未成年だからだ。

一日は仕事に充てたが、残りはいつもの見回りコースだ。爺様の山小屋にコルディス湖《こ》畔《はん》の小屋、新たに加わったヴァニタス近くの崖の洞穴へも遊びにいく。

第四章
隠れ家を探そう

ヴァニタスの隠れ家はとりあえず作っただけで、周辺の探索はほとんど手つかずだった。フェレスと見て回るのは楽しい。彼も緊張感を持ちつつ、シウとの索敵を楽しんでいる。

このヴァニタス近くでは偶然、良質の炭酸泉を見付けた。もちろんシウは大量に空間庫の中へ溜《た》め込《こ》んだ。

炭酸水は一般の人にも知られているが「シュワシュワするアレね」という程度だ。汲《く》んでから時間が経つと気が抜けるため、現地でなければ味わえない。地元のマニアな酒飲みが好んで使うぐらいだ。噂だけ聞いて実物を知らない人もいる。シウも噂だけは聞いていた。わざわざ汲みに行く気はなかったけれど、発見したなら欲しくなる。

というのも、ロトスが飛び跳ねて喜んだからだ。前世では炭酸入りの飲料水が好きだったらしい。今生では飲めないと諦めていたそうだから喜びもひとしおだろう。シウはビールは飲めても炭酸水が苦手だったという記憶があり、ロトスのためだけに保管した。

温度が高ければお風呂として楽しめたが、残念ながら冷たい。加熱すると炭酸は抜けるため飲料水にのみ使う。もし温泉になりそうな炭酸泉を見付けたら、お風呂を作ってもいい。場所が悪ければ空間庫に保管だ。シウはフェレスにも「見付けたら教えてね」と念押しした。

この話を聞いていたロトスは、

（お爺ちゃんはなー、すぐに温泉とか入りたがるんだよ）

と、呆れていた。彼が炭酸温泉の楽しみを理解するのはまだまだ先のようだ。

ヴァニタスからの帰り、シュヴィークザーム用として作った隠れ家にも寄った。途中でハーピーの住処《すみか》を見付けたことをシュヴィークザームにも話し、共に戻る。

ハーピーの頭部は人間の女性のようにも見え、遠目だと勘違いしやすい。気持ち悪い魔獣のベストスリーに入っていた。頭部以外は鳥型だ。鳴き声も甲高く、女性の叫び声のようだと言われる。もし山で突然ハーピーに出会ったら、魔獣に慣れた冒険者でも初見なら驚く。一般人なら魘《うな》されるのではないだろうか。

生息地の多くは、山岳地帯や海辺の崖だ。稀《まれ》に迷宮の深層部でも見られる。

同じ鳥型となるシュヴィークザームの脅威にはならないだろうが、ハーピーは魔獣の中では中程度の強さだ。人によれば上位種に位置付ける。倒しておいた方がいい。

というわけでシュヴィークザームも一緒だったが、魔獣狩りの時間だ。

意気込んだものの、狩りは手こずることなく終わった。まずフェレスがハーピーを翻弄してくれた。彼の攪乱《かくらん》は上手だ。シウも飛行板を使って自在に飛べた。ハーピーは空を飛ぶ敵に慣れていなかったらしい。呆気《あっけ》なかった。

念のため、他にハーピーの巣がないかと捜索した。仲間がいないか、攫《さら》われた人や物がないかの確認だ。そこで面白いものを発見した。

「昔の、魔法袋だね」

「[そのようだの]」

シュヴィークザームは狩りを見たいと言ってついてきたから、その代わりにクロとロトスを乗せている。ブランカは動き回るため拒否された。彼女はフェレスの上にグルグル巻きだ。窮屈《きゅうくつ》さに最初はもがいていたものの、今は何故かご機嫌である。

「幾つかあるよ。ここ、ハーピーの宝物置き場だったのかな」

あるいはゴミ箱かもしれない。とにかく、あらゆるゴミが集まっている。動物の骨はもちろん、ハーピー自身の排泄物《はいせつぶつ》もあった。同じ場所に魔石も置いてある。まとまっていることから好んで集めたと分かる。

そのゴミの中から相当古い魔法袋が幾つか見付かった。装飾の全くないグララケルタ製の魔法袋の他に、空間魔法持ちが力の限りに作ったであろう傑作品もある。こちらは装飾がないものと、国宝級らしき見た目の二つだ。

「『それはおぬしのものだ。使用者権限がついておらぬのなら取り出せるであろう？』」

「使用者権限がついてても解除はできるけどさ。それより先に出ようよ」

風属性の魔法を使って空気を遮断しているが、強烈な臭気は残る。ヴァニタスの崖も巣だったが「元」だ。現在も使われている巣がこれほど臭いとは思わなかった。シウは全員に丁寧な浄化魔法を掛けた。

魔法袋はシウが持って帰った。ほとんどは『サタフェスの悲劇』が起こった時代のものだ。日記や研究メモが入っていたので分かりやすかった。プリメーラに行ったばかりのタイミングに、シウは引き合わせられたような気がした。

もっとも、プリメーラとハーピーの巣があった場所は近い。遺跡や周辺からも遺物が発見されるというから、有り得ない話ではなかった。

シウは更に、中にあったものを調べた。

日記の最後を読むと当時の焦りが分かる。魔獣スタンピードが起こった時、ほとんどの軍関係者は逃げきれない民を守るために立ち向かおうとした。ところが一部の後方支援部隊が魔獣に恐れをなして逃げてしまった。魔法使いを含めた兵站《へいたん》担当たちだ。籠城戦で時間を稼ぎ、他領の応援を待つつもりだった指揮官は絶望しただろう。籠城に必要な物資をまるごと持って逃げられたからだ。

物資を盗んだ事実は非難されていい。しかし、シウには逃げ出したくなる人の気持ちも分かった。走り書きには、専門家としての意見も書かれてあったからだ。彼は籠城しても無駄だというのが分かっていた。もちろん、闇雲に籠城を進める上層部に異議を申し立てたらしい。しかし聞き入れられなかった。上層部は逃げようとする民らを王都内に閉じ込めた。研究者はこのままでは無駄死にだと思い、関係者らと共に王都を抜け出した。

サタフェスは物資が足りずに餓死するよりも前に、魔獣の蹂躙《じゅうりん》を受けて消え去った。

その後、どうやって魔獣スタンピードが終了したのかは分かっていない。有名な『スミナ王女物語』の小説内でもぼかされている。

現在、専門家の大半は「人間がいなくなったことで共食いとなり自滅した」と考えているようだ。もしくは、聖獣やドラゴンといった強大な存在に征されたという意見もあった。そうでなければ近隣にも魔獣の脅威が広がっただろう。史実にも残る。実際には、しばらく後に訪れた偵察隊が「王都の消滅を確認した」そうだから、本当なのだろう。

シウが見付けた日記でも「その後」は分かっていない。書かれていないからだ。

装飾のないシンプルな形の魔法袋には大量の小麦や干《ほ》し肉《にく》が入っていた。

一番容量の大きな魔法袋には綺麗な装飾が施されている。国の宝だったのだろう。当時の書類や金銀財宝が入っている。慌てていたのか、ネックレスは絡まったままだ。

グララケルタ製の魔法袋は冒険者の所持品のようだった。護衛として雇われたらしい。彼自身の食材や財産が入っている。書き殴られたメモもあった。これを読み、この一行の辿《たど》った道が判明した。

魔法袋の持ち主は上級冒険者のようだった。彼は兵站を担当していた官吏、そして宮廷魔術師や研究者を護衛しながらオプスクーリタースシルワに逃げ込んだ。

命からがら逃げ込んだものの、戦える人は少ない。あっという間に散《ばら》けてしまった。当日か翌日になるのだろうか、メモはそこで途切れていた。魔獣に襲われたのだ。おそらくは大昔のハーピーに。

ハーピーは巣に獲物を運ぶ。ゴミは崖の下に落とすか、巣の奥へと追いやられる。たまたま、魔法袋は奥に積み上げられた。ハーピーは何度も代替わりをしながら、ゴミは堆積していった。土に還《かえ》らず形として残ったのは「魔法袋」だからだ。高度な魔法を掛けられているからこそ形を保ち続けた。

この冒険者は依頼者の話を逐一書き留めていた。おかげで経緯が分かる。走り書きだったので隠れて書いたのかもしれない。

魔法使いの日記は、王都に魔獣が向かっている、というところで終わっていた。ページを遡ると、小心そうな心情が綴《つづ》られている。魔獣を恐れ、逃げることを選んだのもそのためだ。ただ、逃げた先にも平穏はなかった。

もう一つ、時代の違う魔法袋が重なっていた。一番下の、土に埋《う》もれていた魔法袋だ。シウが探知魔法を使ったので「何かある」と気付けた。

これはオーガスタ帝国時代の魔法袋だった。見た目は汚いが、今の時代にまで形を残しているることからも一級品だ。素材は外から見ただけでは分からない。シウが《鑑定》すると、大蛇蜥蜴《おおへびとかげ》の第二胃袋だと表示される。現代の言葉に置き換えられているが、当時のペルグランデアングイスか、ギガントパイソンという名の魔獣だ。

ここに手紙が入っていた。どうやら「荷運び」をした者の私物《しぶつ》になるらしい。

◇◆◇◆◇

婚約者に宛てた手紙だった。中身の確認に飽きていたロトスが「え、ラブレター?」と

◆第四章◆

隠れ家を探そう

興味を持ち、読んでほしいと言い出した。シウは古代語で綴られた手紙を朗読した。

『ウルシュラへ。もう、わたしを待たなくてもいい。この戦が終われば結婚しようと約束したけれど、それは無理なことだと分かってしまった。

申し訳ない。君を何年も待たせたというのに、今更こんなことを。わたしは恥知らずな男だ。だが、わたしは君の幸せを心から願っている。どうか、君が幸せになれる男と結婚してほしい。君は素敵な女性だ。きっと良い縁談が舞い込むだろう。それを見ないで済むのが、今のわたしにとって唯一の幸いだ。

わたしは、これから極秘任務を請け負うことになる。その前に、この手紙を従者へと預けるつもりだ。

ああ、この手紙が君に届いていますように。愛する』

手紙は途中で切れていた。急いで書いたのか、擦れた跡があった。そのまま魔法袋に投げ入れたようだ。

シウが「手紙の主がどうなったのか」を想像したように、ロトスも同じ結論に至ったのだろう。読んでほしいとせがんだことを後悔した表情だ。

(だからさぁ……。こういうのを、フラグって言うんだ。なんで『帰ってきたら結婚しよう』なんだよ。ダメじゃん。死ぬっつうの。女の子だって可哀想だろ)

尻尾がだらりと垂れた。幸せな結末ではないと分かって落ち込んでいる。シウはロトスの頭を撫で、慰めた。そして、話題を変えようと他の中身について語った。

「中に入っているのは大量の小麦だったよ。大豆、堅焼《かたや》きパン、干し肉、野菜を凝縮した固形物、魔道具、武器、少しだけど金貨や金属類もある。魔石もだ。宝石はないね。軍の管理する物資かな」

それを聞くと、少しだけ気持ちが浮上したようだ。基本的に、この世界では拾った者の持ち物となる。それを知っていたから、ロトスは中身が何かとワクワクしていたのだ。

（こっちには金銀財宝はなかったのか。残念！）

「そんなものより食糧の方が何物にも代えがたい価値があったと思うよ」

たかが麦と言うなかれ。これを必要とした場所に運ぼうとしていたのだ。金銀財宝が食べ物を作ってくれるわけじゃない。

（え、でもそれがここにあるってことは……）

必要とする場所に届かなかったということだ。ロトスは今度は怒りだした。

（もう！　本当に本当に！　フラグの通りにやられちまって！）

グルグル回って尻尾を追いかける。

（魔法袋って夢のあるアイテムだけどさ！　こういうの、すごく落ち込むからやだ！）

「落ち込んでいるからグルグルしてるの？」

（ストレス発散してるの！　俺は絶対にフラグ通りにはいかないんだからな！）

きゃんきゃん鳴いて走り回るとスッキリしたようだ。フラフラしながら人化した時には落ち着いていた。シウは慰めの言葉を掛けた。

✦第四章✦

隠れ家を探そう

「ハーピーに盗まれただけかもしれないよ。戦況が劇的に改善し、婚約者の下へ戻った可能性だってあるんだ」

その場合は、物資を失ったとして咎《とが》を受けたかもしれないが、そこは黙っておく。

ロトスは「もういいよ、大昔の話だもん」と大きな溜息《ためいき》を吐《つ》いた。

「これ、どうするの？」

並べられた魔法袋を見て首を傾げる。

「そのまま保管かな。ただ、こちらは王家に返還したいね」

「えっ。かえすの？」

「金銀財宝はサタフェス王家のものだ。ただ、食材は古いし、今は余り気味だから要らないかもしれないね。財物は腐らないから受け取ってもらえるかも」

グララケルタの中にあった食材は処分する。丁寧に作られた魔法袋なら時間経過はないというが、何百年も経てば保たないという。国宝級の方は劣化していない。当時のままの新鮮さだ。

「えー、どうせわかんないのに」

「僕が持ってても仕方ないよ。使わないものばかりだ」

黄金の印鑑に女性が着ける宝飾類、無駄に凝った鎧《よろい》などどうすればいいのか。魔核《まかく》や魔石なら使《つか》い途《みち》もある。書類も記録庫に自動でコピーされた。他は不要だ。

「サタフェス時代の金貨は歴史的にも価値があるわけじゃないしね。それに金貨類ならもう持っている」

「かねもち〜」

そこで「欲しい」と言わないところがロトスの可愛いところだ。一緒にいたのだから要求してもいいのに、考えにもないようだった。大らかなのだろう。

シウは年老いた時代を生きた経験があるせいか、備えを気にする。ロトスは若くして亡くなったため、人生の終盤に関しての不安がない。何も持たずとも生きていけるという、自信がそこにはある。性格の違いもあろうが、経験が違うのだ。シウにはロトスが眩しく見えた。彼の大らかなところに助けられているし、好ましく思う。

とはいえ、シウは心配性だ。ロトスが独り立ちすると言い出したら、それなりのものを用意するつもりでいた。彼が困ることのないよう、爺様がシウにしてくれたのと同じことをする。そう考えると備えは必要だ。慢心せず、コツコツ貯めようと心に決めた。

それはそうとして、金銀財宝の入った魔法袋をどうやって返すかだ。オプスクーリタースシルワへ遊びにいって見付けました、と正直には言えない。いつどうやって行ったのか問われるからだ。許可証を悪用したと思われたくない。

「悩ましいね」

「ぷりめらに、おいとく？　みつけて、もらうの」

とは、シウがクラスメイトたちのプリメーラ地下迷宮合宿について話したからだ。

「それで王家の手に渡ると思う？」

✦第四章✦

隠れ家を探そう

戦利品として持ち帰るかもしれない。一応、遺物は一旦提出する義務はあるのだが。

「シュヴィがもらってくれたらなあ」

「でもさー、あの人、ちょっとぬけてるよね？」

ロトスもシュヴィークザームの天然っぷりに気付いている。そのおかげで畏《おそ》れ多《おお》いといった感情は抱かないようだ。上手く付き合えている。

「いらないって、いってたし」

「やっぱり無理か」

とりあえず保留だ。


次の話題は魔法袋の素材についてだった。シウがオーガスタ帝国時代の魔法袋が「大蛇蜥蜴」製だと話せば、ロトスが「アナコンダだ！」と声を上げる。

（絶対アナコンダ一択。ていうか、何これ。昔はこんなでかいのがいたの？）

「そうらしいよ。ほら、対比図見て」

禁書庫で見付けた当時の魔獣図鑑を広げる。これはシウが複写したものだ。ページを捲《まく》ると、対比図が出てきた。

（えーと、これ、何て書いてるんだ？）

「小さいもので十メートル、大きいと五十メートル級だって。あ、もっと大物のアナコンダもいたって話があるよ。別の本の、少数民族からの情報だね」

（ひえっ。俺、蛇嫌い）

「蛇が好きな人って少ないよね。そうだ、地底竜《ワーム》がアナコンダと似てるよ。鱗《うろこ》が独特で、手も足もあるから蛇ではないんだけど」

（げげっ！）

もうやめて、と手で耳を塞《ふさ》ぎ、その場に蹲《うずくま》る。これは演技だ。その証拠にすぐ立ち上がると笑い出した。落ち着くと、蛇の話に戻る。

「なーなー、そのアナコンダ、グラケルタより、おっきいの、つくれた？」

「うん。胃袋が複数あったらしくてね。第一の胃袋で溶かし、普通はそのまま腸へ流す。大量に獲物を捕食したら第二の胃袋を保管庫として使っていたみたい。腐らないそうだよ。空間魔法のスキルを持っていたのかもね」

（複数ってことは第三もあったのかな？）

「らしいよ。子供を入れていたんだ。胃袋から出てきたという記述が、ほら、ここに」

ページを探して指し示すと、ロトスが薄目になる。

「わー。ちっこいのがいっぱい。……にんげんより、おおきくない？」

「大きいね」

また、ぎゃーと叫んで蹲る。今回は本当に恐怖だったようだ。それでも質問を続けるのだから、怖いもの見たさが勝っている。

「ふくろって、どれぐらい、おっきいの？」

「空間魔法持ちが処理したら、この場合だと物流会社の倉庫ぐらいかな」

グラクケルタはそのサイズやランクによって魔法袋の大きさが決まってくる。ボスクラスだと一般的な物流会社の倉庫ほどだろうか。アナコンダは違う。

「こっちは、電動の乗り物がないと困るような倉庫サイズだね」

（うわっ、すげぇ）

「でも、制限があるみたいだよ。うーん、千種類まで、かな？」

鑑定魔法の結果、条件が付いていると分かる。

「重さは百八十トンまでだね」

ロトスが不思議そうな顔をする。シウは推測を口にした。

「元々の大きさに関係があるのかな。推定だけど、大蛇蜥蜴の体重がそれぐらいになるんだ。自分よりも重いものは持てないという制約があったのかもしれない」

（へぇぇ。ていうか、第二胃袋に自分と同じ重さの何かを入れてたの？　ヤバくね？）

「言われてみたら確かに。でもほら、空間魔法だから？」

（なんでもかんでもファンタジーにして！）

面白いからいいけどと、ロトスが笑う。釣られてシウも笑った。

この大蛇蜥蜴の魔法袋は、綺麗にしてからロトスにあげることにした。

シウが何気なく告げると、本人はビックリ顔だ。そして「要らないよ？」と遠慮する。

子供が気にするなと、シウは強引に承諾させた。

「外側のデザインが決まったら教えてくれる？　ゆっくりでいいよ。内側の掃除や繕《つくろ》い直《なお》しに時間がかかりそうだからね」

「むずかしいの？」

「掃除の時に裏返ししないとダメなんだけど、それがちょっと大変なだけ」

生産魔法が使えるからできる。とはいえサイズが大きすぎた。細かい場所まで見ておきたいので時間も掛けたい。浄化すれば問題ないと分かっていても、元が魔獣の胃袋だ。シウは気になった。ロトスは説明の半分も分かっていないようだったが、神妙に頭を下げた。

「えと、じゃあ、おねがいします」

そこに「あざと可愛い」は一切なかった。素直で可愛い幼児の姿があるだけだ。

第五章

命の誕生

The Wizard and His Delightful Friends

Chapter V

雪解けの月の半ば、シウに嬉《うれ》しい知らせがあった。エミナが第一子を産んだのだ。通信を受けたシウはすぐにでも駆け付けようとした。ところが当の本人に「学校があるでしょ？　来月には里帰りするんだから」と言われてしまった。

出産してすぐに駆け付ける親族は嫌われるという話も思い出し、シウは通信を切ってからロトスに相談した。

（ちゃんと行ってもいいか聞いたんだろ。で、断られて、我慢するって答えたんだから別にいいじゃん。それにシウはその人の弟分になるんだよね？　それ、家族だよね。家族だから学校に行けって怒ったんだろ。シウは考えすぎだっつーの）

「そっか。なら、エミナの言う通りにしていいんだよね」

「そーそー」

「ありがと。なんか焦っちゃったね」

「いーってことよ」

ぷりんと、お尻を振って右手を挙げる。最近の彼のお気に入りポーズだ。これをするとスサたちが喜ぶ。

実は少し前に、シウはロトスを屋敷の人々に紹介した。その際「拾ったのは人間の子だった」と告げ、叱《しか》られている。小さな子供を隠して育てるというのが問題なのは当然だ。長引きそうなお説教は、カスパルとロランドの取りなしがあって短めで済んだ。カスパル

第五章

命の誕生

には正直に話していたのと、ロランドも薄々気付いていていたらしい。

皆への説明は「ロトスには深い事情があり、とても珍しい種族同士の血を引いている」とした。言外に、妖精族《ノーム》やエルフに関係がありそうだと匂わせる。そうしないと、成長が早いことの言い訳にならないと思ったからだ。

聖獣のロトスも一年で成獣になる。人化の姿も比例するため、秋には青年姿だ。

ただ、見た目は白くない。だから聖獣だと疑われる心配はなかった。

皆は、珍しい種族なら成長が早いのだろうと、不思議とあっさり信じてくれた。もしかすると、シウがたまにドワーフや妖精族に間違われるからかもしれない。

希少種族には誘拐の危険がつきまとう。皆、我が事のように心配した。その上、カスパルが「契約魔法に応じてほしい」と頼めば、全員が快く受け入れてくれた。

契約魔法は、商人だけでなく貴族家の使用人にも使われる。特に機密事項に関わる職務の場合は重い契約になるそうだ。今回は身体に負担のかかる罰則はなく「秘密を漏らさない」という契約になる。

そもそも部屋から出してあげようと言い出したのはカスパルだった。成獣になるまで一年近くもロトスを閉じ込めておくのは可哀想《かわいそう》だと言われたのだ。シウがこっそり連れ出していることも知っていたらしい。「せめて家の中だけでも気楽にしてもらおうよ」と、カスパルが言ってくれたことが嬉しかった。

契約魔法についても「シウなら複合技《ふくごうわざ》が使えるのでは？」と、わざわざ図書館で調べてきてくれた。その優しさと思慮深さに感謝する。本当はその魔法を使えるが、もちろん言わなかった。シウも成長したのだ。無粋な真似《まね》はすまい。

契約魔法の話を皆に持ちかけた時もカスパルは慎重だった。一人一人の面談の際に相談したようだ。面談は元々、雇い主として年に一度か二度は行うものらしい。大きな家では家令の仕事だろうが、この屋敷に勤める人は少ない。待遇に不満はないか、心配事はないかと折に触れ確認する。カスパルは丁寧に「契約魔法は命に別条はないけれど嫌なら受けなくてもいい」と説明した。

元々、シウの行動は使用人にとっても「すごい」ことで、これまでのやらかしも知っている。この国に来てからだけでも大型魔獣の討伐に、卵石《たまごいし》の拾得、上位貴族同士の婚約成立にも関わった。最近では聖獣の王ポエニクスと仲良くなったし、王太子に呼ばれて王城へも行く。

つまり、シウ自身が機密事項だと思っていた。

カスパルも「シウに関わるもの全て」の「秘密を漏らさない」契約魔法とした。

「その方が一度で済むよね」

と、にっこり笑う。シウはたじたじだ。

アントレーネにも契約の話はしてあったので、ついでだからと受けることになった。

契約魔法自体は簡単だ。罰則も重くない。

カスパルが提案し、シウが実行したのは「契約魔法と精神魔法の二重掛け」だ。もし秘

第五章

命の誕生

密を漏らそうとしたら、その秘密を忘れる。知っている者同士の会話なら問題ないという緩めの精神魔法だった。

術式は何度も練り直した。カスパルと文言に抜けはないか、対象者に負担を掛けないかを確認しあう。

カスパルは自分自身にも掛けていいと言うが、それは拒否した。彼には責任があり、これらを知っておくべき立場の人だ。何よりも、シウはカスパルを頼りにしている。

その言葉に、彼は照れた様子で微笑《ほほえ》んだ。

というわけで、ロトスは屋敷中のアイドルとなった。

今は幼稚園児ぐらいだろうか。とにかく可愛《かわい》らしいと皆に愛されている。リュカも自分より下の子ができたと、喜んでお世話した。

アントレーネが子供を産めば、ますます子供が増える。本当にシウはやりたい放題だ。許してくれるカスパルには頭が上がらない。

「いいよいいよ、楽しいから」

と、カスパルは鷹揚《おうよう》だ。有り難いが、シウはもう少し自重しようと反省した。

ちなみに、ロトスには「登録している人以外にはぼんやりとした姿に見える」偽装をしていた。火竜《かりゅう》の革の首輪に魔術式を付与している。首輪はチョーカー型で伸縮可能だ。転変しても苦しくならないし、奴隷《どれい》が着けるような無骨さもない。

フェレスたちの場合もそうだが、シウにはどうにも首輪のイメージが悪かった。だから、なるべく格好良《かっこい》いものにしている。あるいはチョーカーのようなオシャレな「装身具」タイプだ。

アントレーネもそうだが、彼等の方は気にしていない。本当はアントレーネのチョーカーも外したいのに、本人は「シウ様の奴隷である証《あかし》で、誇りだ」と言う。そのうち、ただのペンダントに変更したいとシウは目論んでいた。それも子供が生まれてからの話だ。


その前に、シウはアントレーネにある確認を取ろうとした。

「もうすぐ産まれるね」

「ああ。いよいよだ。産婆の話だと、三人というのは間違いないそうだよ」

「そっか、楽しみだね」

笑顔で答え、それから少し迷いつつ口を開いた。

「あのね、ちょっと聞いておきたいことがあって」

シウの言葉でアントレーネは座り直した。キリリとした表情でシウを見つめる。

「なんだろう、シウ様」

「もしアントレーネが復讐《ふくしゅう》したいというのなら、僕にできる手助けをしたいと思う」

握られたアントレーネの手の上に、シウは自分の手を重ねた。比べれば小さい。けれど、シウでも少しは力になれるはずだ。

「こんな時にごめんね。出産後は忙しくなるだろうし、あなたの気持ちもどうなるか分からない」

産まれてきた子に忌避感《きひかん》を抱くかもしれない。シウは子供にもアントレーネにも、不幸な目に遭ってほしくなかった。

「そうしろと言っているわけじゃない。ただ、アントレーネの心を守りたいだけ。僕はあなたを守る『主』で、あなたの幸せに責任がある」

「シウ様、ダメだよ、それはいけない」

アントレーネがシウの手を払う。触られたくないという意味ではない。

「シウ様の手が汚れてしまう」

「汚れないよ。ねえ、聞いてくれる？　あなたは強い人だ。一人で悲しみや辛さを乗り越えてきた。けれど、どれだけ強くとも心の傷を治すのは難しい。傷付けられて平気でいられる人なんていないんだよ。乗り越えるには並々ならぬ力が必要だ」

「シウ様」

手を強く握り返される。痛みを覚えるが、これは彼女の痛みだ。シウはされるがままに、アントレーネの痛みを思った。

「あなたが乗り越えるのに必要だと思うことを手伝いたい。よほどのことでない限りはね」

「よほどのこと？」

「軍隊をまるごと消す、というのはダメだよね。関係ない人を巻き込んじゃう」

「あ、は。はは、それは、ないよ」

泣きそうだったのに、途端に笑顔だ。

「参ったなぁ。シウ様、あたしをどこまで惹《ひ》き付《つ》けるんですか。ったく」

さっぱりした顔だ。それから、お腹《なか》を優しく撫《な》でる。アントレーネは母親の顔になった。

「大丈夫。どんな子だろうと、あたしは愛せますよ。そりゃ、戦士の生き方しか知らないからね。子育てに自信はない。けど、恨んだり、疎ましく思ったりしないよ。だって、子供には『関係ない』。そうだよね？」

柔らかい顔のまま、アントレーネはシウに視線を向けた。

「あたしを陥れて裏切った奴等《やつら》を許す気はない。けど、わざわざ戻ってまで復讐しようって気持ちもないんだ。不思議なんだけどね、気持ちが落ち着いてしまったのさ。ただね、もし会ったなら自分の手で始末する。戦争と同じだ。やられたらやり返す。これが、あたしの戦士としての生き様だ。誰かに手出しされるのは、違う」

「うん。分かった」

「シウ様は怒らないのかい？」

「どうして？」

「せっかく手助けしようって言ってくれたのに、断ったから」

「アントレーネが決めたことだもの。別にいいよ。それと、子育てに自信はないと言っていたけれど、ここには皆がいる。僕もだ」

「シウ様が育ててくれるのかい？」

「うん。僕が父親代わり」

「えぇっ？」

「あ、ダメ？　やっぱり頼りないかな。まあでも、皆がいるからね。フェレスたちも可愛がると思う。どうかな、僕ら、家族みたいなものじゃない？」

「ああ、そうか、そうだよね。村とおんなじだ。村じゃ、みんなで育てるんだ。それにシウ様はあたしの主だ。主ってのは、親も同然だ」

「それ、いいね。お腹の子が生まれたら僕はお爺《じい》ちゃんになるんだ」

前世では望めなかった家族の出現に、シウは本気で喜んだ。アントレーネは冗談だと思ったらしい。お腹に響くのではないかというほど大笑いした。

◇◆◇◆◇

月の後半になると余裕も出てきて、シウの研究は進んだ。一度は止まっていた魔狂石《まきょうせき》の研究だ。ハイエルフ対策の魔道具製作に目処《めど》が付いたことから、また手を付けた。

魔狂石は魔素《まそ》を狂わせる。これを利用し、狩人《かりうど》たちは踏み入ってほしくない場所に配置していた。しかし、体内魔素を練るのが上手《じょうず》な人には通じない。騎獣《きじゅう》もだ。フェレスは特に気にせず飛行していた。シウの場合も元々魔力量を調節していたため、体内魔素を感じることができた。魔狂石の影響は全く受けない。

つまり、同じように魔素を練ることのできる人間なら、狩人の里に入れる。それが悪意のある者ならば狩人には対処できない。なにしろ彼等は魔法がほとんど使えないのだ。

もっとも恐《おそ》れるのはラトリシアに隠れ住むハイエルフの強行突破だ。

狩人たちは、西に遠く離れたミルヒヴァイスの森を守っている。意味もなく立ち入る者を排除してきた。守るのは大昔から続く約定であり、人々の命でもあった。

古代、ハイエルフの一族は彼等の固有能力を使って、とある地下迷宮を封印した。不用意に触れられない、恐ろしい何かがそこにある。狩人の祖先はその手伝いをしていた。数を減らしたハイエルフだが、一部の善意ある者たちが今も定期的に封印を施しているという。だから今もなお、狩人は森を監視している。

ミルヒヴァイスの森の続きにはイオタ山脈があり、その南の端にシウの生まれ育った小屋がある。育て親でもあるヴァスタ爺様が辺り一帯を管理していた。彼も狩人たちの考えに賛同し、南側を守っていたのだろう。

もちろん広大な土地だ。抜け道はある。だからこそ、シウの両親は山越えができた。全部を排除するのは無理だ。けれど、しないよりした方がいい。狩人はそうして長い時を生きてきた。

第五章

命の誕生

狩人の里は、ラトリシア国側から入ろうとする者を防げる場所にあった。魔法が得意でない彼等が使うのは、特殊な目眩《めくら》ましだ。それが魔狂石だった。他に惑い石もある。

惑い石とはその名の通りに人を惑わせる。空間魔法のような力があり、空間認識をおかしくさせる。一般人なら迷ってしまうだろう。狩人や、上級冒険者なら惑わされない。

それもあり、魔狂石を人為的に配置するのだ。二重の対策である。

とはいえ、どれも対策できた。シウはその強化をずっと考えていたが、行き詰まった。

今回、研究を再開したのは悪意のあるハイエルフ——アポストルスの一族——対策に作った魔道具で閃《ひらめ》きがあったからだ。《鋲打機《びょううちき》》は鋲針に術式を付与するタイプの魔道具だ。魔素遮断魔法になる。これを利用した。

他にも、強い磁力を発する魔石を設置する。磁力魔石は目眩ましだ。磁力が強いと魔力の多い者ほど魔法が使いづらくなる。魔素遮断魔法の隠《かく》れ蓑《みの》になるはずだ。

狩人たちは魔力が少ないので影響は受けないし、もちろん人体への負荷もかからない。里の中に置くわけではないから問題もないはずだ。

惑い石と魔狂石、更に磁力魔石と本命の魔素遮断魔法で通行する者を排除する。

それでも強引にやってくるアポストルスはいるかもしれないが、狩人も言い訳はできた。

「大昔の約定に従い不届き者を入らせないようにしただけだ」と。ハイエルフは言い返せないはずだ。協力者——だと思っている狩人——に惨《むご》い真似はすまい。アポストルスの敵は同族のゲハイムニスドルフだ。

シウは対策のためのあれこれを爺様の家に置いた。休憩に寄るであろう狩人宛だ。しばらくして見にいくと消えていた。残された手紙には狩人の言葉で「了解」とあった。「謝意」の符牒《ふちょう》も残されている。余計な真似ではなかったことに、シウは安堵《あんど》した。

◇◆◇◆◇

そんなこんなの日常に、きな臭い噂《うわさ》が舞い込んだ。デルフ国で内乱が起きたというのだ。

といっても、よくよく聞けば小競り合い程度だろうか。

以前から争っているという話はあった。魔獣スタンピードの始末が後手に回り、南部の貴族が王都や北部を非難していたらしい。その南部の領で戦が始まった。他の領地にも飛び火しているそうだ。中には王族を弑《しい》そうとする動きもあったという。

ただ、デルフの王族は政治力が高い。貴族連合を作り上げて対処した。

シウはデルフの王家に知り合いがいる。大丈夫だろうと分かっていても心配だ。

「それ、モノケロースのかわいいこのこと？」

少し大きくなったロトスが小首を傾《かし》げて聞く。舌足らずな口調は減ってきた。

「そうだよ。ちっちゃくてね。ロトスぐらいだったかな？　まあるい髪型の可愛い子だったんだ」

（シウ、顔が緩んでる。その顔だから許されるんだからな。大人だったら『おまわりさん

第五章

命の誕生

こっちです！』って言われるんだ。こわいぃ）

またロトスの面白い一人芝居《しばい》が始まった。シウは笑って手を振った。

「モノケロースの時の方が可愛かったよ。ちんまりとした角があってね」

（え、角フェチなの？　耳や尻尾《しっぽ》じゃなくて？）

と、転変してから尻尾を振る。手入れの行き届いた九本の尾は、フリフリすると広がった。触ろうとすると「ばか、へんたい」と言うから、シウはデコピンでお返しした。ロトスはまた人型に戻った。

「いたっ、シウが、いじめる！」

「はいはい。いつもブラッシングしてるのに、そんなこと言うからだよ。それよりデルフが揉《も》めていると、今年の闘技大会も開催されない可能性があるね」

「えぇー」

そもそも、この話題になったのは休みの予定を立てていたからだ。

雪解けの月も終わりに近付き、芽生えの月になれば二週間の休みがやってくる。この休みを使い、シウはロワルに里帰りをするつもりだ。では、他の休みに何をしていたのかとロトスに問われ、指折り教えていた。

たとえば夏の過ごし方として、一昨年は闘技大会、昨年は飛竜《ひりゅう》の大会を観《み》にいった。

（ファンタジーだ！　闘技大会、俺、行きたい。お願い、シウ、連れてって）

と言う彼に、デルフの事情を説明した。ちょうど最新の噂を仕入れたところでもあった。

「飛竜大会なら行けるよ。それより、旅行の用意はできてるの？」

ロトス専用の魔法袋は、今は兎《うさぎ》の形のリュックになっている。子供が大人のような革《かわ》鞄《かばん》を持っていたら変だと言い出し、本人がデザインしたものだ。それなのに、シウがカスパルたちから生温かい視線を向けられる。

フェレスの猫の形をした鞄も、ロトスの兎の鞄も、決してシウの趣味ではない。ただ、否定しすぎると彼等が悲しむだろうと思って黙っている。

「偽装用の旅行鞄にも荷物を入れておいてね。兎の鞄はあくまでも――」

「わかってるー。ファッションだよね。でもさー、りょこうかばん、ちっちゃいもん」

入りきらないのだとブツブツ言う。シウは笑った。

「ロトスが持てる大きさにしたからね。小さい子が持っていたら可愛いよね」

「おやばか。あ、じじばか、かな。シウ、そういうとこに、じょーねつかけるよね」

ロトスの視線がフェレスたちに向く。彼等の首輪は新調され、スカーフも増えた。クロは脚環《あしわ》だ。各自が気に入った持ち物を並べて吟味中《ぎんみちゅう》だった。ブランカだけは何故《なぜ》かぐちゃぐちゃにしている。

「あのレースのまえかけ、おれ、わらっちゃった！」

「あれね。夜なべして作ったんだよ。すごく時間がかかったんだ」

途中、魔法を使おうか何度も悩んだレースのスカーフだ。フェレスが喜んでくれたので疲れも吹っ飛んだ。

第五章
命の誕生

「シウさー、こどもできたら、ぜったいあまあまになるよ。きをつけないとね」

「うん、自覚はある。フェレスたちが希少獣《きしょうじゅう》で良かった。ずっと一緒だから責任持てるけど、人間だと問題あるもんね」

（自覚あるんだ？　ていうか、今から心構えしておかないと、レーネの子供が生まれたらどうするの。甘いだけじゃダメだろ）

　レーネとはアントレーネの愛称だ。今は皆が彼女をそう呼んでいる。

　シウが「はーい」とロトスを真似て返すと、呆《あき》れ顔が返ってきた。

（本当に分かってる？　レーネが気にしてたぞ。シウが甘やかし過ぎだって。俺も、まあ、いっぱいしてもらってるからさぁ。その俺が言うのもなんだけど）

「いっぱいはしてないよ。それに気にしないでいいと言ったよね？　レーネも甘やかしてない。奴隷解放もしないつもりだし」

　アントレーネは正式な奴隷売買で契約している。金額に見合った働きもないのに奴隷解放をしてしまうと、逆側の契約違反になる。やってやれないことはないが、抜け道だから調べられると良くはない。また、同僚に裏切られたといっても、戦争捕虜《ほりょ》が奴隷落ちになること自体は普通だ。違法ではなかった。本来なら、国が捕虜交換なり買い戻すなりする。上層部が腐敗しているか、国自体が機能していなければ奴隷にされる人は増えるだろう。

「ふーん。いいんじゃない。レーネもシウがすきだし」

　シウは微笑んだ。ロトスは気付いているだろうか。彼が「レーネも」と言ったことに。

もちろん指摘はしない。きっと恥ずかしがって逃げるだろうからだ。

いよいよ休みが始まり、シウたちはロワル王都にあるスタン爺さんの家に里帰りする。

一応、前倒しで飛竜に乗ってきたという体だ。それを踏まえて火の日の到着にした。

王都門は潜っていない。王都はいちいち出入りをチェックしていないため、通らずともバレないからだ。馬車に乗っていたと言えば更にバレる可能性はない。民間の飛竜発着場の幾《いく》つかは王都の外にある。そこから王都内への移動は馬車も多かった。

シウなりに工作をしたつもりだったが、どういうわけかロトスにはバレていた。シウが空間魔法を持っていることについてだ。

(そんなもん分かるよ)

あっけらかんと言われた。シウは全然隠せていなかったようだ。

さすがに、最初は分からなかったらしい。しかし、あまりにもシウが転移魔法に慣れすぎている。魔法袋の容量も多すぎる。ロトスはおかしいと思い始めた。

それにシウの嘘《うそ》も下手だった。爺様の遺産だとか、拾った古代の魔道具だと言うたびに引っかかりを覚えたようだ。そもそもロトスは聖獣だ。嘘を見抜く能力がある。

シウは「騙《だま》していて、ごめん」と誠心誠意謝った。

(え、別に謝ることじゃなくない？　だって、俺がどんなヤツなのか分かんないよね。自分の能力を正直に話してピンチに陥《おちい》るなんて、めっちゃアホな主人公じゃん。ラノベにも

いないよ。俺だって、そうするもん）

「あ、そうなんだ」

（ていうか、俺が怒ってるのはシウが自重してないとこだよ！　そりゃ、シウならバレても大丈夫かもしんないよ。けど、前に言ってたじゃん。めちゃすごのスキル持ちは国に強制で連れてかれるって。嫌なら自重しようよ。あっ、これ、フラグにならない？）

「フラグ？　何の？」

（偉大な魔法使いを国に留めておくために王が娘を嫁にやるんだ。で、それならわたしも立候補しますわ、なんて言い出す女の子がいてさ。複数と結婚するには貴族になるしかなくなるの。こわいぃぃ）

　怖いと言いながらも顔は笑っている。なんとも楽しそうだ。シウも笑った。

（チートを活《い》かすのならそれでもいいけどさぁ。ていうか、モテモテ羨ましいな）

　シウは話を元に戻した。

「それが嫌なら隠す努力をしろ、だね」

（架空の人物を作るのもアリじゃない？　すごい魔法が使える別のキャラだね。第二のキャラには商売を、第三のキャラが悪者退治。第四は権力者になるとか）

「なるほど」

　市場で偽名を名乗っているが、その延長線にあるのが「キャラ作り」なのだろう。

（シウは慎重なのか抜けてるのか分かんないなぁ。俺、心配だ）

「心配してくれて、ありがとう。そうなんだよね。スタン爺さんにも簡単にバレちゃったからなあ。悪人に目を付けられても困るよね。まあ、今更、空間魔法に関してはバレても大丈夫だと思うけど」

もうすぐ成人になる。それにキリク＝オスカリウスという強力な後ろ盾ができた。強制的に捕まる心配はない。とはいえ、身の回りは煩《わずら》わしくなるだろう。そのせいで周囲に迷惑を掛けるのは本意ではない。


ここまで、実はスタン爺さんも一緒に聞いている。早朝に《転移》し、挨拶しあったあとの指摘だった。というより、ロトスいわく「ツッコミ」だろうか。

スタン爺さんが「シウや、直接ここに来てもいいんじゃぞ」と言ったからだ。その言葉でロトスは「じまえで、てんいできるな」と確信した。

離れ家に一々転移するのは面倒だろうと思っての発言だから、スタン爺さんには何も言えない。

シウはふと、気になったことをロトスに聞いた。

「商売と言えば、特許はそれほど目立ってないからいいよね？」

特許料を低めに設定しているから商家に名を知られているが、一般人には誰が開発したかは興味がないはずだ。

「それは、いいんじゃないの？」

足をぶらぶらさせながら答える。見た目は本当に可愛い幼稚園児だ。その姿を、シウと一緒にニコニコと眺《なが》めていたスタン爺さんが口を開いた。

「まあ、大丈夫じゃろうて。お前さんが開発した道具は良いものばかりじゃ。それを真似する者も多い。関わった者は知っておるじゃろうが、気にせんでええ」

真似と言えば、塊射機《かいしゃき》も心配したほどには広まっていない。魔法がベースの世界だから か、弓と同じ武器だと思われている。弓を使うなら「魔法で攻撃すればいい」と考えるようだ。

魔核《まかく》や魔石といった動力が必要なのも、冒険者には「金がかかる」として敬遠された。塊射機に良さを感じるのは、経費がそれなりに出せて、誰でも使える安全な武器が欲しいオスカリウス領の兵士だ。王都の警邏《けいら》でも一部が使っているそうだが、こちらは「人が死なない武器」としてだった。魔獣を倒せても人は殺さない。これが合っていた。

「シウはさー、あんぜんとか、すごくしんぱいするよね。でも、やられるときは、やられちゃうんだって。そんなことまで、せきにん、もたなくていいよ」

いちごオレを飲みながら、ロトスが子供らしからぬ顔付きで言う。

（ラノベの主人公にもよくいる。責任一人で背負いすぎ。もっと、自由になればいいのに。シウが心配性なのって、やっぱり前世のせい？　お年寄りだからかな）

念話にしたのはスタン爺さんの手前だろう。シウも念話で聞き返す。

（年寄りだから？）

（俺のばあちゃんもスゲー心配性だった。なんでも持っておけって鞄に詰め込んでくるし。学校行くのに、そんな重い荷物持ってけねーって）

ロトスはテーブルを見つめた。

（残りの人生が少ないから焦るんだって。大好きな孫が困らないように考えちゃうんだ。自分がいなくなった後、大丈夫なようにしておきたいって、年金からチマチマ貯金してくれてたの。俺の通帳、友達のと比べて桁が違ったんだ。すごくない？　だから年寄りってそんなものなのかなって思った。シウも、ばあちゃんと似てるとこある）

しんみりしたのを隠すためか、少し早口だ。シウは、そっとロトスの頭に手を置いた。スタン爺さんが目を細めて微笑む。彼に前世の話はしていない。なのに、何もかも分かっているような気がした。

シウは、ものすごく幸せな巡り合わせを経験しているのではないだろうか。スタン爺さんと出会えたことは僥倖《ぎょうこう》だと思っていた。彼はシウを導き見守ってくれる存在だった。

ロトスはシウが気付かないことを指摘してくれる対等な友人だ。

シウは自分の年齢分、どこか上から物事を見ていたように思う。スタン爺さんやガルエラドの前でだけ、子供でいられた。

「……ロトス、僕にいろいろ教えてね」

「もちろん。そのかわり、おれにも、おしえてね。まほーとか、おんなのことしりあうほうほうも！」

ロトスの言葉に、シウだけでなくスタン爺さんまで吹き出した。こういうところがロトスの良いところで、好きなところなのだ。

◇◆◇◆◇

第五章
命の誕生

シウたちが戻ってきたのは早朝だった。寝不足のエミナを起こさないよう静かに話していたが、目が覚めたらしい。二階からゴソゴソと動く音が聞こえてきた。

ドミトルは職人だから朝が早く、すでに仕事を始めている。敷地内とはいえ自宅とは別の作業場だ。それなのにエミナの起床に気付いたらしい。早足でやってきた。ふやふやと泣く小さな赤ん坊の声に慌てたのかもしれない。ドミトルはエミナの腕から赤ん坊を受け取ると、フラフラしながら階段を下りるエミナを助けた。

シウたちの出る幕はなかった。

「エミナ、おはよう。それと、お疲れ様」

「あ、シウ。おはよう。そっか、今日だったわね。ごめんね、こんな格好で……」

言いながら、エミナはテーブルに視線を向けた。そこで子供用の椅子に座ったロトスに気付いたようだ。ぼんやりしていた表情が徐々に輝く。

「……えっ。何、すごく可愛い！　この子、どうしたの？　どこの子？」

エミナの声に反応したのはロトスよりも赤ん坊だった。ふやふやとした小さな可愛い泣き声から「ふぎゃ」に変わった。その後は大泣きだ。抱っこしていたドミトルが半眼でエミナを見る。

「あ、ごめん。ごめんね、アシュリー。お母さんが悪かったわ」

エミナはドミトルから赤ん坊を受け取ると、体を揺らして宥《なだ》める。それでも泣き止まない。ドミトルが、赤ん坊――アシュリー――の顔を覗《のぞ》き込《こ》んだ。

「お腹が空いているのかもしれない」

「そっか、もうそんな時間だったね」

エミナはゆっくりと揺り椅子に座った。スタン爺さんのお気に入りの場所だった。そこに座ると、いきなり服の前ボタンを開け始める。

「ちょ、エミナ、待って」

シウが慌てると、スタン爺さんが笑った。エミナとドミトルはきょとんとしている。シウは急いで告げた。目は逸《そ》らしている。

「席を外すから待って！」

「ああ、なんだ。そういうこと？　あたしは気にしないし、見てもいいわよ？　大体、シウは身内じゃない。家族よ。そのへんの知らない誰かじゃないもの。それより、お乳を飲む赤ちゃんって可愛いわよ」

エミナは近所のお姉さんが赤子にお乳をやる姿をよく見せてもらったそうだ。その可愛さにいつも和んだという。

第五章

命の誕生

「そこのチビちゃんもおいで。あなたも、もっと小さい頃はこうやって飲んでいたんだよ。可愛いでしょ。お母さんもすごいんだからね。赤ちゃんのために頑張るの」

「ええと、じゃあ、みようかな」

ロトスはシウにチラッと視線を向けると、いそいそと揺り椅子に近付いた。

（シウ、止めるなよ？　シウの風紀委員会が邪魔をしても俺は見ちゃうぞ）

（そういう言い方をするなら僕も倫理委員会を開くけど？）

（わ、ごめんって。もう茶化さないから許して！）

照れているのを誤魔化《ごまか》すためにこんな言い方をしているのはシウも分かっている。呆れていると、エミナが「何やってるのよ」とじれた声だ。

「早くいらっしゃいな。アシュリーもお腹空いちゃったよねぇ？」

シウが年頃だということを忘れているのか、エミナは意に介さずバサッと前をはだけた。幸い、パジャマの下には布があった。授乳用の下着のようだ。シウはホッとした。その、わたわたしていた間に、エミナはアシュリーにお乳を与え始めた。確かに可愛い。

フェレスやブランカのような、豪快な飲み方ではない。んくんくと、とても小さな音を立てている。一生懸命だ。その姿に、シウは感動した。

ああ、命だな。そう思った。

赤ん坊の、この力強さに言葉が出ない。アシュリーのお乳を飲む姿に見入ってしまう。愛おしさが後から後から溢《あふ》れ出てくるようだった。

エミナの子だからだ。母とも姉とも思う、大好きなエミナの。

「かわいいね。それに、いきてるね……」

ロトスも同じように感じたらしい。彼は聖獣だ。親たる存在がいない。しかも、お乳をもらった経験がなかった。もしかしたら、産まれてからの来《こ》し方《かた》を思い出しただろうか。あるいは、前世を思ったのかもしれない。

ロトスは涙を零《こぼ》し、呟《つぶや》いた。

「いきてるって、すごいことだね」

シウはそっとロトスの頭を撫でた。


エミナはアシュリーのげっぷを済ませると「この子の頭も触ってね」と言った。

ロワルや周辺地域では、赤子の頭を撫でると良い子に育つと言われている。その話を聞いたロトスは小さな手でアシュリーの側頭部にそっと触れた。もちろんシウもだ。

「多くの人に撫でてもらうの。そうすると、いろんな選択肢が子供に生まれるのよ」

「そうなんだ！　すごいね。アシュリー、いっぱいなでてもらわなきゃね」

「ありがとう、ロトス。あ、でも、ブランカ、あなたはいいわ！」

興味津々で覗き込もうとするブランカに、エミナが慌てた。ブランカに悪意がないと分かっていても、心配する気持ちは当然だ。シウはもちろん、念のために結界を張っていた。ブランカが危害を加えるとは思っていない。うっかり対策としてだ。騎獣は大きく、人間の子とは体の造りが全く違うのだから仕方ない。

「それにしても、おっきくなったわねぇ。もうすぐ成獣？」

「あと一月《ひとつき》ぐらいかな。クロはもう成獣扱いなんだけどね」

「鳥型って、どこで判断するの？　大体で決めちゃうのかしら」

「一応、生まれてから七ヶ月を過ぎて、調教も終わっていれば成獣扱いになるね。国や調教師によって考えも変わるから、どれが正しいというのはないみたい」

第三者の調教師が許可すれば成獣として登録もできる。二頭の調教を引き受けてくれたスラヴェナに、クロは合格点をもらっている。未《いま》だに預けているのはブランカがサボらないための見張り役だからだ。

クロとブランカは卵石時代から一緒だった。まるで双子のようだ。仲も良い。いつもくっついている。生まれたのはブランカが先だったけれど、性格的にはクロが兄のようでブランカが妹といった立ち位置だ。

「そうだ。聞き忘れていたわ。ロトスって、獣人族の血を引いているの？」

エミナにはまだ名前以外、何も明かしていなかった。そもそも、お乳をあげたあとにいきなり「頭を撫でてあげて」と言い出したのだ。その後「あなた名前は？」「ロトスだよ」である。シウが連れてきたなら安心だ、とでも思っているのだろうが、エミナは豪快すぎる。今更の質問にシウは苦笑した。

「えーと、ロトスの種族については内緒にしてるんだ」

「あら、そうなの」

エミナは相変わらずだ。たった一言で終わった。ロトスも唖然《あぜん》としている。

「シウが連れてくる子だもの、訳ありなんでしょう？　リュカもそうだったじゃない。だから同じかと思ったの。獣人族だろうと何だろうと別にいいの。とりあえず、誰にも言っちゃいけないのね？　あ、大丈夫よ。安心して。もし、つるっと漏らしても『またエミナが妄想を口にしてる』って思われるだけ。あたし、あちこちで物語本の感想を広めているからね」

シウにも『スミナ王女物語』について語ったが、他にもやらかしているらしい。

「おねーさん、かっこいいね」

「あら、あなたは可愛いわね！」

二人は意気投合した。きゃいきゃいと話を続ける。どうやら、物語本の話題が面白かったらしい。ロトスはよく「ファンタジーだ！」と喜んでいるから、物語本が好きなのだろう。

ロトスについて、シウはスタン爺さんだけでなくドミトルにもぼかして説明した。人に言えない種族で、狙われるかもしれないからだと話せば彼は空気を読み「他言しない」と約束してくれた。シウが詳細を明かさないのも、皆を巻き込みたくないからだと分かっている。

「もし、手伝いが要るなら遠慮なく頼ってほしい。契約魔法も受け入れよう」

と、真剣な表情だ。カスパル然り、スタン爺さんとドミトル然り、シウには勿体《もったい》ない友人や家族だった。

皆がそれぞれに和んでいる間、ブランカはアシュリーが気になって仕方ないようだ。居間に置いた揺り籠の周りをグルグルしている。クロは見張り役で「きゅぃきゅぃ」と何度か止めていた。シウはエミナやドミトルに「結界の魔道具を起動しているから」と術式を付与したピンチを渡している。使用者権限を付けた二人が手で外せば解除となる。

「エミナ、何かやってほしいことはない？　産後で大変だよね」

「ありがと。でも、特にないのよね。アキも来てくれるから。クロエさんや、彼女の繋《つな》がりで知り合った友達も気に掛けてくれるの。あ、シウの作り置き料理には助かっているわ。あたしもドミトルも最初は寝不足でね。今は少し楽よ。だから、思い付かないわ」

「そう、本当に？」

「ええ。頼みたいことがあれば言うわよ。それより、久しぶりなんだから遊んできなさいよ。友達には連絡してないの？　青春真っ盛りなんだから遊ばなきゃダメよ？」

バンと肩を叩《たた》かれる。シウはつんのめった。見ていたロトスが笑う。

（すっげぇ、強い。まだ若いんだよね？　なんかもう歴戦の勇者みたい。おばちゃんパワー全開じゃん）

「それ、口にしたら怒られるよ」

「え、なに、あたしの話？」

「ううん、なんでもない」

シウはロトスを睨《にら》んだ。確かにエミナはしっかり者だ。それを茶化すのは良くない。ロトスなりのジョークだと分かっているが、注意はしておく。念話も危険だ。シウが一人で笑っていたら変な人だと思われる。シウはロトスに「失礼なこと言わないの。あと念話は禁止」と小声で告げ、ついでにデコピンした。

「いたいぃ」

わざとらしく床に転がる――ロトスはよく派手に転ぶ芸を見せてくれる――。それを見たブランカが、アシュリーからロトスにロックオンだ。ぶつかりにいく。

「ぎゃ、ダメ。ぐいぐい、おしすぎ。たおれちゃうー」

「ぎゃぅぎゃぅ」

「ブランカ、おおきくなったの、じかくして」

「ぎゃぅ」

「もう！　きいてない！」

怒っているようにも聞こえる言葉だが、本獣たちは遊んでいる。上に下にと引っくり返ってはキャッキャと楽しそうだ。とはいえ騒ぎすぎである。

「暴れすぎだよ。ここは居間だからね。皆が寛《くつろ》ぐための部屋だ」

シウの注意に、ロトスとブランカはピタッと動きを止めた。

✦第五章✦

命の誕生

「はーい」

「ぎゃぅ」

「フェレスを見習うように。ほら」

シウが指差す先には、スタン爺さんを独り占めしているフェレスがいた。大好きな玩具《おもちゃ》で遊んでもらっている。

「ぎゃぅ！」

ぶーたんも！　と走り寄ろうとするブランカを止めたのはクロだ。

「きゅぃきゅぃ！」

おしとやかにと注意したのは、スラヴェナの教えからだろう。ブランカがお淑《しと》やかになれるかどうかは分からないが、クロから飛び出た言葉だと思うと面白い。

シウは笑うのを我慢し、ブランカの様子を眺めた。彼女は急ブレーキを掛けたあと、そろりと歩いてスタン爺さんに近付く。フェレスの尻尾を踏まないように体を押し込んだ。

「ぎゃぅ」

声を潜めて、おねだりだ。通訳されずともスタン爺さんにはブランカの言葉が分かったらしい。ニコニコと笑顔になる。

「よしよし。お前さんとも遊んでやるからの。クロや、お前さんともじゃ」

「きゅぃ」

クロもトトトと走り寄った。鳥型なので床を走ろうとも危なくはない。けれども、ちゃんと「ゆっくり」安全に辿《たど》り着《つ》く。ブランカのような急ブレーキとはならないのだった。

ロトスは遊びに参加せず、エミナとの会話を選んだ。

エミナがロトスに「一番下の弟か、子供にしてもいいよ」と言い出すまで、そう時間はかからなかった。

「面白い子ね～。本当にあたしのところの子になっちゃいなさいよ」

などと言う。残念ながら、ロトスは今年の秋頃には大人の姿だ。

シュヴィークザームによると、聖獣は大人の姿になった後は緩やかに歳《とし》を取るらしい。見た目はほぼ青年の姿だ。そうなれば、さすがにエミナの子供、というのは通らない。なにしろ二十歳のエミナと同じ年頃になる。本当の親子の姿に見えるまで、倍以上の年数が必要だ。

それより、シウはとんでもない事実に気付いてしまった。もしかしなくても、今年の末頃にシウは身長を追い越されてしまうのではないだろうか。愕然《がくぜん》とし、思わず固まった。

タイミング悪く、その姿をロトスに見られてしまった。彼は「なんでもない」というシウの言葉を信じず、何度も問い質してきた。仕方なく、シウは焦る気持ちを零した。エミナの手前、ぼかした言葉でだ。しかし、彼女はシウの本音を違わず理解した。

「あー、そういうことね。年下の子に追い越されるショック、あたしも分かるわぁ。悲しいよね」

エミナは慰《なぐさ》めの言葉をシウに掛けてくれたが、その表情は笑顔だ。

第五章

命の誕生

「おれ、シウよりおっきくなっちゃうんだ～」

ロトスは大笑いだった。シウは拗《す》ねた。


シウの問題はともかく、エミナは「見た目が急に変わる」話を平然と受け止めた。何故そんなに落ち着いているのかと問えば、返ってきた答えがこれだ。

「あたしの中で一番不思議な種族はエルフだもん。ティアさんに出会った時の衝撃は今でも覚えてるわ。素敵だったなぁ。他にも、ドワーフのアグリコラさんと仲良くさせてもらってるでしょ？　騎獣や小型希少獣だって家の中にいるのよ。今更、変わった種族がいたところで、まあ、そんなものかなと思うぐらいよ」

王都には多種多様な種族が集まる。彼等の多くが冒険者職だ。客の大半が冒険者の道具屋で働くエミナにとって、それほど驚くことではないらしい。

「あたし、物語本が好きじゃない？　若い頃は冒険者を目指していた時もあったの。だから人族以外の種族についても勉強したのよ。憧れのエルフには会えたし、道具屋の店主としては十分よね。あ、そうだ、あとは聖獣に会ってみたいかな」

「あー、聖獣ね」

「せいじゅうか～」

（やっべ。俺、すげぇ、ワクワクしてるんだけど。『いざ明かされる、その正体は』なんつって）

またラノベの話か、芸の一種らしい。シウはロトスの頭に軽いゲンコツを落とした。

「笑わせるの禁止」

「えへへー」

「二人共、仲が良いわねぇ」

エミナが羨ましそうに見ている。シウが首を傾げると、彼女は肩を竦《すく》めた。

「あたし、一人っ子だったじゃない？　きょうだいが欲しかったの」

エミナは眠っているアシュリーを見つめた。

「大人になってから、シウやアキのような可愛い弟妹はできたけど、小さい頃に囲まれて過ごしたかったなーと思ってね。この子にはいっぱい作ってあげたいな」

「できるよ、エミナ」

ロトスが何か口をもごもごするので、また変なジョークを言う前にじっと見つめて止める。彼は慌ててフェレスたちのところへ逃げた。

「あら、飽きちゃったのかな？　ロトスって可愛いけど、ちょっと変わってるわね」

シウは苦笑いで頷《うなず》いた。

「シウ、あなたが弟なのは嬉しいんだよ。さっきのは変な意味じゃないから」

「分かってる。小さい頃に会えなかったのは残念だけどね」

「うん、そうだね。もっと昔に出会えていたら、あちこち引っ張り回していたんだろうな。シウは嫌がったかもね。アキも、シウが可哀想って怒りそう。ふふ」

✦第五章✦

命の誕生

「アキはすごく頑張ってるよね」

「そうなの。助かるけど、あの子も今年成人だからなぁ。お爺ちゃんが正式にうちで雇ってもいいと言ってくれてるんだけど、本人が悩んでるのよね」

この店で就職したらどうかと打診はしているようだ。元々、店主一人では手が回らない規模だ。最低でも一人か二人は従業員が要る。気心も知れ、実家が近いアキエラならちょうどいい。

「アキ、ここで働きたくないの？」

「ヴルスト食堂をね、継いだ方がいいのか考えているみたい。だけど、店を切り盛りできる自信もないの。それに、うちが無理して雇うと言ってるんじゃないかって、疑っているのよ。ちゃんとお給料を払えるぐらいの売上はあるのに」

今は遠くまで仕入れに行っていないが、それはスタン爺さんの趣味や道楽に近かった。地方の埋《う》もれた逸品を探し、王都で売《う》り捌《さば》くことに楽しみがあったようだ。実際、エミナの両親は王都内での取り引きだけで仕事を回せていた。

もちろん、取り引きを続けたい地方の仕入れ先もある。それは知り合いの商家に頼んで馬車の片隅を借りているようだ。少なくとも以前スタン爺さんがやっていた仕入れ旅行ほど、経費はかかっていない。

シウもささやかながらベリウス道具屋に貢献しているつもりだ。手に入れた素材を身内価格で卸している。無償だとスタン爺さんが怒るので、最低限の価格だ。

エミナの言う通り、ベリウス道具屋は十分に人を雇える。

「遠慮しなくていいのになぁ。そりゃあ、他にやりたい仕事があれば断ってくれていいんだけど」

アキエラも将来を考える年齢になったのだ。時間が経つのは早い。

卵石から生まれたばかりの幼獣《ようじゅう》たちも今では元気いっぱいに走り回っている。もう成獣だ。シウは感慨深い思いでいっぱいになった。

◇◆◇◆◇

翌日から、シウはロトスを連れて王都を観光した。

偽装魔法を掛けてはいるが、目立たないよう地味な服を着せている。地味と言っても庶《しょ》民風《みんふう》だ。仕立ては良い。

「ロトスは綺麗《きれい》な顔立ちをしているみたいだから、変装も大変だね」

「『みたい』だから?」

(俺、初めて鏡を見た時のこと忘れられないんだけど。すっげぇ衝撃だったのに)

「前の顔と違うから?」

(ちがーう！　いや、違わんのか。じゃなくてさ。超美少年、あ、美幼児か。とにかく美形だったの。前世の俺はふつーの顔だったもん。本当に普通。微妙な感じ。だから、今の

顔が神々しくてさ。目が潰れるってホントあるんだなって思ったわけ）

フッと格好を付けて立ち止まる。シウはそんなロトスに呆れ「早くおいで」と手招きした。

「シウが、ツッコミしてくれない」

「ごめんごめん。僕の冗談はこちらの人に通じないし、皆の冗談もよく分からないんだ。ロトスの【ノリツッコミ】もやってあげられなくて悪いね」

「まじめー。べつに、いいけどさ。でも、ええと」

（シウの美的センスはゼロ。この美しい顔にうっとりしないんだもん）

そう言うと、窓ガラスに映る自分の姿に「ほぅ」と溜息《ためいき》を零す。ロトスはこんな小芝居が好きだ。見ていて面白いが、シウはたまについていけなかった。

「綺麗なのは分かるんだよ。ただ、人の顔を覚える時もそうなんだけど、見たままの情報を記憶しているんだ。骨格とか形とか色かな。そちらの情報が強すぎて、人の顔にはあまり感動しないんだ」

（それを言っていいのは美形だけだと思ってた）

もちろん、聖獣たちの美麗さはすごいと思っている。シウはこれまでにも綺麗な人は見てきた。ただ、それよりは可愛いの方が気になる。たとえば希少獣のモフモフや、獣人族の尻尾だ。シウは思い出して笑った。

「僕は『ふつー』の顔だからね。何の特徴もない」

「あんさつしゃ、むき」

シャキーンとポーズを決める。シウは苦笑しながら手でロトスを引き寄せた。

「後ろから人が来ている時は止めようね」

「はぁい」

通り過ぎていく商家の家僕《かぼく》らしき男性が微笑ましそうに見ていく。小さな子が楽しげにポーズを取っているのが面白かったのだろう。

「なあなあ、ところでさ」

「うん?」

自然と手を出してくるので、シウも当たり前に小さな手を握った。

「フェレスたちがいないのってめずらしいね。ふたりだけ」

「そうだね」

「いいの?」

拗ねないのか心配したようだ。希少獣が主と常にいたがることを、ロトスはよく知っている。

「たまには二人で遊んでもいいんじゃないかな。留守番を覚えさせるのも大事だし。それにフェレスとブランカを街中で歩かせるのは大変だからね」

「そうだよね~。ブランカ、きゅうにおおきくなったもん」

「びっくりしたね」

第五章

命の誕生

今はフェレスとブランカが同じぐらいの体長だ。一メートル半はある。フェレスも成獣前後にぐんぐん育ったが、数年かけてようやく今の大きさになった。ブランカは成獣前でこれだ。彼女は雪豹型騎獣《ニクスレオパルドス》のため、もっと大きくなる。

二頭は共に騎獣だが、骨格からして違う。猫型騎獣《フエーレース》とはいえ、体長が同じなら長毛種のフェレスの方が大きく見えてもいいのに、現在ですらブランカの方が巨体に見えた。頭の大きさや背中の動き、前脚の太さのせいだろう。しかも尻尾が太くて長い。フェレスのふさふさの尻尾はいかにもなよやかに見える。

実は数日前に、フェレス自身も気付いていた。急に大きくなったブランカを前にして「あれ？」となった。彼はシウのところに来ては何度も「ブランカはブランカだよね」と確認した。

その後、フェレスが自分の中でどう処理したのかは分からない。ただ、ロトスにアドバイスをもらって落ち着いた。

シウがどんなアドバイスをしたのかロトスに尋ねると「シウだって小さいだろ、でも立場は上だ。そう言った」と返ってきた。その調子でブランカにも言い聞かせ、今まで通りにフェレスが一番の子分でブランカたちは二番目だと納得させたらしい。

「とにかく、自分の体の大きさを理解するにはまだかかるだろうし、フェレスやクロも振り回される。しばらく人の多い街歩きは禁止だね。それに、ロトスはずっと一人で留守番をしていた。我慢していた分、楽しんでいいんだよ」

「……うぉぉ」

（シウ、中身が超イケメン！）

照れたらしいロトスがまた、握った腕をぶんぶん振っておかしな動きになる。シウは笑って、彼を落ち着かせようと手を引っ張った。

王都観光はベリウス道具屋のある中央区から順に進んだ。ロトスが王城を見たいと言うから、まずは貴族街に向かう。いつもはフェレスを連れ、仕立ての良いローブを着ているシウは止められたことがない。今回は子供が二人だ。道を間違えたと思われたのか、貴族街に入る門で一度止められた。もっとも、シウには裏書きのある通行証が三つある。取り出したそれは兵士を直立不動にさせるほどの威力があった。一番効いたのは、オスカリウス辺境伯直々の通行証だろうか。あっという間に通された。

「おれ、ぜったい、しんたいけんさするとおもってた」

「通行証がなくても、そこまではしないよ。ギルドカードもあるし」

「それ！　おれもギルドカードほしいな～」

「まだちょっと早いよ。……いや、そうじゃなくて、ロトスには無理でしょ」

「つっこみ、おっけー」

ニマニマ笑うロトスは、分かっていて言ったようだ。

しかし、現実問題として身分証明書はやはり必要になる。先ほどのように兵士から誰何《すいか》された際に困るからだ。特に子供姿の時に保護者がいないと心配される。大人の姿なら、不審な動きをしない限り止められることはない。とはいえ、大人であろうと身分証明はあった方が安心だ。シウは脳内メモに「どうにかして作る」と記した。

「あ、見えた。ここがロワルの王城だよ」

「おおっ！」

ロトスは「かっこいい」と、ぴょんぴょん飛び跳ね喜んだ。

王城の正門前には大きなロータリーがある。多くの馬車が通るため、回転場としても使われていた。中央の小さな建物には兵が常駐している。綺麗に整備された庭が取り囲む。冬期の今は花の姿がないけれど、整えられた常緑樹が美しい。

正門の内側には兵の待機場があった。専用の馬車が並び、関わる人たちのための建物も見える。屋敷と呼べる大きさだ。王城には各国の王族や貴人も迎える。建物の見栄えは良い。もちろん、建物以外も綺麗だ。塵《ちり》一つ落ちていない。

「このまま正門を進むと、一番手前にあるあの建物が受け付けになるんだ。人を振り分ける第一関門だね」

「うわー」

「あそこまでは馬車に乗って行けるよ。上級役所の本丸や王様の仕事場、客人を迎え入れる場所はもっと先だね。貴人用の停留所も奥にある。王城まで本当に遠いんだ」

「やせるね」

「それがさ、ふくよかな貴族も結構いるんだ」

「え、なんで」

「移動に小型馬車を使うからだろうね。簡易転移門もあるらしいよ。上の立場の人は頻繁《ひんぱん》に使うそうだから。あ、ここだけの秘密ね」

第一級宮廷魔術師のベルヘルトに教えてもらった情報だ。キリクもそんな話をチラリとしていた。彼は徒歩の移動ばかりで、同行したシウも馬車に乗ったことはない。

ちなみにベルヘルト爺さんは「お爺さんだから」という以前に、元々体力がなかったらしく、専用の魔道具を開発して移動に使っていた。先日、遊びに行った時に屋敷でも見掛けた。三輪車に似ているだろうか。彼が屋敷にも置いたのは、これからもっと足腰が悪くなるであろう自分の世話を妻にさせまいと思ってだ。もちろん、妻のエドラにも使ってもらいたい。ところが不思議なもので、結婚してからどんどん健康になったという。杖《つえ》は持っているものの、二人して庭をよく歩いている。結婚が良く作用したようだ。

「僕らみたいな庶民は歩いて移動だよ」

「ひぇ」

「僕は体力があるからいいけど、普通の人は大変そう」

「じゃあ、メイドさんはいがいと、たいりょくあるんだ。あ、おしろのメイドさん、みたいな」

「気になるのはそこ？」

✦第五章✦

命の誕生

「そこ」

ブラード家にもメイドはいるのにと思ったが、ロトスは「王城のメイドさん」に夢を抱いている。シウは「怖いメイドさんもいるよ」と脅し、王城の観光を終えた。


次は喫茶ステルラだ。歓迎され、シウたちは一番良い席に案内された。

ロトスは店に入った瞬間から念話で騒いでいる。シウには理解できない言葉でいっぱいだ。楽しそうなので良い意味で興奮しているのだろう。相手をしたいが店長がわざわざ来てくれた。シウはロトスの念話を右から左に流し、店長から最近の様子を聞く。

ステルラには今も思い付いたレシピを送っていた。店側も新たなメニューを常に開発している。人気のあるメニューは残すが、飽きられないよう新メニューをどんどん取り込む手法だ。おかげで客足は途絶えない。

だからこそ、シウのレシピはもう送らなくてもいいのかと考えた。しかし、意外と定番になるレシピもあるらしい。人気が落ちたとしてもアイディアの源になるからと、これからも送ってほしいと頼まれた。

店長との話が終わった頃、ロトスも現実世界に戻った。メニューを渡すと目をキラキラさせる。あれこれ考え、やがて給仕係を呼んだ。すると、またロトスの意識が飛ぶ。どうやらメイド姿に興奮しているようだ。クラシカルな格好が好みらしい。

シウはロトスの体を揺すって正気に戻し、先に注文した。続いてロトスが、

「ぷちぷちいちごの、パンケーキ、ふわふわクリームのせ。おねがいします！」

元気よく頼む。給仕係は微笑んだ。

「はい、かしこまりました。お飲み物はいかがされますか？」

「ほっとみるくで！」

認識阻害《そがい》はかかっていても可愛らしさまでは失われない。給仕係は「あざと可愛い」姿のロトスにメロメロになったようだ。

帰り際、シウは店員たちとも話をした。ステルラは王都内に系列店を出しており、どこも成功している。王都以外ではオスカリウス辺境伯領の領都にも出しているとか。更に別の領からも打診があるという。

現在は店員の育成に力を入れているそうだ。店長も店員も毎日が忙しいと笑顔で語る。

シウが店を出る時には、忙しいのに何人もが顔を出して挨拶してくれた。新店舗に行く面々だった。ここでお別れになるかもしれないのでと挨拶する。彼等は本店で学んだ知識や経験を活かし、各店舗の店長や各職種の指導係になる。シウは「頑張って」と応援した。

「おいしかった〜。それにメイドさんのレベル、たかい」

「そうだね。あれなら他所でも繁盛するだろうね」

「うんうん。ルシエラにも出してほしいよね」

「そうなると、シュヴィが毎日入り浸りそう」

「なるね。ていうか、あのひと、びょうきになるよ。ちょっとたべすぎ」

顔を顰《しか》め、小さな体で肩を竦める。それが面白くて、シウは笑った。

「確かに気になるね。でも、聖獣だから大丈夫じゃない？　皆、スラリとして細いよ」

種族特性だとシウは思っている。

（えっ、マジ？　じゃあ、俺も太らないのかな。ムキムキはやだけど細すぎるのもやだ）

「そうだねえ。鏡を見てうっとりできるぐらいがいいのかな」

「おれ、うっとりしてないもん！」

シウは笑って、立ち止まってしまったロトスの手を引いた。

◇◆◇◆◇

木の日はコルディス湖の小屋にフェレスたちを連れていった。彼等だけで遊ばせるためだ。昨日はスタン爺さんが子守りをしてくれた。フェレスがいるとはいえ、彼もスタン爺さんに甘える。スタン爺さんは大変だったはずだ。希少獣組だけなら、フェレスが気らしく振る舞う。それに彼等が気楽に過ごせるのは広い場所だ。

念のため、遠くへは行かないようにと注意する。結界魔法も固定し、常に感覚転移の魔法で確認するつもりだ。幸い、フェレスが子分たちの面倒を見ると張り切っている。シウは後を任せた。

これからは、クロとブランカも本格的にシウの冒険者仕事に付いてくるだろう。場合に

第五章

命の誕生

よっては騎獣だけで考えて行動する場面も出てくる。これも訓練の一つだ。

心配なのはブランカだったが、最近はスラヴェナの調教で落ち着いてきている。

シウは、くれぐれも羽目を外さないようにと言い聞かせ、ロトスだけを連れて《転移》した。この日もシウはロトスと二人で行動する。


まずは市場だ。エミナにも頼まれていたが、ほとんどはいつもの買い物である。途中で仲買人のアナにも会えた。シウがかなりお世話になっている人だ。

「今年の米は期待できるわよ。種籾《たねもみ》を見せてもらった時に教えてもらったの。農家の人って研究熱心なのね。びっくりしたわ。あなたの希望通りの組み合わせも作っているけれど、もっと良いものがないかと別の掛け合わせでも作っているらしいわ。それに、あなたが出資したでしょ？　その話を聞いた周辺の農家さんたちも今年から本格的に参加してくれるそうよ」

「え、嬉しい。去年のお米も美味《おい》しかったのに、あれよりすごくなるんだ？」

「あなたが粘りがどうの甘味がどうのと注文を付けるからよ。もっちりした味なんて、わたしには分からないもの。引き受けてくれた農家さんは元から研究体質だったのでしょうけど、熱心に続けているわ。そのせいで奥様にチクッと嫌味を言われちゃった」

「うわ、それはごめんね。奥様に【お中元】を送っておこうかな」

「うん？　それは何？」

「おねぇちゃん、それ、そでのした、ってことだよ」

ロトスが会話に交ざる。最初に挨拶はしていたけれど、アナにとっては「近所の子を預かっているのかな」程度だったようだ。声を掛けられ、ロトスの存在を認識した。

「おねえちゃん……。素敵な響きだわ。最近はそんな呼ばれ方、されないもの。おばさんおばさんって声を掛けられるの。わたしよりも年上のおじさんによ」

アナはその場に屈《かが》んでロトスと目を合わせた。

「なんて良い子なのかしら。ぼく、将来は良い男になるわよ」

「えへー」

「シウが連れているとは思えないわ」

「え、それ、どういう意味――」

「女性に対してお世辞の『お』も言わない朴念仁《ぼくねんじん》よ。良い男になるのはずっと先ね」

「ええと、ごめんね？」

「ほら、そういうところよ。って、子供相手に興奮しすぎだわ。疲れてるのかな」

確かに目の下の隈《くま》が疲れを物語っている。シウは女性向けに作ったポーションをそっと渡した。以前、調子に乗って作ったポーションの残りだ。

「これは？」

「あー、ええと、袖の下？」

「やぁね。でも、もらっちゃうわ。あなたのポーションは効き目がいいもの。瓶も可愛いわね」

「効果がすごいらしいから、ここぞって時にどうぞ。素材に限りがあるから再販は無理なんだ。内緒でね」

「……なんだか怖いわね。いいわ、分かった。これは自分へのご褒美として使います」

アナは素直に受け取り、笑顔でシウたちを見送った。


市場からの帰り、ロトスが「シウは食へのこだわりが強すぎる」と指摘し「自重しない主人公は多いけど、シウも同じ」と笑う。

「もっと、おじいちゃんしてるかとおもったのに、チートいっぱいしてる」

「う、うん。まあね」

「かみさまのむちゃぶりあったし、しかたないよ」

ぽんぽんと腕を叩かれた。幼児の小さな手ではシウの肩に手が届かなかったようだ。

「あとは、ハーレムじゃないの？　かみさまにも、いわれたんだよね」

「恋愛ね。最近は言われなくなったよ」

「そうなんだ？」

「枯れてるって言われた」

（あー、なんだっけ、絶食系男子って言うの？　そういう奴いたよ〜）

「絶食系って言うの？　僕が【テレビ】で観たのは【草食系】だった」

「ひとって、かってにいうの。どっかのだれかが、てきとうに」

ロトスは言葉が出なかったのか、念話で続けた。

(ゆとりとか、勝手にレッテルを貼るんだ。ああいうの、変だって思ってた。いいじゃん、いろいろあったってさ。人それぞれだよな)

「良いこと言うね」

「へへー」

「決めつけることで安心するんだろうね。この人はこういう人だって最初に分かっていれば対策のしようがある。そうでなくても突発的な事態には慌てるもの」

たとえば、普通の人がいきなり魔獣に襲われた場合、咄嗟《とっさ》に戦うのは難しい。逃げることさえできるかどうか。しかし「これから魔獣が出てきます、弱点はここ」と最初に分かっていれば、怖くとも準備はできる。気持ちの整理もだ。

最初に形があれば人は安心する。決めつけは良くないが、安心しておきたいからレッテル貼りをするのかもしれない。

(そういや、大学の先生が言ってたなぁ。若いんだから、もっと心を自由にしろって。年を重ねると頭が凝り固まるんだってさ)

「それはそうかも。僕も前世では凝り固まってた。今もそれを引きずっているかな」

「じかくあるから、いーんじゃない?」

話しているうちにベリウス道具屋に帰り着いた。食材を置くと、すぐにまた出かける。

エミナはアシュリーを抱っこしながら店番をしていた。スタン爺さんが手伝いに入っている。アキエラが来るまでは二人態勢で頑張るようだ。時にはドミトルも表に出てくるのだろう。柔軟に働いている。


次に向かったのはドランの店オリュザだ。

「おいしー。ハンバーグさいこう！」

オリュザには子供用の高い椅子も用意されていた。家族連れが増えたようだ。店も増築しており、席数も多い。

「繁盛しているね」

「おかげさまでな。持ち帰り用に、パンに挟んだハンバーグや火鶏の唐揚げメニューも作った。席が埋まっていると、そっちを勧めてる。おかげさまでお客を逃さずに済んだよ」

冒険者からは朝の販売も頼まれているらしい。お弁当として持っていきたいようだ。残念だが、今は断っているという。そこまで体力が保たないからだ。

ただ、弟子の一人がそのうち独立する。お弁当専門の店を出したいようだ。ドランも協力したいと話す。レシピの開発相談にも乗っているとか。

ドランが何かアイディアはないかと聞くので、シウは具材入りのおにぎりを勧めた。腹持ちがいいし、手軽に食べられる。独立したらシウも行ってみると約束した。

午後は冒険者ギルドに立ち寄った。仕事を受ける気はない。あくまでもロトスに見せてあげるつもりだ。

ところがそこで、シウは顔見知りに呼ばれた。エレオーラという職員だ。シウと仲の良いクロエの後輩になる。クロエは子供を産んだばかりで時短勤務だそうだ。この日もギルドにはいなかった。

「クロエ先輩がいないので、わたしが代わりに説明しますね」

別室に入ると、シウとロトスに飲み物が出される。シウが口にする前にエレオーラが書類を手に話し始めた。

「以前の、指名手配の件です。これをご覧ください」

「えっ、ハントヴェルカー国から情報が入ったんですか？」

「たまたま大きな護衛の仕事が入り、うちに所属する冒険者が向かったんです。そこで指名手配の女の噂を聞いたようです。上級冒険者でしたし、現地に滞在している間は暇だからと調べてくれました」

指名手配の女とは、ソフィア＝オベリオのことだ。数年前に悪魔と契約し、争いを起こした。その時点ではまだ「我《わ》が儘《まま》な少女がやり過ぎただけ」という認識だった。しかし、取り調べで諸々が判明し、反省の色も見えないとして厳格な修道院に護送が決まった。その道中に彼女は逃げた。兵士が犠牲となっている。ソフィアは一級犯罪者となった。

シウに情報が伝えられるのは「被害者」の一人だからだ。当時、何度も彼女に「フェレスを寄越せ」と絡まれた。ソフィアが捕まったのもフェレス関連だった。そのため、ギルドや国は「一番逆恨みされているのはシウだろう」と考えている。

「指名手配の女はウルティムス国を経由して南下し、ハントヴェルカー国へ入ったようです。密入国ですから即刻手配されました」

「ハントヴェルカー国は、入るのに厳しい審査が必要でしたよね？」

ドワーフ族と人族が大半を占める小国だ。技術者の国とも呼ばれ、情報流出に厳しい。出入り自体に税金はほとんど掛からないが、審査は大変だと聞いた。冒険者同士の噂と、本による知識だ。今もそうかどうかは分からない。シウの問いかけに、エレオーラは頷いた。

「また厳しくなるでしょうね。ハントヴェルカー国から正式な抗議文書が届くかもしれません。そう、報告にもありました。こちらも困っているのですけど、女がここの出身ですものね。仕方ありません。あ、女はもう出国しているようです」

「そうなんだ」

「手配書の絵が精密だったので分かったそうです。ダメ元で各国のギルドに送っていて良かったですね」

足取りは分かったものの、その代わり抗議は受けるというわけだ。

確かに、囚人を取り逃がしたのはシュタイバーン国だ。抗議されても仕方ない。

「こちらに戻ってこられるルートは少ないですし、そんな話もありませんけれど、どうか気を付けてくださいね。あなたを逆恨みしているでしょうから。こちらも精密画《せいみつが》を増やします。女が行きそうな国を中心に送る予定です」

当初の事件から考えると大事になっている。逃げなければもっと些細《ささい》な罰で済んだだろうに。そもそも、ソフィアが欲をかかなければ普通の少女として過ごせた。

「ねぇ、その絵、見せて」

黙って話を聞いていたロトスが、身を乗り出す。

「あら、手配書なんて見たい？　んー、これなら、女の子の顔だから怖くないかしら。いいわよ、はい、どうぞ」

書類入れから似顔絵の描かれた紙をスッと取り出す。エレオーラは笑顔でロトスに渡すと、話を再開した。シウがいつもロワルや周辺の情報を仕入れるからだ。

「——と、こんなところかしら。情報料は今回も不要よ。クロエ先輩に言われているの。わたしは仕事に戻るわね。飲み終わるまでゆっくりしていって。あ、その手配書は持っていていいわよ」

部屋を出て行くエレオーラを見送り、シウはロトスに「ごめんね、遅くなった」と声を掛けた。しかし動きがない。見下ろすと、ロトスは固まっている。彼は手配書に描かれたソフィアの絵に見入っていた。

「どうしたの、ロトス？」

「……シウ、これ、わるいことしたっていみだよね？　てはいしょって、いってた」

ロトスはまだ難しいロワイエ語が読めない。読める部分だけを繋ぎ合わせたのだろう。それにシウとエレオーラの会話を聞いていた。何故か不安そうな顔で、ロトスはシウを見つめている。

「そうだよ、彼女は指名手配犯だ」

「ソフィア＝オベリオ、ちゃいろのかみで、うすいあおのめ、おんなのこ」

シウは目を丸くした。

「もしかして、彼女を知っているの？」

「うん」

（この子が、俺が卵石から孵《かえ》った時に一緒にいた子だ）

どこか怯《おび》えたような瞳で、ロトスはシウを見上げた。

第六章

憂いを祓う

The Wizard and His Delightful Friends

Chapter VI

ロトスの入っていた卵石《たまごいし》を孵《かえ》したのはソフィアだった。

シウにとっては因縁の相手だ。彼女は最初、フェレスを奪おうとした。その後、悪魔憑《あくまつ》きだと判明して大問題になった。聴取の結果、彼女が自ら進んで受け入れたことも分かった。結局、更生は難しいということで厳しい修道院に護送された。そのはずだった。

ソフィアは家族の手配した者らに助けられ、脱走した。兵士に被害が出たため捕縛隊も結成されたが、彼女たちは一度も捕まらないままだ。

そんなソフィアと、ロトスが知り合っていた。

シウはショックを受けて落ち込むロトスを、すぐさま離れ家に連れ帰った。黙り込み、顔色の悪いロトスが心配になる。シウはどう慰《なぐさ》めたらいいのか悩みながら、口を開いた。

「もしかして、ソフィアが好きだったとか？」

「ちがう。そうじゃなくて、なんかひどいっておもった」

もどかしげに頭を振る。

（こういう偶然って神様の仕業？　分かんないけど、これはないよ）

念話で続けるロトスに、シウは「どういうこと？」と問いかけた。

（だって、俺、シウのことを恨んでるかもしれない女の子に育てられたんだ）

だからどうしたのだろうと、首を捻《ひね》る。確かに嫌な巡り合わせだったろう。しかし、過去の話だ。ロトスもあの頃のことは忘れたと話していた。もしや、絵を見たことで思い出し、トラウマとして蘇《よみがえ》ったのだろうか。シウは慌ててロトスの背に手を置いた。

+第六章+

憂いを祓う

「辛いことを思い出したのなら――」

(もう、鈍感すぎ！　そうじゃないよ。つまり、なんていうか、俺の立場としては微妙なんだよ)

ロトスが困ったような顔で笑う。あーあ、と大きな溜息《ためいき》だ。

(あの子、悪魔憑きだったんだよね？　だったらさ、もしかしたら俺、洗脳されてるかもしれないじゃん。刷り込みとかされてたらどうするの？　また会うかもしんない。だって、偶然がすごくない？　その時にもし、シウに何かしろって言われたら！)

――そんなん嫌だ。

言葉にならない強い思いがシウの心に届く。驚いて、一瞬動きを止めたシウは急いでロトスを抱き締めた。間違えない。鈍感なシウにもこれぐらいは分かる。

「絶対に大丈夫だから！　ロトスは洗脳されてない。もし万が一そうだったとしても問題なんてない。刷り込みは、ちょっと分からない。けど、会わなければいいだけだ。それにたとえ何かされたとしても、ロトスが悪いだなんて思わない。嫌いにもならない。ロトスが気にすることはないんだ」

「……うんっ」

腕の中で、温かい小さな体が震える。そのうちに服が濡《ぬ》れるのを感じた。リュカもこうして自分の胸で泣いていたと、思い出す。

シウは子供が泣くのは見たくなかった。よしよしと頭を撫《な》でると、ロトスは泣き止むどころか声を上げて更に泣き出した。

彼だってまだ子供で、たくさんの辛い思いを抱えていたのだ。そんなことにも気付かず、シウは彼の明るさにホッとしていた。元気で良いと呑気《のんき》に考え、明るさの裏にある苦しみを見抜けなかった。本当に鈍感な自分が情けない。シウは猛省しながら、ロトスが泣けるだけ泣けばいいとただ黙って抱き締め続けた。


このことは、シウの胸の中だけに収められない。まずは人生の先輩であるスタン爺《じい》さんに事情を話した。すると、やはりキリクにも話した方がいいと勧められた。シウもそう思う。キリクにも簡単にロトスの事情は話していた。それに彼ならツテもある。ロトスが洗脳されていないかどうか調べられるだろう。

シウはすぐさまキリクに連絡を入れた。幸《さいわ》い、王都に来る用事があるという。急用なら明日にでも転移を使おう、とまで言ってくれた。領主として忙しい立場なのは分かっているが、シウはアポを取らせてもらった。

その夜は皆で仲良く並んで寝た。なかなか眠れずにモゾモゾしていたロトスも、やがてすうすうと眠りに就く。シウとフェレスが挟んで温々《ぬくぬく》にしたからだ。

シウはロトスが寝るまでの間、頭や体を撫で続けた。フェレスも何かを察したのだろう、尻尾《しっぽ》で包んだ。ただ、フェレスは寝付きが良い。ロトスより先に寝てしまった。それでも優しさの塊であるフェレスの尻尾は、ずっとロトスを守り続けた。

第六章

憂いを祓う

翌日、シウは馬車を呼んでフェレスたちと一緒にオスカリウス家へ向かった。珍しく馬車で行ったため、門兵には驚かれた。オスカリウス家の使用人らにも、

「あれ、シウ様ですか！」

と言われる始末だ。ただ、家令のリベルトはシウが子供を抱えて降りたことで、何かあると悟った。

「おはようございます。申し訳ないですが、この子たちを――」

「分かりましてございます」

シウに最後まで言わせず、リベルトはフェレスたちに視線を向けた。

「獣舎に参りましょうね。遊び相手がたくさんいますよ」

微笑《ほほえ》んだあと、家僕《かぼく》に指示を出す。フェレスたちが自由に遊べるようにと調教師への伝言も頼んでくれた。

フェレスはオスカリウス家の騎獣《きじゅう》たちとは何度も遊んだ経験がある。屋敷にも来ているため慣れた様子で家僕に付いていった。しかし、言い聞かせていたはずのブランカが何度も振り返る。「また今日も一緒じゃないの」と視線で不満を表す。そんなブランカを上手《うま》く誘導したのはフェレスだ。彼はブランカのところまで戻ってくると「りゅうがいるよ、いっぱいあそべるよ！」と気を引いた。クロも「たのしそう」とフォローだ。ブランカは途端に「あそぶ！」と走り出した。

こんな時、いつものロトスなら「ごめんね」と声を掛けただろう。思えば彼は気遣いばかりする子供だった。

今のロトスはシウに抱っこされたままだ。すっかりおとなしい。もっとも、半分ぐらいは昨日の自分に身悶《みもだ》えているようだ。本人の念話がダダ漏れなので分かったが「恥ずかしい」らしい。朝ものたうち回っていた。残りの半分は、暴れすぎてボーッとしているのだろう。シウは聞こえなかったフリで、何も言わずに抱っこしている。

キリクの執務室に案内してくれたのは従者のナフだ。彼は移動中、シウに「代わりましょうか」と聞いた。幼児とはいえ、シウの体格でロトスを抱き上げたまま歩くのは大変だと思ったのだろう。しかし首を振る。ナフはそれだけで「シウが大事な話で来た」と悟った。

「メイド長には遠慮しておくよう、申し伝えます」

「ありがとう」

メイド長はナフの母親だ。貴族家で働く者としては珍しく、豪快なタイプである。彼女はとても良い人だが、お喋《しゃべ》りが大好きだ。深刻な話の時には少々困る。ナフもそれが分かっているから口にした。部屋に入ると、ナフはそこで立ち去った。

中にはキリク以外に、軍師兼補佐官のイェルドと第一秘書官のシリルがいた。護衛でもあり諜報《ちょうほう》を担当しているサラもだ。

第六章

憂いを祓う

「お待たせしてすみません」

「いや、気にするな」

キリクが気楽な様子で手を振る。そして、彼を含めた全員がロトスに視線を向けた。それが分かったのだろう、ロトスの体がピクリと動く。

「大丈夫？」

「うん」

もぞもぞ動くのは降りたいという意味だ。シウはその場にロトスを降ろした。彼は四人をチラリと見て、シウを振り返った。瞳が不安そうだ。シウは笑って頷《うなず》いた。

大丈夫。彼等は信用に足る人物だ。

昨日のことがなければ、ロトスはきっと何の心配もなく、ここに立っていただろう。緊張はしても、ここまで不安そうな顔はしなかったに違いない。シウはそっとロトスの肩を抱き、引き寄せた。ぽんぽんと背中を叩《たた》く。

「ありがと、えっと、だいじょぶ」

「うん。じゃあ、ご挨拶しようか」

「わかった」

四人の方へ向き直ると、ロトスは自分の手で首輪を外し、ぺこりと頭を下げた。

「ロトスです。はじめまして」

その瞬間、ロトスに四人のファンが増えた。

確かに以前、ロトスは自分の容姿を最大限に活《い》かすと話していたが、不安な中でもやれてしまうのがすごいところだ。シウは感心した。

彼は愛くるしい幼児姿と辿々《たどたど》しい喋り方で、自分が生まれてきた時の話を始めた。喋り方が拙《つたな》いのは演技ではない。上手く喋れないのはロワイエ語をインプットされても彼にはまだそこまでの知識がないからだし、幼児であれば体も発達していない。あくまでも「小さな聖獣」としての魅力を活かしているだけだ。

そうすることで味方になってもらいたい、守ってもらいたいと無意識下で願っている。

サラはロトスの来《こ》し方《かた》を聞いて大泣きし、ハンカチで涙を拭った。シリルは耐えていたが、イェルドは目が潤んでいる。

キリクは感情の起伏を見せなかった。ただ、真剣に話を聞いている。

ロトスが聖獣の王であるシュヴィークザームと面会したところまで話すと、シウは一旦休憩を入れた。喉が渇いただろうからだ。それだけ話が長かった。

お茶はサラが淹《い》れてくれた。その間に、シウは昨日の出来事を説明した。冒険者ギルドでの話はもちろん、ロトスがショックを受けた件についてもだ。

「――つまり、ソフィア＝オベリオが、ゴロツキどもと一緒にいた女ってわけか」

「そうらしい。手配書の絵姿を見てショックを受けたんだ。だから、今日は抱っこで連れてきた。普段はもうちょっと元気なんだよ。ね？」

「うん」

それから、ロトスの心配についても急いで付け加えた。

「ロトスが、刷り込みがあったらどうしようと心配しているんだ。彼女が悪魔憑きだったなら、ロトスも洗脳されているかもしれないと不安になってる」

「ああ、いや、それはないと思うが。……ちょっと聞いておきたい。その女に愛情のようなものは感じていないのか？　まあ、大事にされていた様子はないから、大丈夫か」

「そんな感情はないって。毎日怯《おび》えていたみたいだし。だよね、ロトス」

「うん。こわかった」

「ちっ。ひもじい思いもしていたんだろう？　最低だな、あの女」

「キリク様、お言葉が」

「あの女はあの女だ。ろくなことしねぇ。ったく。……だが、ロトスよ。お前はよく頑張ったな」

「あ、えと、その」

モジモジするロトスに、キリクがニヤリと笑う。

「聖獣だろうがなんだろうが子供のうちは子供をしてろ。存分に甘えたらいい。お前を助けたシウはな、この俺が最も頼りにしている男だ。どれだけ甘えようと倒れやしない。気にするな。だが、お前には俺たちもいるってことを覚えといてくれよ」

キリクの頼もしい言葉にロトスは感動したのだろう。目を輝かせる姿は子供がヒーローに会った時のようだ。

「俺に任せろ。お前をウルティムスになんぞ、絶対に引き渡すことはない。この魔眼《まがん》に誓おう」

左目の眼帯を指差して笑う。こういう言い方をすれば子供が喜ぶと思ったらしい。

残念ながら、ロトスはキリクが思うほど子供ではなかった。精神は大人に近い。

（えぇぇ。この人、本物の中二病……？）

念話が少し引き攣《ひつ》って聞こえる。シウは「ロトス？」と小声で注意した。ぽかんとしていたロトスが我に返った。

「あ、えっと、はい！　よろしく、おねがいします！」

慌てて頭を下げる様子にはほんの少し「あざと可愛《かわい》さ」が見えた。キリクは無言で頷き、他の面々はにこやかに微笑む。どうやら誰もロトスの演技に気付かなかったようだ。

それがバレたとしてもキリクは狭量ではない。子供が自分を守るために必死で演技したのだろうと考える余裕がある。ただ、そんな彼等でさえも、聖獣に対して世間一般と同じようなイメージが植え付けられているようだ。儚《はかな》く尊い存在だと思っている。

本当は聖獣にも俗《ぞく》な部分もあると知っているシウは、無言で眺《なが》めた。

第六章

憂いを祓う

◇◆◇◆◇

お茶をお代わりしたタイミングで、シウは魔眼についてキリクに聞いた。ロトスも気になってチラチラと眼帯を見ていたからだ。

「キリクの魔眼はユニーク魔法だよね。固有になるの？」

「そうだ。俺の場合、真実の姿を見抜く能力が高い。遠見魔法にも匹敵するが、見えすぎて疲れちまう。だから普段は眼帯をすることで休ませているんだ。ただなぁ、眼帯があってもエルフの偽装ぐらいなら見抜けるんだよ」

「あれ、じゃあ、さっきのロトスも見えてたの？」

偽装魔法を首輪に付与していたが効いていなかったのだ。シウが心持ち肩を落とすと、キリクは「いや」と否定した。

「あれはちょっと巧妙だった。霞《かす》んで見えたんだ。まるで仕事漬けにされた時の目の霞みのようだった。かなり高価な魔道具を付けてやったんだな」

そこそこ通じていたと分かって、シウは少し安堵《あんど》した。

「あー、えーと、そんな感じかな？」

「なんだそりゃ。まあいいか。で、俺の魔眼は他にも使《つか》い途《みち》がある。元々動体視力が高くてな。発動させりゃ、全てがゆっくりに見えるのさ」

「それはすごいね」

「ああ。これのおかげで剣筋も見える。魔獣との戦いでも遅れを取ったことがない」

ただ、最近は見えすぎるせいで眼帯をしたままらしい。よほどの強敵が相手なら外す。周りもそれが分かっているから、眼帯が取れたら更に気を引き締めるようだ。

「俺は幼い頃、魔力過多症にかかっててな。高熱が出て死線を彷徨《さまよ》った。ようよう乗り越えた時にはもう、こんな風になっちまってたんだ」

「後天的に備わった魔法だったんだね」

「珍しいだろう？　だが、こうしたユニーク魔法ってのは大抵高熱の後に出るもんらしい。俺を診察した医者がそんなことを言ってたよ」

魔力過多症でなくとも、高熱の後に後天的な魔法が備わる場合もあるという。ただし、ほとんどは使えない。元々の魔力が多くないからだ。一度の発動で昏倒《こんとう》してしまう。

「他には、魔素《まそ》の流れが見えるな。けどなぁ、これも本当に疲れるから普段は見ないように意識してるんだ。使うのは魔獣が出た時だけだな」

「便利だけどデメリットもあるってことか」

キリクが「そうだな」と答え、紅茶を飲み干した。カップを置いて、皆の顔を見る。雑談が終わりの合図だ。

「さて、今後についてだ。もしも洗脳されていた場合の、対策だな」

「うん。そこを一番に心配している。早くロトスを安心させてあげたいんだ。一応ね、僕

◆第六章◆

憂いを祓う

の鑑定魔法では大丈夫そうだと分かっているんだけど」

「そういや、鑑定持ちだったか。お前、あれこれ持ってんなぁ」

「あー。まあ、そんな感じです」

「何だ、その返事。安心しろ。お前が滅茶苦茶《めちゃくちゃ》なのは分かってる。もう驚かないさ」

「あ、ほんと？　良かった」

シウもキリクにあれこれと誤魔化《ごまか》すのが面倒になっていた。それに「最も頼りにしている」と聞いてしまった。シウこそ、キリクを頼りとしている。もう身内のようなものだ。ヴァスタが祖父であればキリクは父だろうか。信頼があるからこそ相談にも来た。

とはいえ、改めて自分自身について語る機会がない。

今も、サラが話を戻した。

「ねぇ、だったら、早く調べましょうよ。こんな小さな子が震えるほど辛いだなんて、心が潰されそうだわ」

「そうだな。となると、聖別魔法持ちか」

「ルワイエット子爵に頼みましょう」

シリルがすぐさま名前を上げる。ルワイエット子爵とは、オリヴィアのことだ。キリクの幼馴染《おさななじ》みで、二人が気安い関係だったのを覚えている。シウはソフィアの件で彼女と顔を合わせた。

最初にソフィアが悪魔憑きだと見抜いたのはキリクだ。魔眼による。彼女はすぐさま捕縛され、厳しく取り調べられた。一般人が悪魔に魅入られるのとは訳が違う。ソフィアは魔法学校の生徒だった。魔法使いが悪魔に自ら心を売るという行為は、国に糾弾されるほどの大事だ。

裁判の後に、ソフィアは悪魔払いを受けた。魅入られた人間を元に戻すには聖別魔法を使う。空間魔法と同じぐらいの稀少《きしょう》な固有魔法だ。スキル持ちの多くが神殿か国に仕える。

オリヴィアは第一級宮廷魔術師として国に仕える女傑だ。彼女がソフィアに掛けられた強い精神干渉を解放した。

「やっぱり、オリヴィアか……」

「キリク、あの人が嫌いなの？」

「嫌い、というわけじゃない。ただなぁ、最近、嫌味に磨きがかかってるんだよ」

「拗《す》ねておられるのでは？」

「あいつが？　何に対してだよ」

口を開き掛けたシリルに、サラが強い視線を送る。

「シリル様、勝手な推測は失礼ですわよ」

「おっと、そうですね。失敬しました」

キリクはもちろん、シウも首を傾《かし》げる。しかし、この話はなかったこととして、無視された。

「では、ルワイエット子爵にお願いいたしましょう。先触れを出し、本日中にわたしが参

✦第六章✦

憂いを祓う

ります」

「お前がか？」

「事の重大さを分かっていただけるでしょう」

「シリル殿、彼女は裏切らないでしょうか？」

イェルドもオリヴィアとは知った仲だ。わざわざここで確認したのは、シウやロトスのためだろう。彼の問いに答えたのはキリクだった。

「あいつはあれで優秀だ。優先順位を履き違えることもない。そのへんのバカとも違う。脅されたって口を割るような女じゃない」

シウはそっとロトスの耳を塞いだ。突然の怖い言葉に慌てたが、ロトスは聞こえていなかったようだ。「なに？」と見上げる。シウは笑顔で首を横に振った。

話は一旦ここで終わった。今後のスケジュールについては、シウやロトスよりもキリクたちの方が断然忙しいのだから、彼等に合わせると決まった。

シウはフェレスたちを迎えに行こうと席を立った。ところが、

「どうせなら遊んでいけよ。ゆっくりすればいい」

と、キリクが勧める。サラもまだロトスと過ごしていたいらしい。ロトスもそれでいいと言うから、シウは滞在を決めた。

とはいえ、フェレスたちが心配だ。サラも一緒に獣舎へ向かった。

ところが姿が見えない。騎獣専用の獣舎はもちろん馬房にもだ。《全方位探索》で方角は分かっている。シウが先頭に立って進むと、竜舎の向こうにある発着場で発見した。

フェレスの言った通り、彼等は本当に飛竜《ひりゅう》に遊んでもらっていたようだ。ルーナとソールの姿も見える。

フェレスは誰より早く、近付くシウたちに気付いた。駆け寄ってこないのはクロやブランカと遊んでいたからだ。ところがブランカは、シウに気付くや一目散に走ってくる。ウキウキした様子で、一瞬だけ体がふわりと浮いた。そろそろ飛べそうだ。

「ぎゃぅ～」

彼女は「シウだー」と喜んでいるわけだが、成獣の大きさで駆け寄る姿はサラに不安を覚えさせたようだ。ギョッとして立ち止まるのが分かった。幸い、ブランカはちゃんと立ち止まれた。急ブレーキではあったが。

「し、心臓に悪い子ね、この子」

「ごめんなさい、サラさん。調教中なんですけど、なかなか進んでいなくて」

「うちの騎獣隊でも調教は大変だと話していたわ。フェレスはしっかりしているもの、賢かったのねぇ」

いや、どうだろう。シウは首を傾げた。フェレスの調教にも手を焼いた覚えがある。

「僕が甘やかすからかな……」

（まあまあ。最初から子供を育てるプロになれる人はいないってさ。親も子供ができてか

ら初めて親という仕事の一年生になる。と、テレビで言ってた）

慰めてくれたらしい。シウは「ありがとう」と答え、ロトスの頭を撫でた。

その横で、サラが苦笑する。

「あなたは子供を甘やかしそうね。でも、いいんじゃない？　あなたが甘やかして、厳しくするのは調教師がやればいいのよ。キリク様なんて、ルーナにどれだけ甘かったことか。調教師に何度、抗議されたかしれないわ」

懐《なつ》かしそうに言う。抗議されたというのに楽しい記憶のようだ。ルーナが生まれた頃はオスカリウス領が特に大変な時期だったと聞く。そんな中での良い思い出なのだろう。


発着場のある広場に着くと、ルーナが挨拶してくれた。

「ギャギャ、ギャッギャギャギャギャギャギャギャッ」

「ありがと。助かったよ」

ルーナの言葉が分かる調教師らが横で苦笑する。ロトスがシウの腕を引っ張った。

「ねえ、ルーナはなんといったの？」

「遊ぶのが大変だったみたい。でも、生まれてくる我が子も同じだろうから我慢した、という感じかな」

ロトスは「へぇぇ」と声を上げた。背後に立ったサラが、笑い出す。

「分かるわぁ。子供って理不尽で破茶目茶で、でも可愛いのよ」

サラには娘がいる。レベッカという名で、キリクの第三秘書だ。彼女の子供時代を思い出したのだろう。

「男の子はやんちゃになるのかしら」

サラはロトスを見て、首を振った。

「彼の場合は違うのでしょうね。品格があるもの。こんなに幼いのに礼儀正しいわ」

サラの視線がブランカに向かう。ブランカはフェレスと合流したあと、ルーナに突進した。相手が飛竜かどうかは関係ない。フェレスより無謀だ。

「もうすぐ成獣になるのよねぇ。男の子は元気だわ」

「ブランカは女の子なんです」

「まあ、そうなの……」

言葉に詰まるサラより、シウはもぞもぞしているロトスが気になった。

必死で笑いが顔に出ないよう取《と》り繕《つくろ》っている。しかし、心の声はダダ漏れだ。

（ひ・ん・か・く。えっ、マジで。俺、前世は庶民《しょみん》だぞ。そこらへんの大学生。すごくない？　主演男優賞もらっていいレベル。しかも、ブランカ、間違えられてる～）

楽しそうだった。落ち込んでいた彼を思うと良かったのだが、シウとしてはもう少し抑えてほしい。念話と共に彼の感情もそのまま飛んでくるのだ。

シウはロトスの頭をコツンとやった。それから小声で告げる。

「念話で大笑いするの禁止」

「はぁい」

やり取りは聞こえていなかっただろうサラが、ロトスを見て身悶える。彼が「小さな手で頭を押さえてゴメンナサイをする」演技に、騙《だま》されたようだ。シウに「あまり厳しくするのはどうかしら」とまで言い出す。シウは半眼になって「教育的指導です」と答えた。

これが聞こえた調教師が、何度も頷く。互いに通じるものがあり、その後しばらく子供の教育や飛竜の調教について語り合った。

◇◆◇◆◇

オスカリウス家は早朝からざわめいていた。オリヴィアが急遽《きゅうきょ》来てくれることになったからだ。使用人たちが走り回っている。

シウの下宿先であるブラード家も裏側では忙しなかったが、それは人数が足りないせいだと思っていた。どうやら貴族家とはどこも同じらしい。

「おれたちも、ようい、する？」

「着替えたらいいだけじゃないかな。服は持ってきているし、メイドさんたちが着せてくれるよ。全部やってくれるから気楽にね」

「メイドさんが、きせてくれるんだ～」

（泊まって正解だったな、シウ！）

屋敷にはシウの部屋がある。ラトリシアに留学したというのにまだ残してくれていた。しかも、従者用の小部屋が騎獣用に改装されている。フェレスだけならベッドの下に絨《じゅう》毯《たん》を敷いて寝かせればいいが、ブランカもいるとなれば専用の部屋がいると考えたのだろう。他にもクロのための止まり木まで用意されていた。

更に、シウたちが遊んでいた間に模《も》様《よう》替《が》えもあったようだ。余っていた小さな執務室に小さなベッドが入っていた。子供用のベッドだ。使用人たちはロトスが聖獣だとは知らない。だから「小さな子」のための部屋を作った。

「ロトスが一年で大きくなるとは言えないもんね」

「だよねー」

せっかくのベッドや家具だが、今回しか使わない可能性もある。しかも全てが高価な品だ。ロトスは子《こ》供《ど》部《も》屋《べや》に入らなかった。シウと同じで庶民感覚が抜けないようだ。結局、ロトスはシウのベッドで寝た。フェレスたちは騎獣用の部屋がとても気に入ったようだ。

昨夜の話をしながら朝食を済ませ、シウたちが一息ついた頃合いにメイドたちがやってきた。サラとレベッカまで入ってくる。

ロトスは認識阻《そ》害《がい》の首輪を着けているから本来の姿は誰にも分からない。しかし、レベッカは何か聞かされたのか、まるで王子様にするような態度で接している。

メイドたちはいつも通りの慇《いん》懃《ぎん》さだ。シウにも顔《かお》馴《な》染《じ》みのメイドがついた。彼女たちは

第六章

憂いを祓う

シウが用意した服に難色を示した。ラトリシア国で仕立てた「どの国の貴族家に招かれても大丈夫な服」は、どうにもラトリシア色が見えるらしい。

仕方なく、部屋のクローゼットに並べられた「シウ用の服」から選んでくれた。ここにある服の大半は、知り合いの貴族家からのお下がりだ。キリクのお古を今風にリメイクした服もあるというが数は少ない。身長に合わせた横幅が違いすぎて直しが難しいそうだ。

ロトスの分も合いそうになく、古いデザインのまま着せるぐらいならと、シウが持参した既製品を上手く使ってくれた。

「まあ、丁寧な縫製《ほうせい》ですこと」

「ほとんど既製服なんですよ。直しを頼んだらとても丁寧にやってくれました。このあたりは仕立てた分ですね」

ロトスの服を購入したサイラスの店に通ううち、シウは店員らと親しくなった。無茶ぶりにも応じてくれるし、子供服専門の仕立屋も紹介してもらえた。

「素敵な意匠ですわ。既製服の方も言われなければ分かりませんもの」

「はいはい、その話はあとよ。シウ様のご用意ができないじゃないの」

「申し訳ありません。では、わたしたちはロトス坊ちゃまのお着替えをさせていただきますね」

ロトスはされるがままだ。下着姿で、どの服が合うだろうかと何度も体に当てられている。部屋は寒くないどころか暑いぐらいだ。メイドたちの熱気で更に温度が上がる。そんな中で髪を梳《くしけず》られ、手や足のマッサージに爪の手入れが始まった。

ロトスにとっては憧れのメイドだ。だというのに、段々と視点が定まらなくなる。

残念ながらシウには止められない。シウ自身も人形になるしかないからだ。

最初は喜んでいたのに、ロトスは着替えが終わる頃にはぐったりしていた。彼だけではない。シウもだ。

「シウの、きせかえごっこ、やばいとおもってた。ほんもの、もっとやばかった！」

なんでなのと、頭に手をやりかける。オイルで撫で付けられた髪型が気になるようだ。

シウはやんわりと小さな手を止めた。

「女の人は綺麗《きれい》なものが好きなんだろうね。美的センスもあるから、よりよくしたいんだよ。特にロトスは素材が良いから、楽しかったんじゃないのかな」

「シウのめも、しんでた」

「無我の境地だね」

「むがー」

がおー、と子供らしい身振り手振りで獣のフリをする。メイドたちは仕事を終えると風のごとく去っていった。シウたちは呼び出しがあるまで待っていればいい。皺《しわ》にならないよう、ソファに浅く座っている。ロトスは立っていたけれど、しおしおと崩れ落ちた。彼のジョークにどう返せばいいのか分からず、シウが無反応だったからだ。

「すべった。はずかしぃぃ。おじいちゃんは、つっこみもおそいんだった」

第六章

憂いを祓う

シウは声を上げずに笑った。

そうこうするうちに、ナフが呼びにきた。赴いたのは貴族を迎えるための応接室だ。

シウにとっては久しぶりに会うオリヴィアが、応接室で静かに待っていた。彼女は以前と変わらず、清廉な気配を漂わせている。髪を綺麗に編み込み、くるりと纏《まと》めているのも変わらない。貴族の女性は髪を整えるものだが、全部を引っ詰める髪型は珍しかった。多くは長さが分かるように一部を下ろしている。

編み込んで纏める髪型は、昔の聖女が好んだという。古代の女性神官にも多い。聖別魔法を持つオリヴィアだ。もしかしたら、あえて真似《まね》ているのかもしれない。

「今日はお忙しい中ありがとうございます。シウ＝アクィラです」

「オリヴィア＝ルワイエット子爵よ。また会えて嬉《うれ》しいわ。覚えていて？」

「もちろんです」

本当ならここで「お美しいので当然です」ぐらいは言えなければならない。ただ、シウはどうしても気恥ずかしくて口にできなかった。しかも、キリクまで気安い様子で挨拶を遮った。

「そりゃ、覚えているさ。王宮に呼びつけられて散々な目に遭わされたもんな？」

シウだけでなく、オリヴィアも半眼になる。シウは咳払《せきばら》いした。

「オリヴィア様のおかげで呼び出しが一度で済みました。その節は本当にお世話になりました。聖水も分けていただいたので、後日、薬を作る際にとても助かりました」

改めて礼を述べると、オリヴィアはキリクを無視してシウに微笑みを向けた。

「お気になさらないで。わたくしの仕事ですもの。それより、聖水を薬に使うだなんて、とても高度な薬師の仕事よ。シーカーでも優秀だと聞いておりますけれど、偉いわ」

「いえ。僕は自分の未熟さを思い知りました。知識をどれだけ得ようとも、大事な人の心に寄り添えなければ意味がありません。一人では何もできないと分かりました。今回、オリヴィア様のお手を煩わせることになりましたが、来ていただけて安堵もしています。本当にありがとうございます。この子に成り代わりお礼申し上げます」

深く頭を下げると、オリヴィアはサッとシウの手を取った。

「心根の優しい子だこと。どこかの朴念仁《ぼくねんじん》とは違いますわね」

そう言うと、シウの背後に隠れていたロトスに目を向けた。柔らかい視線だ。

「最初にお話を伺った時には、キリク様がわたくしをおからかいになられているのではないかと思ったものです」

キリクが「おい」と口を挟む。しかし、オリヴィアはまたも彼を無視した。

「事情は分かりました。シリル様からも詳細は伺ってましてよ。シウ殿、それにロトス様、わたくしにお任せください。全力を尽くさせていただきます」

膝を折り、オリヴィアはロトスと目を合わせた。

「大丈夫でございますよ。あなた様の悪いようにはなりません。このオリヴィアが全力で

第六章
憂いを祓う

お守りいたします。どうか、わたくしを信じ、身を任せてくださいませ」

「うん。あの……」

ロトスはモジモジしながら、オリヴィアに手を出した。演技ではない。

「よろしく、おねがいします」

本心だ。それはシウだけでなく、オリヴィアにも分かった。彼女は目を潤ませながらも、ハッキリと決意を込めてロトスの手を取った。

「わたくしを、信じてくださってありがとうございます」

もう片方の手で、優しくロトスの手を撫でる。その姿は聖女のようだった。


万が一を考え、場所を移動する。悪魔憑きを祓《はら》う場合、失敗すると術が返ってきたり魔法同士が反発したりと、異常事態が起こるらしい。過去には爆発もあったそうだ。場所はどこでもいいというわけにいかない。貴族家ならば、大なり小なり礼拝室は備えている。今回はそこを使う。

聖別魔法は特殊だ。高位神官や聖女も使える魔法スキルで、神への信仰心がなければ持てないとも言われている。そのため、神殿や礼拝室で使用した方が成功率は高い。

オスカリウス家の礼拝室は家格や規模からすれば小さいという。幸い、使用に問題はないとオリヴィアが太鼓判を押した。本来なら、準備は彼女付きの神官や秘書がするものだ。今回は内密で動いており、別室で待機させていた。秘密が漏れないよう万全の態勢だ。

オリヴィアは手伝いにシウを選んだ。流れを説明し、指示を出しながら自分でも準備する。シウは部屋全体を囲うよう、渡された聖水を撒《ま》いた。更に二重に撒いていく。

手伝うシウと魔法を使うオリヴィア、そしてロトスのみが中央に立つ。残りの面々は一重目と二重目の聖水の間に立った。等間隔だ。これも重要らしい。対象者を守りたい、助かってほしいと願う者を配置する。

オリヴィアが祭壇《さいだん》前で膝を折った。神に祈りを捧《ささ》げ、聖水を掛ける。振り返った時の彼女は厳かな表情だった。オリヴィアは静かにロトスへ語りかけた。

「本来の姿、あなた様の素直たる状態にお戻りください」

「う、うん」

ギュッと目を瞑《つむ》り、転変する。ふわっとした紗《しゃ》が彼を一瞬囲んだ。晴れた時には子狐《こぎつね》姿《すがた》のロトスが所在なげに座り込んでいるのが見えた。

皆、ロトスの聖獣姿を見るのは初めてだ。息をのむ。サラが何か言いかけたようだが慌てて口を噤《つぐ》んだ。可愛いとでも言おうとしたのだろう。

「痛くも怖くもありません。どうか、お気を楽に。寝転んでいらしても結構ですよ」

「きゃん……」

一瞬、オリヴィアが微笑んだが、すぐに表情を改めた。真剣な顔だ。彼女は聖水に魔力を込め始めた。すごい集中力だった。魔素の流れる様子を「視《み》」ていたシウは圧倒された。オリヴィアの魔力も人族としては多いが、怖くなるぐらいどんどんと流し込んでいく。

✦第六章✦

憂いを祓う

やがて、半分を使ったところで魔素の流れが止まった。額《ひたい》に大粒の汗を乗せながら、オリヴィアが聖水をロトスにそっと掛けた。

優しく微笑みながら、ロトスの前に跪《ひざまず》くような格好で詠唱《えいしょう》する。

長いようで短い詠唱だった。聖水で描いた魔法陣に、オリヴィアのエネルギーそのものが流れたように感じた。それらが中央に座るロトスへと集まる。集まったと同時に、ふわっと霧散した。漂っていた魔素も消えていく。自然へと還《かえ》ったのだろう。

ロトスは本当に痛みも怖さも、何も感じなかったようだ。片目を開けて「まだかな？」と不安そうにしている。

大丈夫。もう終わった。シウは笑顔でロトスを見た。オリヴィアもだ。力の抜けた、それでいてやり遂げたという達成感に溢《あふ》れた、素敵な笑顔だった。

◇◆◇◆◇

終わったと気付いた面々が息を吐く。心配で呼吸が上手くできていなかったのか、イェルドとシリルが特に大きく息を吐いた。サラはその場に座り込んだ。

キリクだけが平然としていた。

「オリヴィア、もう入っていいな？」

「ええ、どうぞ」

内側には聖水で魔法陣が描かれていたが、キリクは気にせずに足を踏み入れた。

シウはなんとなく線を踏まないように気を付けながら進んだ。ロトスの前に着くと、体をそっと撫でる。ロトスは目を開け、首を傾げた。

「もう終わったよ」

（え、え？）

「さっき、オリヴィア様が詠唱したでしょう？　魔法が発動して、それで終わり」

（そ、そうなの？　じゃ、じゃ、どうだったの？）

屈《かが》んだシウの体を、前脚でカリカリと引《ひ》っ掻《か》く。シウは前脚ごと摑《つか》んで引き寄せ、ロトスを抱き上げた。

「大丈夫だったよ」

「きゃん？」

きょとんとした顔で振り返り、そこにオリヴィアの満面の笑みを見付けたロトスはようやく本当なのだと気付いた。ロトスはシウの腕の中で慌てて人型になった。お礼を言おうとしたのだろう。口を開いたが何も言えず「ふぇぇぇ」と泣き出した。

「よしよし、もう大丈夫だからね」

イエルドやシリルはおろおろしている。サラはもう泣いていた。キリクはどこか面白そうな顔をしている。シウはロトスを抱き上げたまま、オリヴィアに近付いた。彼女が咄嗟《とっさ》に手を伸ばしたので、押し付けるように渡す。

ロトスも自分から手を伸ばして抱き着いた。

「あり、ありっ、ありが、と！」

「まあ……」

オリヴィアもポロポロと涙を零《こぼ》す。その涙を拭《ぬぐ》うことなく、彼女はロトスをギュッと抱き締めた。


助けてくれたオリヴィアに、ロトスは全幅の信頼を寄せたらしい。ずっと彼女にくっ付いている。その素直な甘えっぷりに、オリヴィアも満更ではないようだ。幼児といえども体重はある。なのに、貴族の彼女はロトスを抱き上げたまま応接室まで戻った。

落ち着いたところで詳細が明かされた。

「確かに洗脳しようとした跡はありました。おそらく、二度でしょう。小さな種を蒔《ま》こうとしたようです」

驚いた皆が身を乗り出す。シウも「えっ？」と声を上げてしまった。

「ああ、安心してくださいませ。どちらも抵抗に成功しております。ただ、滓《かす》のようなものが残っておりましたの。そのため、わたくしにも視えたのです。そうね、誰かに嫌なことを言われたら日記に残しますでしょう？　そんな感じかしら。履歴のようなものね。わたくしは、その言われた『嫌なこと』を綺麗サッパリと消し去ったのよ」

だから何の問題もないと、ロトスを安心させるように微笑んだ。

第六章

憂いを祓う

「そうだったか。よくやってくれた。だが、あの女、二度も洗脳しようとしたのか」

「種類が違いましたわ。一度目がソフィア＝オベリオでしょう。魅了の残滓《ざんし》に似ておりましたわ」

「そこまで分かるのか？」

「悪魔憑きを視たのは当時が初めてでしたけれど、精神魔法による洗脳でしたら何度も視ておりますす。種類の違いぐらいは分かりますのよ」

キリクが「ほう」と感心する。シリルやイエルドも尊敬の眼差《まなざ》しだ。

サラは廊下からワゴンを受け取り、飲み物の用意を始めた。

「二度目はどうなんだ？　あの女の仲間か」

「そうね。威圧のような、強力な契約魔法だったのではないかと思います。洗脳魔法の影も見えました。二人がかりで使用したのかしら。歪《いびつ》な跡です。幼いロトス様が抵抗できたのは神の奇跡でしょう」

「運が良かったってことか」

神の奇跡を運と称したキリクへ、オリヴィアが呆《あき》れ顔を向ける。が、嫌味も文句も言わなかった。きっと、隣でぴとっと寄りかかるロトスに聞かせたくないのだ。

「二度目は、やはりウルティムスの国王自身が使ったか」

「ロトス様が実際に見てきた様子を伺いますと、そうとしか思えませんわ」

「抵抗され、洗脳もできないと分かったから下げ渡したのですね？」

シリルが仄暗《ほのぐら》い表情になる。声も低い。イェルドも嫌そうな顔で聞いている。

そこに、サラが香茶や珈琲《コーヒー》を配った。ロトスの前には果実のジュースとクッキーが置かれる。少し眠そうな顔のロトスに、サラが気を遣《つか》う。

「疲れたでしょう？　どうぞ」

「あの、えっと、ありがと」

サラもロトスにメロメロだ。とにかく可愛くて仕方ないと、その目が語っている。世話をしたいのか、オリヴィアの反対隣に座った。

「しかし、成獣になったとしても厄介だな。今の国王の情報をこれまで以上に集めているが、ろくなヤツじゃないぞ」

「最近は国境での小競り合いも減ったと聞いておりましたけれど？」

とはオリヴィアだ。彼女も宮廷魔術師として国に仕えている。それに領主でもあった。各国の情報が手に入る立場だ。

「代替わりから時間が経っていないはずだ。しばらくは国内に目を向けないとマズイんじゃないのか。あそこは実力主義だからな。それに黒の森への対応もある」

歴代の王も様々で、黒の森から逃れるために領土を広げようと他国へ侵攻する者もいれば、逆に黒の森を飲み込むことで大きな力を得ようと考える者もいる。

どちらにせよ、ウルティムスは戦好きが集まってできた国だ。黒の森に対する恐怖は他国よりもない。

途轍《とてつ》もない宝が黒の森には眠っている、だから挑戦し続けているのだ、といった噂《うわさ》もある。誰も信じていないのだろう。まるで与太話のような扱いだ。

ただ、シウはそこに真実があると思っている。

黒の森の中心地は、歴史上最も栄えたとされるオーガスタ帝国の帝都があった場所だ。その周辺には衛星都市も多く、独立したエルフの国家も存在していた。

帝都を中心に、富と知識と栄耀栄華《えいようえいが》の全てが集まっていたのだ。

お宝目当てというのもあながち嘘《うそ》とは言い切れない。どうにかして実効支配してしまえば、全てがウルティムス国のものになる。だから、せっせと黒の森に侵攻を続けているのだろう。もっとも、この話をしても混乱を招くだけだ。根拠も示せない。今はシウの胸に仕舞っておく。

キリクたちの話も続いていた。シウはそちらに耳を傾けた。

「聖獣自身が要求を突っぱねればいいじゃない」

「そんな単純な問題じゃないんだ、サラ」

キリクの言葉を補足するように、シリルが続ける。

「集めた情報の中には、ウルティムスに希少獣《きしょうじゅう》が生まれづらいとありました。聖獣なら尚更《なおさら》、存在しないのではないですか。人に拾われ、人を相棒として生きるのが彼等です。ところが、その『人』が腐っている。そんなところへ神が生み落とさせるでしょうか」

シリルは皆を見回した。

「おそらく、我々が思う以上に彼の国は欲していますよ」

　ロトスの入っていた卵石がどこにあったかは、もう関係ないのかもしれない。

　皆が黙り込んだところで、オリヴィアが、ふと思い付いたとばかりに手を挙げた。

「引き渡し要求に応じなくてもいいようにすれば、よろしいのですよね？」

「まあ、そうだが。奴等《やつら》は強硬手段も辞さないぞ。我が国の王が後ろ盾になれば、うちとの戦争になる」

「どこの王族でも引き取れば恨まれますわね」

「ああ」

「でしたら王族でない者ならどうでしょう。第一級の契約魔法を用いて主従の関係を結んでしまうのです。そうね、できれば、流民《るみん》相手が良いのではないかしら」

　全員の目がシウに向く。

「確かに、そりゃまあ、アリかもしれんが。さすがに咎《とが》められやしないか」

「お互いがお互いを好きあって契約したという形であればどうでしょう。幼い子ならば有り得ると聞きます。昔、子供がそうと知らずに聖獣と契約した話があったようです」

　シリルの案に、オリヴィアが首を振る。

「それでは自然契約になってしまいます。難しいですわ。精霊の気まぐれとも言われるほど稀《まれ》なことです」

「さっき第一級と言ったが、ただの契約魔法ではダメなのか？」

憂いを祓う

「調教魔法の上位レベルや、洗脳魔法持ちなら解除できてしまいますわ」

「しかし、王族が聖獣と主従を結ぶ場合はただの契約魔法だぞ」

「王族だからです。今は決して解除されないことを前提としてお話ししております」

「ああ、そうか。くそ、面倒だな。俺はその手のことは苦手だ」

彼等は、契約を先に済ませてしまえば奪われないで済むと話しているのだ。


だが、シウはここで手を挙げた。

「まずは、本人の意志を尊重しようよ」

また皆の視線がシウに向いた。肝心のロトスは疲れているのか俯《うつむ》いている。難しい話が続いて分からなくなったのかもしれない。ただ、これからの話を聞かれても構わなかった。以前も軽く説明はしていたからだ。

「僕も、それは考えないでもなかったし、最悪はそうするしかないと思ってる。けど、その方法はできるだけ取りたくない。相手の意に沿わないような行為だ。それこそウルティムスの王と同じになる」

皆が黙る。最初に口を開いたのはサラだった。

「ロトスちゃんはあなたのことが好きよね？　見ていれば分かるわ。フェレスたちもそうよね。あなたもあの子たちを大事に思っているわ。その関係とどう違うの？」

「違います」

シウは、言おうか言うまいか悩みながらも続けた。

「フェレスたちは、ペットに近い我が子のような存在です。僕は彼等の行動に責任を持ち、最期まで面倒を見る。それはある意味、彼等の行動を縛るということです」

「騎獣とはそんなものだわ。飼われる存在よ。彼等も人の役に立てることを喜ぶわ」

「それは建前です。確かに、野良《のら》希少獣の子に主を持てなかった悲哀《ひあい》について聞いたことはあります。けど、主従関係を結ぶというのは自由を奪うことだ。聖獣以外の希少獣はそこまで深く考えないからまだいい。あの子たちは、ただただ主と一緒にいて嬉しいと思うだけだから。魔獣を倒せという命令にだって疑うことなく応じる。だから、彼等に恥じないよう間違った命令は出さないようにするし、普段は甘やかして大事にもする」

だけど、とシウは自分の握った拳《こぶし》を見た。

「聖獣は人と同じです。ううん、人よりも高位の存在だ。考えも深い。悩みもするし、苦しみも知っている。そんな聖獣に、主従の関係を強いるのは気が進みません」

何よりも。

「ロトスは僕にとって、対等の友人なんです。きっと今後も長く付き合っていくであろう親友なのだと思っています。その彼と、主従の関係を結ぶのは――」

「それは、考えすぎじゃないか？　お前、頭が固いだろ」

あえて軽い口調にしたのだろう。キリクがシウの言葉を止める。

シウは表情を変えないまま、告げた。

第六章

憂いを祓う

「主従関係を結んだ相手の気持ちが、寄り添ってくると感じたことはない？」

キリクが言葉に詰まる。

「どうしたって、従は、主に添ってしまう。僕は、対等だと思う相手の意志を縛りたくない。もちろん、にっちもさっちもいかなくなったら、そうするしかないんだけど、できれば、ロトスには自分で選んだ相手を見付けてもらいたい。

「ロトスの意見が一番大事です。せめてロトスが成獣になって、きちんと判断できるようになってから決めたい」

「成獣になるまで守り通すつもりか。お前は心も守ろうとしているのか」

「理想論だとは思うんだ。それに、もしかしたら聖獣相手の契約は対等になるかもしれない。だけど、どうなるかは誰にも分からないでしょう？」

王族が使う契約魔法についてもシウは知らない。断定できない以上、勝手に動いてロトスを縛るのは怖かった。そこでオリヴィアが口を挟んだ。

「対等であれば構わないということですの？」

「かつ、分別のつく成獣の頃であれば」

「……誓約魔法なら可能ではないかしら。契約魔法は取り決めに応じて対等にもできるのですが、希少獣相手では召喚魔法と同じく主と従に分かれてしまいますの。聖獣でも同じでしょう。宮廷魔術師の中に契約魔法持ちがおります。ええ、確かそうだったわ」

「誓約魔法ってのは、契約の上位だったか？」

「キリク様、そのような魔法はほぼ存在しません。伝説ですよ」

「だそうだが？」

キリクがオリヴィアを見る。彼女はロトスの肩を抱いたまま、身動《みじろ》ぎした。

動いたせいか、ロトスは完全に目を覚ましたようだ。皆の話も薄らと聞いていたのだろう。なんとか咀嚼《そしやく》しようと必死に頭を動かしている。時折、言葉にならない念話が届いた。

「ユニーク魔法とも呼ばれていますが、ないこともないの。それに、ハイエルフならば持っているそうよ」

「へぇ。じゃあ、ハイエルフの種族特性になるのか？」

あ、アウトだ。シウはすかさず手をバツの形にした。この世界でも意味は通じる。冒険者同士がよくやる仕草だ。貴族出身のオリヴィアには通じなかった。首を傾げている。

「えっと、ハイエルフの案は却下です。ほんと、ダメ、無理です」

「あら、どうしてかしら」

「ちなみにお伺いするのですが、どちらのハイエルフ族にならツテがあります？」

「わたくしは直接存じあげないのだけれど、師でもある大神官のお話で辿れば、もしかするとサンクトゥスシルワの――」

「あ、ほんと、すみません！　ダメです！」

「……何故《なぜ》か、お聞きしてもよろしいかしら？」

「それも言えないぐらいの、大問題があるんです。知り合いなんですよね？」

シウの態度に、キリクが珍しいものでも見たといった顔で笑う。

「お前、何やらかしたんだ？」

「いや、本当に笑い事じゃなくて、本気でマズイんだってば」

それだけでは彼等も納得しないだろう。シウはしどろもどろになりつつ、第三者の話として、ラトリシア国にいるハイエルフについて説明した。ちなみに、この場での会話は他言しないと互いに取り決めている。

「えー。聞いた話です。知り合いにハイエルフの血を引く人がいて、命を狙われています。というのも、サンクトゥスシルワのハイエルフは純血にこだわる狂信的な考えを持っている。少しでも違う血が入ると許せない。そんな人たちなんだ」

「は？」

「オーガスタ帝国が栄えた時代に、同列で讃《たた》えられていたエルフの国家があったでしょう。王族はハイエルフだ。彼等は自分たちを至高の存在だと思っている。今もね。だから純血主義を守らない同族が許せない。執念深く探し出しては殺しているんだ。なのに先祖返りで濃い血が流れていると分かれば取り込むそうだ。彼等の勝手な行動に巻き込まれた一般人もいる。全く関係ないのに、ただ見てしまったというだけで殺された。恨んでいる人は多いよ。それでも復讐《ふくしゅう》できないのは、ハイエルフに強力な固有魔法があるからだ。彼等は絶対王者の気持ちでいる。何が気に障るかも分からない。関わるのは危険すぎる」

皆、引き攣った顔で話を聞いた。キリクだけが顰《しか》め面《つら》だ。

「ハイエルフには滅多《めった》に出会えないと聞いていたが、そこまで偏屈なのか」

「その一派はね。あと、ラトリシア国にいるエルフのほとんどが配下らしい。強制的にかもしれないけど、同じだと考える方がいいね。とにかく、どこで誰が繋《つな》がっているのか分からないんだ。ここだけの話でお願いします」

「ああ、誰にも言わんよ」

キリクは他の面々にも視線で命じた。それから、やれやれと肩を回す。

「とんだ血族主義だな。過去の栄光にしがみついてるのか」

貴族にも似たようなのがいると、キリクは苦笑いだ。

ぽかんとしていたオリヴィアがようやく我に返った。

「ごめんなさい。そんなこととは知らずに」

「いえ。ラトリシアでも知らない人が多いです。危険な話だから、本当は言わない方が良かったかもしれません。ごめんなさい」

「いいえ。知らないよりは知っていた方がいいもの。わたくしも、名前を出したものの、繋がりとしては細かったの。無理に動こうとしなくて正解ね」

「だが、シウよ。俺たちに話しても良かったのか?」

「知っておいてもらった方が、いざという時に助けてもらえるかもとは思ったよ。打算でごめんね」

「そんな風に言わなくても守ってやるって言ってるだろうが、ったくよ」

✦第六章✦

憂いを祓う

呆れたような、それでいてどこか嬉しそうな声音だ。

「ロトスの件でも親身になってくれた。キリクたちなら信用できると思ったんだ」

「ちっ、こいつはよぉ」

身を乗り出し、シウの頭をガシガシと撫でる。嬉しそうだが、口を開けば真面目《まじめ》な話題だ。

「ラトリシアに純血主義が多いのはそのせいか。あそこはどうにも暗いんだよな。閉鎖的なところもある。貴族の嫌味ったらしい会話ときたら、ホント、面倒でなぁ」

「あら、キリク様。その国の貴族令嬢をお迎えしますのに、そのようなことを仰ってよろしいのかしら」

「これだ。お前こそ、ラトリシア貴族みたいじゃねぇか。ていうか、オリヴィアも早く婿の一人でも迎えろよ」

「ほっといてくださいまし」

ふん、とそっぽを向いてしまった。キリクの発言はセクハラに聞こえるが、それに対してオリヴィアは指摘しなかった。やはり仲が良いのだろうか。よく分からない二人だ。

ともあれ、シウは悩みつつも心の内を話せたことでスッキリしていた。

オリヴィアは誓約魔法持ちについて他にいないか調べると約束してくれた。珍しいスキルとはいえ、勇者や聖女のように「世代で唯一の存在」ではない。第一級宮廷魔術師という立場なら、シウよりずっと人脈も情報も多いはずだ。

見送る時にはロトスと共に頭を下げた。

オリヴィアが帰ると、キリクが「疲れただろう」と部屋で休むように勧めた。彼等も頭を整理するらしい。キリクには仕事も溜まっているはずだ。皆にもお礼を言って、シウたちは部屋に戻った。

そこでようやくロトスが口を開いた。

「おれは、おれのこと、ちゃんときめれるから！　しゅじゅーになっても、すきすきって、しないから！」

照れながら怒っている。

「あ、うん」

「シウは、いっつも、かってに、きゃんがえ、あれ？」

（ええと、考えすぎなんだよ。俺のことが嫌いなのかと思ったじゃん！）

「あ、ごめんね。嫌いじゃないよ、好きだよ」

（……分かってる。もう！　そういうこと、普通に言うなよな！）

ひとしきり叫ぶと、部屋中を走り回る。いろいろ恥ずかしかったらしい。

やがて落ち着いたロトスは、ソファによじ登って、溜息だ。

それから、消えそうなほどの小さな声で、

「でも、ありがと。いっぱい、かんがえ、してくれた」

✦第六章✦

憂いを祓う

と言う。言葉ほどには怒っていなかったようだ。恥ずかしさで語尾がきつくなったらしい。シウは「ううん、こっちこそ勝手に先回りして考えてごめんね」と謝った。

しかし、気持ちが落ち着くと、ロトスが本領を発揮《はっき》した。

昼食を済ませて竜舎に向かう道すがら、テンションも高く念話で妄想を話し出す。

（俺、考えたんだけどさ。もし主従契約を結ぶなら、相手は未来の正妻がいいんじゃないかと思うんだ）

「なんで？」

（男が主だと、俺が将来チートハーレムを作った時に嫉妬《しっと》すると思うんだ。聖獣ばっかりモテて悔しい、ってさ。それなら正妻を主にした方が良くない？　残りの女の子たちは正妻に認められるとハーレムに入る）

「認めない場合もあるんじゃない？　主なら、そうなるかもしれないよ」

（そこはそれ、俺の魅力で。まあ、正妻が一番だしね。序列って大事だよ）

「そうだねえ、序列は大事だ」

目の前には、賢く座って並ぶフェレスたちがいた。

（この中で一番はだれ？）

「賢さとか、そういうの関係なく言うならフェレスだね」

（おお！　ていうか、賢さが入ると順位変わるのか。可哀想《かわいそう》だな、フェレス……）

「フェレスは一番の子分だからね。それにお兄ちゃんだ。ね、フェレス」

「にゃ！」

「じゃあ、つぎは？」

「次はクロかな。賢いし、しっかりしている」

「きゅぃ！」

「ブランカ、かわいそー」

「いや、大丈夫だと思う。ほら」

きちんと座っているものの、シウたちの会話など全く聞いていない。尻尾をふーらふらと揺らしながら、ブランカは期待に満ちた瞳で待っている。シウに褒めてもらうことをだ。彼女の目が「おとなしくちゃんと待っていたよ！」と語っている。褒めて褒めて状態だ。

「やっぱ、かわいそーだよ」

笑うロトスに、シウは背中をポンと叩いてブランカに近寄った。

「最近ずっとお留守番を頑張っていたね。よしよし、偉い」

「ぎゃぅ！」

「今日はいっぱい遊ぼうか。ブラッシングもしようね」

「ぎゃぅん！」

きゃあっ、と嬉しそうにくねくねする。尻尾もぱふんぱふんと地面を叩いた。

そのブランカの横でクロが静かに待っている。ブランカの尻尾が飛んで来るとさりげなく避けていて、身体能力が高い。

「クロも、お疲れ様。よく頑張ったね。ありがとう」

「きゅぃ」

えへ、と嬉しそうに、そして誇らしげに鳴く。クロはトトトと歩くように助走を付けて飛び上がり、ふんわりとブランカの上に着地した。

「きゅぃ」

そろそろ落ち着いて、と言っているようだ。

次はフェレスだ。シウが手を伸ばすと自ら頭を寄せる。

「フェレスが一番頑張ったね。ありがとう」

カールしたふわふわの毛を混ぜるように撫でる。

「にゃん！」

（なんか、いーなー）

「何が？」

（俺も撫でてー。なんかさぁ、聖獣に生まれ変わってから獣成分多いんだよね）

「あ、気付いてたんだ？」

（気付かいでか。特に人化できるようになる前のアレ、ひどかったよな。マジでヤバかった。ま、それはともかく）

辺りを見回し、誰もいないことを確認するとフェレスの陰で獣化する。

「ダメだよ、こんなところで」

シウは急いで結界魔法を発動させた。ついでに色付きの空間魔法も掛ける。

「きゃん！」

ロトスは「えへ」と、クロの真似をした。シウは仕方ないなあと、フェレスにしたのより強めに、わしゃわしゃと撫でた。ロトスはお気に召さなかったのか「ふぎゃ、ぶみゃ」と変な鳴き声で、また転変した。

「ひどい！」

怒っていても、その姿はどこから見ても可愛い幼児だった。

エピローグ

The Wizard and His Delightful Friends

Epilogue

風の日、シウは友人たちと薬草採取のため森に向かった。リグドールとレオンの臨時パーティーだ。シウが里帰りするたびに組んでいる。恒例の行事だ。

シウには騎獣《きじゅう》が二頭もいるから騎獣屋で借りる必要がない。王都の門で待ち合わせた。ロトスはフェレスに乗せておく。森に入ると歩くかもしれず、体力温存だ。王都内は基本的に騎乗禁止だが、幼児を乗せる分には問題ない。通りすがりの人々も微笑《ほほえ》ましそうに眺《なが》めていた。

待ち合わせ場所では軽い挨拶で終わった。リグドールもレオンも、シウが毎回誰かを連れてくるので慣れていた。人はもちろん、クロやブランカもそうだ。だから「新しい子か」程度で済む。ただ、幼児だという部分を心配した。

「大丈夫だよ。フェレスもいるし、この子も自分で判断できるから」

「なら、いいが。ああ、そうだ、エミナさんに子供が生まれたんだったな」

「うん。だからなるべく、スタン爺《じい》さんに頼むのは止めようと思って」

「赤子は大変だからな」

「レオンのとこ、赤ちゃんが増えて大変らしいよ」

「俺のところじゃない。養護施設にだ」

レオンがリグドールの肩を叩《たた》く。

二人とも随分と大人らしくなっていた。それもそのはずで、リグドールは十五歳、レオンは十七歳になる。シウも今年の秋頃には十五歳となるが、二人とは何かが違う気がした。

見た目が子供っぽいのだろうか。

ロトスによると、シウの成長具合は日本人らしいという。ならば、体が前世の精神に引っ張られている案を採用したいところだ。ほんの少し混ざっているであろうハイエルフの血は関係ない。などと、胸中で足掻《あが》くシウだ。


この年頃の少年たち――一部はもう青年と呼んでいいのかもしれない――が、幼児を気にせずに会話を続ける。分からないと思っているのだろう。

「でさ、アリスさんと二人で課題をしてたことを、裏切り者のクリストフがダニエルさんに報告してたんだ。ずっと前のことだぞ。それを覚えていて、家に送っていった時にチクチクと嫌味を言うんだからさ」

「お前がもっと上手《うま》くやらないからだろ。クリストフに話を通しておけば良かったんだ」

「コーラさんには言ったんだぜ？」

「あの双子を一人で計算するからダメなんだ。シウもそう思うだろ？　誰だって自分を一人前に扱ってほしいものさ」

「そうだねえ」

「ほら、見てみろ。それにな、マルティナ嬢にも普段から声を掛けておけよ」

「なんで？」

「あの人の後ろ盾があった方が付き合いを進めやすいだろ？　あれでも一応、アリスさんの従者だ」

「ティナはなぁ。お茶会にドレス、婚活の話ばっかりだからさ～」

「うちの女どもも似たようなもんだ。どこの公園で出会いがあるとか、最近流行《はや》りの服はどうとか。早く結婚して養護施設を出たいと夢ばかり語ってる。その前に良い仕事先を見付けた方がいいのにな」

レオンは女子たちが「良い男の選び方」会議をしていた話と、盗み聞いた内容をリグドールに教えている。リグドールは「えっ、女の子、怖い」と震えた。

「アリスさんも女だぞ」

「アリスさんは違う」

「意味わかんねぇ。なあ、シウ？」

「うん、そうだね」

「お前、聞いてる？」

「聞いてるよ。あ、セルフィーユだ。ハイドランジアもある。フラーグムも」

シウがせっせと薬草採取に励んでいると、二人もまた屈《かが》んだ。手は動いているのでシウは黙っている。二人の会話に参加しないのは、恋愛話が不得意だからだ。

「そういや、レオンはヴィヴィとどうなんだよ」

「ヴィヴィは友達だぞ？　俺は、女はしばらくいい」

「しばらくって、まるで付き合ったことがあるみたいな言い方だな」

「うるさい」

「レオンは黙っていたらいい男なのにな」

「うるさいぞ」

「で、クロエさん以降、誰か好きになった人はいないのか？」

「なっ、な、な、なんで、それを」

そこでバッとシウを振り返る。シウは黙って首を横に振った。レオンの初恋に関して、シウは誰にも話していない。

「お、お、お前、何故《なぜ》それを」

「エレオーラさんが教えてくれた。若い男の子がポーッとなって可哀想《かわいそう》だったと――」

「やめろ、おい」

「ストップストップ」

レオンがリグドールの胸元を摑《つか》んで揺さぶろうとする。その前にシウが止めたが、動揺しすぎだ。シウは苦笑した。

「それより、エレオーラさんはお喋《しゃべ》りしすぎだよね」

標的を変えようとシウがエレオーラの名前を出せば、レオンが少し落ち着いた。それなのにリグドールが話してしまう。

「彼女、年下の男が好みなんだって。でもガキすぎるのはダメ。紹介してって言われても困るじゃん。仕方ないから、レオンの名前を出したんだ。レオンは良い男だし、ガキじゃ

ない。そしたら、さっきの話になってさぁ」

立ち直り掛けていたレオンが地面に手を突く。

「魔法学院の将来有望な男を紹介してもらいたかったみたい。難しくない？」

「僕は聞かれたことないよ」

この間も会ったばかりなのにと、シウが言えば、リグドールが変な顔で笑う。

「俺もシウには、あんまり」

「ひどい」

「だってさぁ、レオンはアリでもシウはナシっての、あるじゃん」

ニヤニヤ笑う。シウは半眼になった。

「僕に恋愛話がダメなら、そこにいる幼児もじゃない？」

「うわ、そうだった。いたよな。ごめん、ロトス、だったっけ。ていうか、めっちゃ静かだな。大丈夫か、疲れてる？」

ロトスはニコッと笑って首を振った。彼の背後には動き回らないようリードを付けられたブランカがいる。木に繋《つな》がっているリードは長いが、走り回っては「ぐぇ」となっていた。そのたびにクロが指示して絡まった紐《ひも》を解いている。ロトスも時々助けていたようだ。

フェレスは周辺の警戒担当として遊び――飛び回っている。

のんびりとした、平和な一日だった。

依頼を終えると、まだ話し足りない友人二人を連れて、シウはヴルスト食堂に寄った。ここは希少獣《きしょうじゅう》連《づ》れでも入れる。店の中に小さなスペースが作ってあるのだ。フェレスたちも一緒だった。三頭は端の席で食事を楽しんだ。

ここでも自然と恋愛話になった。同じ年頃のアキエラが近くを通れば止めるが、離れるとまた女の子の話だ。ちなみに、マルティナを取り込むのはダメだとの結論になった。彼女にアリスとの仲立ちを頼むなら、それなりの男性を紹介しないといけない。しかし、理想の高いマルティナに合う男性の知り合いなんていないからだ。

ロトスは森では何も言わなかったが、ここでは何度もシウに念話を送ってきて笑わせた。

（イケメンでも彼女がいないとか、メシウマ）

「レオンのこと？」

（そうそう。金髪くるくるの美形。なんかもうそれだけで漫画の設定だよね。養護施設の出身で影のある男とか、もう女性向けゲームの攻略対象じゃん。でも王子様じゃないから当て馬役になるの）

「へぇ、そうなんだ」

（一番のモテは王子様だね。次に宰相の息子でクールキャラ、俺様キャラの騎士は三番手。ゲームでも結局は打算だよ。やっぱ、安定した立場が人気あるわけ）

「なるほど。深いねぇ」

テレビでも、不況になると安定した職業が人気になると言っていた。確かに王子様と結婚すれば食いっぱぐれはないだろう。

「なんか頷《うなず》いているけど、子供同士で何の話をしているんだ？」

レオンとの話が一段落したらしい。リグドールが口を挟む。

「いろいろだよ。人生って深いなぁと思って」

「人生の深さを幼児と語ってんの？」

「お前、大丈夫か？」

レオンに心配され、シウは肩を竦《すく》めた。少しだけやり返す。

「レオンこそ大丈夫？　クロエさんのこと、まだ引きずってるとは思ってなかった」

「うっ、いや、それは」

「初恋だったんだよね？」

「おっ、シウが押してる。ロトス、気を付けろよ？　シウは案外、怖いんだ」

「うん」

「おっ、いい返事だな。俺、弟が欲しかったんだ。うち来る？」

「いかなーい」

リグドールは「なんでだよぉ」と絡む。もちろん冗談だ。

「おいこら、純粋無垢《むく》な子供を誘うんじゃない。子供はな、親と一緒が一番なんだ」

「レオンが言うとマジじゃん。含蓄ありすぎて困るわ」

ケラケラ笑う。レオンもレオンで目が据わっている。思ったよりお酒を飲んでしまったようだ。近くの席の常連たちが「おいおい、大丈夫か」と笑って注意する。

「まだ自分の酒量が分かってねぇな。ガキだぜ。気を付けろよ」

フェレスたちを構っていた他の客もやってきて、リグドールとレオンを取り囲んだ。お酒の飲み方から人生について、アドバイスが始まる。悪い絡み方ではない。ヴルスト食堂は陽気な人が集まるし、常連の冒険者もルールは守る。

そこにスタン爺さんもやってきた。エミナとドミトル、アシュリーも一緒だ。皆が席を空けた。「赤ん坊を抱っこしといてあげるよ」とどこかの女性が言うのもヴルスト食堂らしい。エミナは食事に専念できるし、他の客は赤ん坊の可愛《かわい》さにメロメロだ。

ほのぼのとした雰囲気をロトスも気に入ったらしい。

(下町っぽい。こういうの、いいね。俺、初めて)

「さっきの話、王子様や貴族が人気でもさ。僕なら庶民《しょみん》の生活の方が楽しいと思うな」

「あ、それ！　わかる。ふくも、けっこうたいへん」

「だったら、貴族でチートという野望、止めた方がいいんじゃない？」

(そうなんだよね。この間の、セキガンノエイユウ様んとこで分かった。俺、あの暮らしは無理だ。やっぱり、庶民が一番だよ。気楽に過ごしたいもん)

そう言うと、ロトスはとことこ自分の足で厨房《ちゅうぼう》に向かい、ウィンナーの追加を頼んだ。ガルシアが大きな声で注文を受ける。アリエラはニコニコと笑ってロトスを抱き上げた。

「席で言ってくれたらいいのに。踏み潰されちゃうわよ」

そう言うと、ロトスを撫《な》でる。アキエラもやってきて「注文しづらかったよね」と謝った。ロトスは首を振った。

「ううん、いちど、やってみたかったの」

「ふふ。ロトスちゃん、可愛いね」

また撫でられたロトスは、ニコッと笑顔でシウを振り返った。

(俺、モテモテじゃん?)

シウは笑いながら、痛くないデコピンをロトスにお見舞いした。

特別書き下ろし番外編

エミナの夢

The Wizard and His Delightful Friends

Extra story

エミナは子供の頃に両親を流行病《はやりやまい》で亡くしている。父親が亡くなる直前に「結婚相手は職人がいい」と言ったからではないが、エミナの選んだ相手は道具職人のドミトルだった。幸せな結婚生活に不満はないが、平凡な人生だと思っている。

子供の頃は冒険者や小説家に憧れた。中等学校を卒業する頃には「過ぎた夢」だと分かっていた。勤勉ではなかったし、冒険者になれるほどの強さもなかった。魔力も体力も一般的な女性と同程度しかない。そもそもが淡い憧れだった。

現実も見えていた。女の子が冒険者になるには並大抵の努力では足りない。そこまでの情熱がエミナにはなかった。

幸い、祖父のスタンがベリウス道具屋を営んでいた。後を継げとは言われなかったが、継ぐなとも言われていない。エミナが「あたしにもできるかな」と聞けば「わしにできたのじゃ、エミナにできんはずがなかろう」と返ってきた。

心配性のエミナのために仕入れの旅を止めたスタンだ。彼の年老いた姿に思うところもあった。それまでも店を手伝ってきた。店を継ぐのは当然の流れで、祖父孝行にもなると思った。ドミトルも頑張れと応援してくれた。

エミナの夢は「ベリウス道具屋を続ける」になった。

夫、ドミトルとの付き合いは長い。彼はベリウス道具屋とも取り引きのある道具作りの店で働いていた。お使いで荷物を届けたり引き取ったりしているうちに、ドミトルとも話

エミナの夢

すようになった。その時はまだ「知り合いの年上男性」という認識でいた。

エミナは、自分は普通の少女だったと思っている。オシャレが好きで、格好《かっこ》良くて見目の良い男子が気になる年頃でもあった。学校に通っている時は、友人たちと先輩の誰それが素敵だと盛り上がったものだ。物語本に出てくる英雄にも憧れた。

ただ、少々奥手だったかもしれない。夢見る少女だったことは確かだ。鈍感でもあった。友人の中に、実はエミナと付き合いたいと粉をかけていた男子もいたと知ったのは結婚してからである。

少女向けの物語本を読みすぎて頭でっかちだったのかもしれない。普通の人は、本に出てくる主人公たちのように出会った瞬間「あなたみたいに綺麗《きれい》な人を知らない」だとか「君を愛している」だなんて言わない。友人として親しく付き合ううちに自然と恋人になる、そんな人の方が多いと知ったのは随分後になってからだ。

そのせいかどうか、中等学校時代にエミナは手酷《てひど》い失恋を経験した。

卒業式の準備委員会に入っていたエミナは、打ち合わせで先輩方の教室に何度も通った。元々、持ち前の明るさで先輩方には可愛《かわい》がってもらっていた。彼等も気軽に希望を伝えてくれた。打ち合わせは楽しく、エミナは卒業する先輩方のためにと張り切った。

ある時、友人たちと「あの人格好良いね」と話していた先輩がエミナに声を掛けてきた。彼に仄《ほの》かな恋心もあった。だから、

「君、可愛いよね。俺と付き合おうよ」

と言われて、エミナは舞い上がった。本当に一目惚《ひとめぼ》れはあるのだと感動もした。格好良い先輩に顔を覗《のぞ》き込《こ》まれ、エミナは一瞬で引き込まれポーッとなった。

しかし、全てはまやかしだったのだ。

「君さ、ベリウス道具屋の跡取り娘なんだよね？　あそこ、良い道具を売ってるって有名だよ。そうそう、グリードシリーズも置いてあると聞いたんだ。俺、脛当《すねあ》てが欲しくてさ」

と、先輩は言い出した。告白された当日にだ。彼と店に向かっている道中だった。告白されたエミナが舞い上がったまま、何故《なぜ》か「お爺《じい》ちゃんに挨拶してください」と答えたからだ。

先輩の言葉の意味が分からず、エミナは呆然《ぼうぜん》として立ち止まった。先輩は首を傾《かし》げた。

「俺のこと、好きなんだよね？　前にキャーキャー騒いでたじゃん」

「え、でも」

「俺さ、冒険者になりたいんだ。で、安定した収入も欲しいんだよね。奥さんが仕事をしてたら安心するし、それが店持ち家持ちなら尚《なお》良いだろ。君の家は中央区にあってギルドにも近いし、便利だ。だから君でもいいかなって思ったんだ」

俺に選ばれて嬉《うれ》しいよねと、本当にそう思っているような表情だった。エミナは愕然《がくぜん》とした。たぶん、顔色も悪かったのだろう。

+特別書き下ろし番外編+

エミナの夢

「あれ、エミナちゃん、どうしたんだい？」

たまたま通りがかったドミトルが、声を掛けてくれた。

「気分でも悪いの？」

言いながら、ドミトルは先輩に視線を向けた。お前は何をしているのだと問うているような表情だった。友人ならば気付くだろうし、無関係なら傍《そば》にいる理由は何だろうと訝《いぶか》しんでいる。

「あ、俺、彼女の恋人で」

「えっ」

エミナは驚いて先輩の顔を見上げたが、彼は平然としていた。

「恋人ならもっと気遣うべきじゃないのかい。エミナちゃんの顔色、真っ青《まさお》だよ」

ドミトルはエミナの荷物をさりげなく持った。恋人でなくとも気遣ってくれる。そうだ、友人でも知人でも、誰かが青い顔をしていたら気にするものだ。それなのに先輩はヘラヘラ笑ったままだった。エミナは腹が立つやら恥ずかしいやらでカーッとなった。

「あっ、あの、あたし、まだ、付き合うなんて言ってない」

「はぁ？」

「付き合ってって言われて、それならお爺ちゃんに会ってからだと思ったの。だからまだ恋人でもなんでもない」

「何、言ってんだ。お前が俺を好きだから、付き合ってやってもいいと声を掛けてやったんだろ。知り合いの男が出てきたからって照れてんのか？　俺に恥かかせるなよ」

あれだけ格好良いと思っていた先輩が、まるで人の姿をした魔獣のように思えた。彼の言葉が全く理解できない。

エミナが唖然《あぜん》としていると、いち早く状況を理解したドミトルが低い声で先輩を窘《たしな》めた。

「子供のくせに擦れたことを言っているね。自分より年下の女の子によくもそんな物言いができる。これ以上、エミナちゃんを傷付けるのなら僕も容赦しない。どうする？」

若いとはいえ、ドミトルはもう何年も道具職人として働いている。腕の筋肉は盛り上がっており、中等学校の生徒の体格では敵わない。先輩は怖じ気《おけ》づき、捨て台詞《すぜりふ》らしき何かを吐き捨ててから離れていった。

エミナはそれを呆然と見送った。

「ごめん、強く言いすぎたかな。エミナちゃん、大丈夫――」

ドミトルの言葉が途切れたのは、エミナが泣いたからだろう。

「ごめん、悪かった。彼を呼び戻すかい？　いや、でも、あの子は止めておいた方がいいよ。今は分からないかもしれないけれど、ああいう男はあまり」

「違うの」

「え」

「あたし、付き合ってって言われて嬉しくて。でも、あの人、あたしのこと好きだなんて一言も言ってなかった」

特別書き下ろし番外編

エミナの夢

てっきり、先輩はエミナのことが好きなのだと思い込んでいた。物語本に出てくる主人公たちのような恋愛が始まると思った。それが恥ずかしい。そして情けなかった。エミナは自分自身に対して腹が立ち、涙を零《こぼ》したのだ。

ドミトルは困っただろうに、エミナを必死に慰《なぐさ》めてくれた。普段は無口な職人だ。ひたすらに仕事と向き合う真面目《まじめ》な青年だった。

エミナは申し訳ない気持ちで、しかし彼の慰めの言葉に心を癒《い》やされた。

翌日、エミナは友人らに先輩との出来事を洗いざらいぶちまけた。皆が憤った。その勢いのまま全員で先輩に突撃したところ、昨日の告白は遊びの延長だったと判明した。

後輩に好意を持たれていると自慢げに語った先輩を、友人たちが「あの子、家付き娘だぞ、物にしろ」と唆《そそのか》したらしい。先輩には冒険者になりたいという夢があったけれど、まだ本会員ではなかった。漠然とした不安もあったそうだ。冒険者の先輩に「不安定な職だ」と言われてもいた。さりとて、両親は商家の使用人で後を継げるものでもない。そもそも、毎日真面目に職場へ通って身を粉にして働く両親の生き方に反発していたそうだ。

先輩は「乗せられて、その気になったんだ」と言い訳し、最後までエミナにきちんと謝らなかった。何が悪いのかも分かっていない。

しかし、彼の友人たちは青ざめた。調子に乗って唆した自分たちも悪かったと謝ってくれたのだ。エミナはもう気にしないことにした。

ただただ恥ずかしい失恋だった。

その頃から、ドミトルと会えば話をするようになった。

最初はエミナが変な男に付き纏《つまと》われていないかどうか心配していたようだ。無口な男が声を掛けてくる理由は分かりやすかった。下心のない、ただの厚意はエミナに安心感を与えた。

エミナにとってドミトルは家族や親戚、近所の仲の良い人から少し遠い「相談できる他人」だった。

ベリウス道具屋を継ぎたいという思いを最初に相談したのもドミトルだ。彼は真面目に考え、答えてくれた。エミナの甘い部分を見付けると指摘するけれど、決して反対はしなかった。いつも応援してくれた。

ある日ふと、エミナはドミトルを好きになっている自分に気付いた。

何かがあったわけではない。物語本にあるような、ときめく事件もなかった。

「ああ、この人とずっといたいな」

そう思った。

以前のエミナなら、恥ずかしがって友人たちとキャーキャー騒ぐだけで終わっていたかもしれない。あるいは友人に頼んで気持ちを伝え、相手からの告白を待っただろうか。

けれど、エミナは大事な自分の気持ちを人任せにしたくなかった。たぶん、あの先輩のおかげだ。彼のように、周りの人のせいにするのはよくないと心の奥底で考えた。

ドミトルの仕事が終わる時間を見計らい、エミナは彼の仕事場の前で待った。

「あれ、エミナちゃん、どうしたんだい」

こんな遅い時間に急用でもあったのかと、ドミトルが心配する。誰にでも優しい人だ。

きっと他に良い相手はたくさんいる。エミナの思いは叶《かな》わないだろう。それでも良かった。

ただ気持ちを知ってほしい。

恥ずかしくはなかった。散々な場面を彼には見られているのだ。今更だったし、それよりも、あの失恋とはまるで違う。

エミナの告白に、ドミトルは本気で驚いたようだった。まるで想像もしていなかったらしい。しどろもどろになった。やがて、落ち着いた彼はこう言った。

「ちゃんと考えたい。時間をもらえないだろうか」

やっぱり良い人だ。エミナは笑顔で頷《うなず》いた。

◇◆◇◆◇

ドミトルが正式に交際を申し出てくれたのは翌日のことだった。

激しい恋ではなかったけれど、エミナは幸せな毎日を過ごした。

心も育ったような気がする。大人になっていく自分を、冷静に受け入れられた。

もちろん、物語本はまだ好きだ。冒険者の話を聞くのも楽しい。スタンに諸外国での面白おかしい経験を教わる時間も続いた。

ベリウス道具屋で働く毎日は平凡であったが、新婚生活に小さな事件は付き物で毎日が楽しかった。幸せに過ごしていた。


とはいえ、小さな不安はある。祖父の老いだ。

スタンは「これで最後だから」と言って遠方の仕入れ先に出掛けた。本格的に後を継ぐエミナのためだ。祖父も長旅はもう無理だと悟っていた。かといって、これまで築いた付き合いを自分の代で失うのは残念だったようだ。

エミナが行ければ良かったのだろうが、それは無理な話だった。若い女が仕入れの旅に出るのは難しい。エミナに冒険者のように戦える力はなく、魔力も少なければ魔法だってほとんど使えないのだ。護衛を雇ったとしても不安は尽きない。

それならと、スタンは「荷馬車の端を貸してもらえるよう頼んでくるよ」と知り合いの商人たちに事情を説明に回ったのだ。

なんでもできる祖父だった。ベリウス家の中では魔力が高く、商人として交渉力もあった。若い頃は立ち回りもしたそうだ。両親を失ってから、エミナは長くスタンを頼りとしていた。

しかし、老いは目に見えて分かる。

✦特別書き下ろし番外編✦

エミナの夢

特にエミナがドミトルと結婚してからだろうか。スタンが一回り小さくなったように見えた。肩の荷が下りたと笑っていた言葉通りに、力を抜いたのだろう。

スタンの帰りをハラハラしながら待っていたエミナに「帰りが少し遅れる」と連絡があって心配もした。幸い、スタンは無事だった。

同時に新たな出会いもあった。孤児だというシウだ。彼は旅先で事件に遭ったスタンを助けてくれたばかりか、王都まで護衛をしてくれた。恩人だ。シウには感謝の気持ちしかない。何よりも、スタンに最年少の友人ができたことがエミナの心を慰めた。

老いていく姿を見て不安を覚えたばかりだ。スタンが楽しげにシウと語らう姿は見ているだけでも嬉しかった。

それだけではない。シウはエミナの平凡だった人生に彩りを添えた。まるで「物語本のようなエピソード」を間近で見せてくれるのだ。しかも、何度も。

この頃にはもう、エミナも結婚して落ち着いていた。自分が物語本の主人公になれるはずがないとも分かっていた。もちろん、平凡な生活がどれだけ大事で幸せかも分かるようになっていた。

が、それとこれとは話が別だ。ちょっとした刺激は欲しい。近所の小さな事件でも良かった。新作のお菓子の存在や、シリーズ最新作の物語本が出たという話。それらを友人たちと語り合う時間も大切だ。

そんな小さな楽しみを積み重ねて満足していたところに、シウはもっと珍しい「事件」を提供してくれた。

たとえば料理だ。珍しいシャイターン国の調味料を使い「実験したから大丈夫」と持ってくる。エミナは新しい調理方法や味に驚いた。その上、美味《お い》しい。

あるいはフェレスの存在だ。庶民《しょみん》が騎獣《きじゅう》を持つのは難しいというのに、シウは気にした様子もない。小さな子猫サイズだったフェレスは一年であっという間に大きくなった。近所でも大人気の騎獣は、店番もした。可愛くて、エミナだけでなく皆がメロメロになった。

シウは魔法学校にも通い始めたし、その学校の演習でとんでもない事件にも遭遇した。だというのに、いつもと同じ、平然とした顔で帰ってきたのだ。あれには驚いた。大泣きでシウとフェレスに抱き着いたエミナに対して逆に驚いていたようだけれど、嬉しそうだったのは知っている。ドミトルが教えてくれた。

エミナはシウとも家族になれたと思った。

ドミトルにこっそり話すと、彼も「いいね」と微笑んだ。シウがひとりぼっちなのを彼も知っている。家族の縁に恵まれなかったシウを心配していたのはドミトルも同じだった。だからといって、一人に慣れたシウに気持ちを押し付けるつもりはない。

ただ、何かあったら頼ってほしいとだけ思っていた。

きょうだいが欲しかったエミナにとって、シウは突然できた弟のようなもの。ドミトルもシウの「なんでもできる」部分と「ひとりぼっち」は別だと考え、気遣っていた。

特別書き下ろし番外編

エミナの夢

他国の有名な魔法学校に入学が決まった時も、家族の一員として喜んだ。大泣きしてシウを驚かせたけれど、エミナはありのままの姿を見せた。シウが嫌がっていないのはもう知っていたからだ。シウもまた、エミナやスタン、ドミトルの家族としての情を受け入れてくれた。

それからもシウは、度々《たびたび》里帰りしてはエミナに面白い土産話《みやげばなし》を聞かせてくれた。本来であれば遠い世界の話題だ。ところが家族の口から語られると身近に思える。ハラハラドキドキし、時に笑い、時に涙した。

シウが下宿先に戻ってしまうと、またいつもの平凡な毎日に戻る。最初はそう思っていた。

それが違うと気付いたのは妊娠してからだ。

妊娠し、非日常が始まってワクワクしていたが、そんな毎日にはすぐ慣れる。

「もしかして、シウにとってはあの毎日が平凡だったのかな」

「平凡かどうかは分からないけれど、常に何かをしているのはシウの性分だろうね」

ドミトルが笑う。彼も仕事には熱心だけれど、シウには負けるとよく話していた。とにかくシウは働き者だ。ボーッと休む時間があるのだろうか。ドミトルがよく心配していた。

エミナは笑い飛ばしていたけれど、確かにシウは毎日が忙しそうだった。

「楽しんでいるから、いいんじゃないかしら」

「半分趣味のようなものだと本人も言っていたしね。とはいえ、シウはまだ子供だよ」

「そうなんだよね。ぽやっとして見えるのに、冒険者としても魔法使いとしても強いんだから、すごいなぁ。だけどいつだって平気そう」

シウにとっては普通なのだ。エミナには非日常に見える大きな事件も、彼は難なく片付けてしまう。

エミナは大事にしている物語本を手に取った。

「この話に出てくる人たちも本当はあたしと同じなのかもしれないね」

主人公たちも毎日の積み重ねで生きている。冒険者も同じだ。彼等の仕事も慣れたら毎日が同じ。エミナとは違う仕事内容というだけで、やっていることは「繰り返し」だ。

妊婦仲間のクロエもそうだった。冒険者ギルドの職員として長く働いていた彼女を、エミナは「いろんな情報を知っててすごい」と思っていた。ところが、クロエはエミナをすごいと言う。

「お爺様の手伝いがあるとはいえ、一人で店を切り盛りしているのだもの。すごいわよ。お客様の大半が冒険者でしょう？　彼等とのやり取りは大変だと思うわ。ほら、彼等って少々がさつだから。字を書けない人もいるもの。エミナさんはとても丁寧に教えてくれると評判よ。お金の計算も、分かるように紙に書いてくれたと喜んでいたわ」

エミナは慌てて言い訳したのを覚えている。

「違うの。それは、あたしが計算を間違えたらいけないって思ったからよ。間違ったもの

◆特別書き下ろし番外編◆

エミナの夢

を売りたくもない。だって冒険者は命に関わる仕事をするのよ。彼等はすごいの。あたしたちができない魔獣退治をしてくれるし、危険な森に薬草を採りに行ってもくれる。そんな人たちに、いい加減な仕事はできないわ」

物語本で「購入した鎧《よろい》に不備があったせいで仲間が死んだ」という場面に憤ったエミナは、自分は決して手を抜くまいと誓った。

シウが冒険者だと聞いた時にも「彼に恥じるような仕事はできない」と考えた。

そもそも、スタンやドミトルがそういう人たちだった。

エミナの言葉に、クロエは「ほらね」と笑っていた。

物語本を手にしたまま、エミナはドミトルにしみじみと語った。

「みんなが同じなんだね」

「選んだ職や住む場所、起こる出来事は違っていても、生き方は同じかもしれないね」

もちろん、考え方や性格はそれぞれに違う。

思いの深さも、心に残るものも。

「誰もが主人公なんだ……」

「そりゃそうだよ。自分の人生だ。自分が主役だろう？」

当たり前のように笑うドミトルが、輝いて見える。

エミナにとってドミトルは激しい恋の相手ではなかった。

なのに、妊娠もした今になって胸がときめく。

「あたしの物語に出てくる主人公の相手はドミトルだよ」

「僕の相手もエミナだ。その物語に、新しい主役が増えるね」

そう言ってエミナのお腹に手を置く。

「あたし、ドミトルと結婚して良かった」

ドミトルが目を丸くする。それから、相好を崩した。

「僕の方こそ。エミナが、僕を選んでくれて良かった」

僕は見目が良いとは言えないからと、彼とは思えない発言だ。エミナは驚いた。

「どうして。ドミトルは格好良いよ」

「まさか」

首を振るドミトルに、エミナはムッとした。

「あたしには格好良く見えた。今もだよ。あたしが学校の先輩の言葉に傷付いていた時のこと、覚えてる？　あの時、どんなに情けなくて恥ずかしくて悲しかったか……」

「エミナ」

「助けてもらえてホッとした。その後も普通にしてくれたでしょ。からかったり、蒸し返したりしなかった。あたしが告白した時もちゃんと考えてくれた。考えて、真面目に返してくれたよね。わざわざ家に来て、お爺ちゃんの前で言ってくれたじゃない。あんなに格好良いことしてくれる人、他にいないよ。本当に格好良かったんだから」

ドミトルは目を丸くし、それから静かに笑った。

「すごく緊張してたんだけどな。そっか、格好良かったんだ」

「うん。だからね、ドミトルはあたしの物語の大事な登場人物なんだよ」

これからもそうだ。物語本では「これにて終了」となるが、エミナたちの人生は続く。

「次に出てくる大事な登場人物はこの子だね」

「待ち遠しいな」

またお腹に手を置く。ドミトルは幸せそうに笑った。

◇◆◇◆◇

大変だった出産が終わると、そこからは毎日がめまぐるしく過ぎた。先に出産を終えたクロエや友人たちの手伝いがあってなんとかできている状態だ。もちろん、ドミトルの献身的な支えもなければエミナは倒れていただろう。

店はスタンが見てくれたし、最近はずっと手伝いに来てくれているアキエラの存在も有り難かった。多くの人の助けがあって、エミナはアシュリーの世話に専念できた。

新しい登場人物となったアシュリーはエミナの世界を一変させた。何もかもが彼女中心となった。もちろん我が子だ、可愛い。大事だし、命を懸《か》けて守ろうと思える存在だった。

とはいえ、慣れない育児に心が疲弊する。

多くの助けがあるというのにだ。エミナは自分の不甲斐《ふがい》なさを嘆《なげ》いた。

「気負いすぎだよ。僕もいるんだ。父親の僕と分かち合ってくれ」

「ドミトルはすごくやってくれてるよ。仕事をしながら、家のこと、アシュリーのお風呂やオムツ替えまでしてくれるもん。あたしがもっと頑張らないとダメなのに」

食事だって満足に作れていない。元々得意ではないが、アシュリーが生まれてからは滅《め》茶《ちゃ》苦《く》茶《ちゃ》だ。シウが大量に作り置いてくれたから成り立っている。スタンも惣菜《そうざい》を買ってきてくれるが、それすら申し訳なかった。ドミトルが怒らないのも心苦しい。

世の奥様方はもっとちゃんとしている。どうして同じことが自分にできないのかと、エミナは情けなかった。

「頑張らなくていいんだ。無理なら頼っていい。シウも言っていたろ？　彼だって何かしたいんだ。本当はすぐにでも帰ってきたいのに、エミナが休暇の時でいいと言ったから我慢している。皆も同じだ。何かしたいけれど、余計なお世話だったらと考えて控えているだけだよ」

僕は夫だから余計なお世話をするけれどねと、笑う。

「……あたし、ちゃんとできてないのに、いいの？」

「いいよ」

「ねぇ、なんだか、いつものあたしらしくない気がする。変じゃないかな」

「クロエさんや、アキエラちゃんのお母さんも言ってたよ。出産後は心が弱くなる場合があるらしい。産婆さんにも教わったんだ。大丈夫、少しぐらい変でもね」

「そっかぁ」

「それに、エミナは元から変わっているよね」

「ええ、嘘《うそ》、そんなことないよ」

「ははは。いつものエミナだ」

ドミトルが心底嬉しそうに笑った。それを見て、エミナもなんだか気が抜けた。

「もうすぐシウが帰ってくるよ。妹ができたと、報告するんだよね？」

「うん」

「シウは甘やかすだろうね」

「あ、そうかも。だって、今もあたしたちに甘いもん。料理、増えてたんだよね？」

「そうなんだ。僕の好物もたくさん入ってた」

「シウったら、もう魔法のことがバレてるからって全然隠す気ないよね」

「最初は驚いたけれど、僕も慣れてしまったなぁ」

「戻ってきたら、すごく心配されそう。うん、弱気になってちゃダメだね」

「だからといって無理は禁物だよ」

「分かってる。そうね、優先順位を決めるわ」

アシュリーへお乳をやるのはエミナの特権だ。これは譲れない。

「夜中に泣いたら、一緒にあやしてくれる？」

「ずっとそうしたかったから嬉しい。エミナと違う部屋で寝るのは寂《さみ》しかったんだ」

◆特別書き下ろし番外編◆

エミナの夢

「ドミトル……」

仕事に障りがあってはいけないと、ドミトルを部屋から追い出したのはエミナだ。今は一階の客間で寝ていた。隣室がスタンの部屋で、二人して夜泣きするアシュリーの声を聞きながらオロオロしていたらしい。

エミナは反省した。そして、戻ってくるシウに格好良いところを見せたいと、立て直しを図ったのである。

シウは、エミナの知らない子供を連れて帰ってきた。彼はよく人や生き物を拾う。以前も下宿先に連れ帰ったという子供と大人を連れて遊びに来た。今回も同じだろう。

「すごい、ちっちゃい。このこ、かわいいね」

あの時の子供よりも更に小さな子供が、アシュリーを見て感動する。

お乳を飲ませる時に涙を零していた彼はロトスという名で、エミナと意気投合した。とにかく話が面白い。ロトスも、シウのように「小さな事件を起こす」子だろう。詳しい来《こ》し方《かた》は聞いていないけれど、エミナはそんな気がした。

「でね、シウが、これつくったの。かわいいでしょ」

「本当。兎《うさぎ》の鞄《かばん》も可愛いわ。着ている服にも似合ってる。ロトスが可愛いからね」

「んふ。あ、シウ、ひどいの。ふくが、ちいちゃいでかわいいね、いうんだよ」

ぷんぷんと膨れ顔のロトスが可愛くて、エミナは笑った。

「シウ、そういうところあるわよね」

「びじんの、おねえさんにも、ほめないの。たぶん、めがわるい」

「あはは」

「フェレスとかは、かわいいかわいいだよ。かんせいが、ちがう？」

幼児が大人みたいに話すものだから、余計に面白い。エミナは久しぶりに大笑いした。

シウの心配性っぷりも予想通りだった。エミナの代わりに買い物まで行くと言い出すのだから、ドミトル以上に過保護だ。


その日の夜、エミナは満ち足りた気持ちでドミトルに今日の出来事を話して聞かせた。

ドミトルも顔は合わせていたが、仕事で席を外していた間の話だ。シウやロトス、希少《きしょう》獣《じゅう》たちの様子を聞いて笑った。

「ねぇ、前に、自分が主人公の物語があると話したことがあるでしょ」

「そうだったね」

「人によって冒険譚《ぼうけんたん》になるか恋愛小説になるかは違うでしょうけど、それぞれが主役よね。小さなロトスの場合は喜劇になるのかしら。本当に面白い話ばかりするの。大人ぶってて可愛いのよ」

「しっかりしていたね」

「希少種族だと話していたから、きっと大変なことがあったのよ。今が幸せそうだから良

+特別書き下ろし番外編+

エミナの夢

かったわ」

「そうだね」

ドミトルがアシュリーに視線を向ける。エミナも揺り籠の中を覗いた。

「この子は第二部の主人公になるのかな。母親の物語が、今度は子供に受け継がれるの」

少女向けの物語本にもあった。子供世代の話も楽しく読んだ覚えがある。エミナの言葉にドミトルが笑顔で頷いた。ところが、

「もちろん、結末は幸福でした、で締《し》め括《くく》られるんだよね？　ああ、待って。エミナの読む小説は『素敵な王子様と結婚しました』で終わってなかったかい？　まだアシュリーには早いよ」

などと言い出す。もうそんな先の心配まで始めるのだ。エミナは笑った。

「やぁね。大丈夫よ。アシュリーが好きになる相手よ。きっと良い人に決まってるわ」

ドミトルは複雑そうな顔で返事をしない。エミナは仕方ないなぁと、話題を変えた。

「ね、シウの物語はどうなると思う？」

とびっきりの冒険譚になるだろう。それは間違いない。ドミトルも同じ想像をしたらしい。くすりと笑った。けれど、口にしたのは思いも寄らぬ答えだった。

「いろいろ落ち着いたら、エミナが書いてみたらいい。伝記本だ」

目を丸くしたエミナに、ドミトルはしてやったりの顔だ。

「今は忙しいけれどね。この忙しさも糧《かて》になるんじゃないのかな。冒険者や魔法使いにな

るのも遠い国への旅も叶わなくたって、君はたくさんの本を読み、経験を積んでいく。多くの人と出会える職にも就いたよね。エミナの周りには、エミナを助けようとする良い人ばかりだ。これからも助けてくれるだろうし、話を書くと言えばネタをくれるかもしれないよ？」

悪戯《いたずら》が成功したみたいな、初めて見るドミトルの表情だった。

エミナの心がきゅんと高鳴る。子供を産んでも、また恋が出来るらしい。

「……それ、いいね。今はアシュリーのことで頭がいっぱいだし、お店も繁盛させたい。やりたいことがいっぱいあるわ。でも、そうだよね、あたしの妄想はきっとまだまだ続くと思う。妄想を溜《た》め込《こ》んで、いつか、書こうかな」

「応援するよ」

「その前に、やりたいことに付き合ってくれる？」

「もちろんだ。だけど、アシュリーやお店のこと以外に何があるんだろう。聞いたことがある話かな？」

「うーん、まだ話してない。でもドミトルじゃないと無理なの」

首を傾げるドミトルに、エミナは耳元で囁《ささや》いた。

「アシュリーにきょうだいを作ってあげたいの。子育ては大変だろうけど、協力してくれると嬉しいな」

ドミトルは目を丸くし、それから珍しく照れた顔で頷いたのだった。

あとがき

「魔法使《まほうつか》いと愉快《ゆかい》な仲間《なかま》たち」の二巻をお手にとってくださり、誠にありがとうございます。小鳥屋《ことりや》エムです。こちらは「魔法使《まほうつか》いで引《ひ》きこもり？」の続編になりますが、こちらの一巻からでも読めるようにちょこちょこと説明を入れるなど加筆しております。とはいえ、お手にとっていただけるか不安でドキドキでした。幸いにも二巻が出ましたのは、皆様のおかげです。心より感謝申し上げます。

感謝の気持ちは戸部淑《とべすなほ》先生にもお伝えしたいです。

今巻も素敵なイラストの数々に震えております。まずはカバーがすごい！　皆様にもご覧いただけたかと思いますが、つよつよのアントレーネですよ。超格好《ちょうかっこ》良い。厳しい表情ながらも、芯の強さが滲み出ていて「戸部先生はマジで神」と今回も呟きました。

口絵のアントレーネは逆に弱さの見えるシーンです。これがまた美しい。シウがアントレーネに女性の美しさを感じたように、わたしも戸部先生のイラストで感動しました。もう一枚のエミナもとても美しい。しばし見蕩《みと》れました。

モノクロも良かったです。特にお礼申し上げたいのが二枚目のブランカ。可愛《かわい》いモフ尻が最高すぎる！　モフ尻愛好家の自分にとってはご褒美でした。

もちろん他のイラストも良きです。と、ちょうど書いている最中に完成イラストが届きまして、感動ついでにあとがきを修正。ラフの時点でも細かい部分まで分かる丁寧さでしたが、完成絵になると命が吹き込まれるんですよね。シュヴィークザームは躍動感溢れる神々しさで、ロトスが「かっこいい」と言うはずだと思いました。そのロトスが泣き出すシーンや番外編のエミナのシーンには、こちらまで泣きそうになったほど。レオンやリグドールの楽しげな様子も伝わってきました。どれもが素晴らしい！
戸部先生、今回も素敵なイラストをありがとうございます。

わたしはモフ尻も好きですが、元々はモフモフ自体が好きです。そのため、自分が書く話にはモフモフが多く出てきます。先日『小鳥ライダーは都会で暮らしたい』が他レーベルから発刊しました。まんまるなモフモフ白雀に乗るカナリア（美少年）が主人公です。他にもオコジョのようなモフモフが出てきます。こちらもご覧いただけると嬉しいです。

最後に、本作をお買い上げくださいました皆様に、改めてお礼申し上げます。編集さんや校正さん、本作に関わる全ての方々にも感謝です。
応援してくださる皆様がいるから頑張れる……。本当にありがとうございます。
引き続き精進して参りますので、今後ともどうぞよろしくお願い申し上げます。

小鳥屋エム

魔《ま》法《ほう》使《つか》いと愉《ゆ》快《かい》な仲《なか》間《ま》たち 2
～モフモフと楽《たの》しい隠《かく》れ家《が》探《さが》し～

2024年4月30日　初版発行

著　者　小鳥屋《ことりや》エム
イラスト　戸部 淑
発行者　山下直久
発　行　株式会社KADOKAWA
〒102-8177 東京都千代田区富士見2-13-3
電話 0570-002-301（ナビダイヤル）

編集企画　ファミ通文庫編集部
デザイン　モンマ蚕（ムシカゴグラフィクス）
写植・製版　株式会社オノ・エーワン
印　刷　TOPPAN株式会社
製　本　TOPPAN株式会社

●お問い合わせ
https://www.kadokawa.co.jp/（「お問い合わせ」へお進みください）
※内容によっては、お答えできない場合があります。
※サポートは日本国内のみとさせていただきます。
※Japanese text only

●本書の無断複製（コピー、スキャン、デジタル化等）並びに無断複製物の譲渡及び配信は、著作権法上での例外を除き禁じられています。また、本書を代行業者等の第三者に依頼して複製する行為は、たとえ個人や家庭内での利用であっても一切認められておりません。　●本書におけるサービスのご利用、プレゼントのご応募等に関連してお客さまからご提供いただいた個人情報につきましては、弊社のプライバシーポリシー（URL:https://www.kadokawa.co.jp/）の定めるところにより、取り扱わせていただきます。

©Emu Kotoriya 2024 Printed in Japan ISBN978-4-04-737898-8 C0093　　定価はカバーに表示してあります。

ソードマン
[バスタード・ソードマン]

バスタード・

BASTARD・SWORDS-MAN

ほどほどに戦いよく遊ぶ――それが

俺の異世界生活

STORY

バスタードソードは中途半端な長さの剣だ。
ショートソードと比べると幾分長く、細かい取り回しに苦労する。
ロングソードと比較すればそのリーチはやや物足りず、
打ち合いで勝つことは難しい。何でもできて、何にもできない。
そんな中途半端なバスタードソードを愛用する俺、
おっさんギルドマンのモングレルには夢があった。
それは平和にだらだら生きること。
やろうと思えばギフトを使って強い魔物も倒せるし、現代知識で
この異世界を一変させることさえできるだろう。
だけど俺はそうしない。ギルドで適当に働き、料理や釣りに勤しみ……
時に人の役に立てれば、それで充分なのさ。
これは中途半端な適当男の、あまり冒険しない冒険譚。

バスタード・ソードマン

BASTARD・SWORDS-MAN

ジェームズ・リッチマン

［ILLUSTRATOR］マツセダイチ

B6判単行本 KADOKAWA/エンタープレイン 刊

魔法使いで引きこもり？
He is wizard, but social withdrawal?
Author 小鳥屋エム
Illust 戸部 淑
重版、続々!!!
チート能力《スキル》を持て余した
少年とモフモフの
異世界のんびり
スローライフ!
女神により転生することになったお爺ちゃん。
望んだのは「健康な体」だけだったのに、
チート能力までも与えられてしまう！
転生後にその力を持て余していた少年は、
女神の「冒険者になって人生を楽しみなさい」
という助言により、冒険者として王都へ赴く。
様々な人々との出会いを通して、
彼の世界は広がっていく――。
好評発売中!!!
enterbrain